Bernward Schneider

UNTERM GALGENBERG

Ein Hildesheim-Krimi

SUTTON KRIMI

Sutton Verlag GmbH
Hochheimer Straße 59
99094 Erfurt
www.suttonverlag.de
www.sutton-belletristik.de

Lektorat: Stefanie Höfling, Wiesbaden
Redaktion: Saskia Parakenings
Gestaltung und Satz: Sutton Verlag
Umschlaggestaltung: der uhlig, Augsburg, www.deruhlig.com
Titelbild: picture alliance/ZB
Druck: CPI books GmbH, Leck

ISBN: 978-3-95400-617-5

Dieses Werk wurde vermittelt durch erzähl:perspektive

Über den Autor

Bernward Schneider wurde 1956 nahe Hildesheim geboren. Nach einem Jurastudium in Marburg/Lahn ist er seit 1986 in Hildesheim als Rechtsanwalt tätig. Er ist mit einer Reihe von historischen Berlin-Krimis einer breiten Leserschaft bekannt geworden. Der Kriminalroman »Unterm Galgenberg« ist sein Debüt bei Sutton Krimi.

1

Michael Bendis saß in seinem Wagen und kreuzte ziellos durch die weiß leuchtende Stadt. Irgendwann rollte er die Anhöhe zum Rottsberg hinauf, wo er anhielt, um spazieren zu gehen.

Es war ein naturbelassener Wald mit schmalen, kaum ausgetretenen Pfaden. Lianen fielen aus dicht verknoteten Baumwipfeln herab bis auf den Boden. Er durchstreifte das Gebiet von einem Ende zum anderen und machte wieder kehrt. Als er den Waldrand erreichte, setzte er sich auf eine Bank, von der aus er einen weiten Blick auf die Dächer Hildesheims und die waldigen Hügel in ihrem östlichen Hintergrund hatte.

Seine Stimmung war auf dem Tiefpunkt angelangt. Er fühlte sich hilflos, einsam und von dunklen Gefühlen beherrscht. An den Sonntagen war es besonders schlimm. Er vermisste seine Familie. Aber was sollte er tun?

Am liebsten wäre er jetzt mit Julia zusammen, seiner zehnjährigen Tochter. Allein das Mädchen wäre in der Lage, ihn aufzumuntern. Es war zwar nicht sein Besuchswochenende, aber vielleicht ergab sich außerhalb der Reihe die Möglichkeit, etwas Gemeinsames zu unternehmen. Sonja und Julia wohnten ganz in der Nähe, deshalb hatte es ihn wohl auch zum Rottsberg gezogen. Er fasste sich ein Herz, kehrte zum Parkplatz zurück und machte sich auf den Weg zu seinem früheren Haus in der Carlo-Mierendorff-Straße.

Er hätte es nicht tun sollen, denn als das Haus in Blickweite kam, sah er Mutter und Tochter zusammen mit Sonjas neuem Freund bei einem Auto stehen, dessen Türen geöffnet waren und das offenbar diesem Mann gehörte. Das hatte ihm gerade noch gefehlt.

Wäre es keine Sackgasse gewesen, an der das Haus lag, hätte er nicht angehalten, sondern wäre einfach weitergefahren, doch um wieder wegzukommen, musste er wenden, und bei dieser Gelegenheit hätten sie ihn sowieso entdeckt. Also fügte er sich in das Unvermeidliche und fuhr mit dem Wagen direkt bis vor das Haus.

Kaum war er aus dem Fahrzeug gestiegen, fühlte er, wie sehr er störte. Er hatte schon geahnt, dass es so kommen würde, aber wie immer starb die Hoffnung zuletzt.

»Hallo, Paps«, sagte Julia.

»Hallo, mein Schatz, wie geht's?«

»Gut! Und dir?«

Sonja sah nur kurz zu ihm her. »Du hast dich wohl im Wochenende vertan«, rief sie ihm zu, bevor er sie begrüßen konnte. »Oder warum bist du hier?«

Ihr sorgsam frisiertes Haar war über der Stirn kurz geschnitten. Sie trug elegante schwarze Schuhe mit Silberschnallen daran, weiße Leggins und eine ärmellose grüne Bluse. Ihre Lippen waren in einem zarten Ton geschminkt, sie wirkte an diesem Morgen ausgesprochen attraktiv.

»Ich fühlte mich einsam und war gerade in der Nähe. Da dachte ich mir …« Er brach ab, denn er wusste nicht recht weiter, zumal ihm gerade auffiel, dass die drei dabei waren, das Auto mit Reisetaschen zu beladen.

»Was dachtest du dir?«, fragte Sonja. Sie hatte sich zu ihm herumgedreht und die Hände in die Hüften gestützt.

Halt doch einfach mal den Mund, hätte er ihr gern geantwortet, aber er konnte sich bezwingen.

»Wollt ihr verreisen?«

Er blickte zu seinem Rivalen. Der Typ war mit einem Muskelshirt bekleidet und sah aus wie jemand, der genug Zeit hatte, täglich mehrere Stunden in einem Fitnessstudio zu verbringen. Verdammter Schnarchsack, was hast du hier bei meiner Familie zu suchen?

»Nur ein Kurztrip nach Dresden«, erwiderte Sonja. »Am Mittwoch sind wir wieder zurück, sodass du Julia Samstagfrüh abholen kannst.«

Der neue Mann an Sonjas Seite sagte nichts und tat auch nichts, aber der gelangweilte Blick, mit dem er Bendis bedachte, schien anzudeuten, dass er über allem stand, was sich gerade ereignete.

Schließlich drehte er sich fort und ging gemächlich in Richtung des Hauses davon.

»Wohnt der jetzt hier?«, fragte Bendis.

Sonja runzelte die Stirn, sagte aber nichts.

»Zahlt er Miete?«

Sonja starrte ihn an. »Suchst du Streit?«

»Wenn er hier wohnt, hat er Miete zu zahlen, und zwar an mich!«

Sonja wandte sich zur Seite. »Bitte fahr jetzt wieder, Micha. Wir haben zu tun, wie du siehst.«

Der Schnarchsack steckte den Kopf aus der Haustür.

»Gibt es Ärger?«, rief er Sonja zu.

Sonja winkte ab. »Micha will gerade wieder fahren.«

Der Kopf war noch eine Weile zu sehen, als ob er dem Frieden noch nicht traute, endlich verschwand er aber doch.

»Ich meine das im Ernst, Sonja«, sagte Bendis und wusste, dass ihn gerade der Teufel ritt. »Ich lasse mir das nicht bieten. Dieser Mensch wohnt nicht in meinem Haus, ohne Miete zu bezahlen.«

»Julia, geh mal rein und hol die Kühltasche«, sagte Sonja zu ihrer Tochter.

»Er heißt Fred«, sagte Julia. »Eigentlich ist er ganz nett.«

Wunderbar, dachte Michael Bendis, nur weiter so: Zwar hatte er bis eben gedacht, dass der Tag nicht mehr schlimmer werden konnte, aber offenbar war nach unten immer noch Platz. Normalerweise mochten Kinder die neuen Partner ihrer Eltern nicht. Warum war es ausgerechnet bei Julia anders?

»Geh jetzt, Julia. Micha fährt sowieso gleich.«

»Ja, gut«, erwiderte das Mädchen mit einem Seufzer. »Tschüss, Paps.«

»Bis Sonnabend, mein Liebling. Dann machen wir den Ausflug nach Bad Segeberg, den ich dir versprochen habe.«

Julia eilte mit schnellen Schritten zur Haustür.

»Ist noch was?«, fragte Sonja. »Wenn du noch etwas loswerden musst, dann sag es, und zwar schnell. Sonst bin ich auch verschwunden. Im Haus haben wir übrigens Telefone. Wenn du uns nicht in Ruhe lässt, rufe ich die Polizei.«

Sie sah ihn mit einem strengen, Unheil verkündenden Ausdruck an, bevor sie hinzusetzte: »Falls du es in Zukunft nicht schaffen solltest, dich an die Besuchszeiten zu halten und uns außerhalb davon in Ruhe zu lassen, werde ich die notwendigen Konsequenzen ziehen müssen.«

Er als Anwalt würde seinem Klienten zur Mediation raten, dachte er, dennoch platzte ihm der Kragen: »Du bist einfach unmöglich, Sonja! Früher hast du mir immer vorgeworfen, ich würde zu viel arbeiten und hätte zu wenig Zeit für Julia – und für dich! Was willst du überhaupt? Ich kann die Welt nicht ändern. Das Leben ist nun einmal ziemlich beschissen.«

»Such dir eine Freundin«, zischte sie ihn an. »Sie könnte dir helfen, wenn du dich einsam fühlst, oder dich über deinen Weltschmerz hinwegtrösten.«

Bendis starrte sie an, und plötzlich merkte er, wie mit aller Macht Tränen in ihm aufstiegen, sodass er, um sich keine Blöße zu geben, das Gesicht zur Seite wandte.

Eigentlich hatte sie ja recht. Er gehörte nicht mehr hierher. Aber wohin gehörte er dann? Nirgendwohin!

Er drehte sich um, verstoßen und allein.

2

Immerhin war er wieder in der Lage, seiner Arbeit halbwegs nachzugehen. In den ersten zwei Wochen nach der Trennung von Sonja war er wie gelähmt gewesen und hatte kaum etwas Vernünftiges zustande gebracht. Aber man gewöhnte sich an alles. Von Tag zu Tag ging ihm das Arbeiten wieder leichter von der Hand, und der Montag in seinem Büro verlief angenehmer, als er nach dem Vorfall des vorangegangenen Tages befürchtet hatte.

Es war am Nachmittag. Kirsten, seine junge Mitarbeiterin, hatte eben wegen eines Arzttermins die Kanzlei verlassen, als die Türklingel ging. Bendis eilte über den Flur und machte auf.

Vor ihm stand eine junge Frau, die mit engansitzenden Jeans und einer Regenjacke bekleidet war.

»Mein Name ist Ramona Renda«, sagte sie. »Ich habe gehört, dass Sie Spezialist im Persönlichkeitsrecht sind. Es ist etwas eilig, deshalb habe ich gedacht, ich versuche es einmal.«

Einen Moment lang sagte Michael Bendis nichts, während er wie in einer Momentaufnahme erfasste, dass die Frau sehr gut aussah; mit sandfarbenem, kinnlangem Haar, der gertenschlanke, hochbeinige Typ. Der einzige Schönheitsfehler, wenn man es so nennen wollte, waren die eine Spur zu hageren Züge. Ihre weit geöffnete Jacke legte die blanke Haut über ihrem Brustbein frei. Ein Kettchen umspannte den langen Hals. Sie war ein erfreulicher Anblick, und nach dem, was er in den vergangenen Wochen erlebt hatte, war er froh darüber, dass eine attraktive Frau ihn besuchen kam und ihn auf andere Gedanken brachte.

»Spezialist ist übertrieben. Kommen Sie herein.«

Er ging ihr voraus in sein Büro, und kurz darauf saß sie ihm an seinem Schreibtisch gegenüber.

»Ich habe mich von einem Freund getrennt. Er hat sich dafür gerächt, dass ich ihm den Laufpass gab, und hat private Sexfotos von uns ins Internet gestellt. Paolo Santini, so heißt er, hofft wohl, mir auf diese Weise schaden zu können. Das ist zwar ein Irrtum, aber ich möchte trotzdem, dass die Fotos aus dem Netz verschwinden.«

Bendis schätzte, dass sie nicht ganz so jung war, wie sie aussah; Ende Zwanzig, dachte er, oder dreißig.

»Besitzen Sie einige dieser Fotos?«, fragte er. »Wenn wir zum Gericht gehen, müssen wir die Verletzung Ihres Rechts am eigenen Bild beweisen.«

»Könnten Sie sich nicht selbst aus dem Internet beschaffen, was Sie für die Klage brauchen. Sie wissen besser als ich, was dafür wichtig ist.«

Sie reichte ihm einen Zettel mit der Internetanschrift und er tippte die Adresse ein.

Auf dem Eingangsfoto der Internetseite erblickte er seine Besucherin zusammen mit einem attraktiven jungen Mann. Die beiden waren bei einer artistisch anmutenden Turnübung zu sehen. Die junge Frau stand mit den Füßen auf den Schultern des Mannes. Sie hielt sich aufrecht und gerade, was ihr keine Mühen zu bereiten schien. Die Hände des Mannes umspannten ihre Fußgelenke. Beide waren sie nackt.

»Klicken Sie mal drauf«, sagte sie, und als er es tat, erschien ein Foto, auf dem sie in einem Salto durch die Luft sprang. Er klickte ein weiteres Mal und sah sie in den Stand gesprungen mit in die Höhe gereckten Armen vor ihrem Partner stehen.

»Sportliche Leistung«, kam es über seine Lippen.

»In meiner Schulzeit war ich eine Spitzenturnerin. Ich hoffe man sieht, dass es mir immer noch Spaß macht.«

Sie hatte es kaum gesagt, da erschien ein Foto, auf dem sie auf einer Turnmatte kniete. Ihr Partner kniete hinter ihr und hatte die Hände auf ihre Hüftknochen gelegt. Es sah aus, als hätten die beiden Sex; aber es wirkte zugleich wie der Teil einer turnerischen Übung. Genaues sah man nicht.

»Wer hat die Aufnahmen gemacht?«

»Eine Bekannte hat uns fotografiert.«

Er klickte sich weiter vor. Die Turnübungen auf der Matte bekamen einen sexuellen Charakter, ohne dass Details zu erkennen waren. Es folgte eine Serie, die das Gesicht seiner Besucherin in mehreren Nahaufnahmen zeigte. Ihre Pupillen waren geweitet und ihre geöffneten Lippen schienen zu zittern. Man könnte denken, dass die Fotografin bestrebt gewesen war, den Orgasmus der Turnerin ins Bild zu rücken.

»Übernehmen Sie das Mandat?«

Während er in ihre grünen Augen starrte, blitzte der eigenartige Gedanke in ihm auf, dass es vielleicht das Beste wäre, die Frage zu verneinen. Doch der Einfall verflüchtigte sich, so schnell wie er gekommen war.

»Ihr Problem ist bei mir in den richtigen Händen«, sagte er und griff nach einem Blatt Papier. »Wie lautet die Anschrift Ihres Expartners? Und Ihre Adresse benötige ich auch.«

Insgeheim wunderte es ihn ein wenig, dass sie dem jungen Mann, der körperlich so gut zu ihr passte, den Laufpass gegeben hatte. Aber so war das eben. Und was ging es ihn an.

»Soll ich Herrn Santini gleich verklagen – oder möchten Sie, dass ich ihm eine Chance gebe, die Sache außergerichtlich zu erledigen?«, fragte er, nachdem er sich alles notiert hatte.

Sie beugte sich vor und legte ihre schmalen Unterarme, die aus den umgeschlagenen Ärmeln ihrer Regenjacke hervorsprangen, vor ihn auf den Tisch.

»Wir geben ihm eine Chance«, sagte sie, »es könnte sein, dass er nachgibt und wir gar kein Gerichtsverfahren führen müssen. Er war ja auch wirklich ein toller Partner. Schade, dass er mir nun solche Schwierigkeiten macht.«

Er schaute wieder auf den Bildschirm. Mein Gott, was für eine Frau, dachte er. Kaum ein Fotomodell aus der Werbung kam da mit. In seiner Situation war er besonders empfänglich für weibliche Reize, das war ihm durchaus bewusst.

»Eine Frau wie Sie verliert man nicht so gern«, sagte er.

Sie lachte. »Er kann froh sein, dass er mich gehabt hat. Jeder, der sich mit mir einlässt, weiß, dass es eine Trennung geben wird. Ich sage das immer gleich am Anfang ganz deutlich. Da gibt es kein Pardon.«

Sie war nicht die erste attraktive Mandantin, mit der er in all den Jahren als Anwalt zu tun bekam. Es war nicht so, dass ihm Dinge, die er auf der Straße oder im privaten Umfeld wahrnahm, in seiner Kanzlei gewissermaßen verborgen blieben, doch für gewöhnlich überwog das berufliche Ethos alle anderen Gefühle und Erwägungen. Dieses Mal aber gelang ihm nicht, seine geschäftsmäßige Zurückhaltung zu bewahren, und er wollte es auch nicht.

»Trotzdem tut es weh«, sagte er und fügte nach einem Augenblick des Zögerns hinzu: »Mir selbst ist es kürzlich ganz ähnlich ergangen.«

»Ihre Freundin?«

»Meine Frau. Sie hat sich nach elf Jahren Ehe von mir getrennt. Wir haben eine gemeinsame Tochter, die bei ihr geblieben ist. Julia ist zehn.«

Sie senkte den Blick. »Mit Kindern ist jede Trennung schlimm. Ich habe es erlebt. Als Kind verliert man jedes Vertrauen. Ich möchte den Fehler meiner Mutter nicht wiederholen. Deshalb will ich keine eigenen Kinder haben.«

»Eine schöne Frau wie Sie sollte unbedingt Kinder haben«, sagte er. »Zum Glück passiert es oft schneller, als man denkt.«

Sie ließ seine Bemerkung unkommentiert, aber erneut zeigte sich, dass sein Vorpreschen kein Fehler gewesen war.

»Sie sind noch allein?«, fragte sie.

Er nickte. »Es ist erst vier Wochen her, dass ich aus unserem Haus ausgezogen bin. Und Sie?«

»Teils, teils«, erwiderte sie rätselhaft, während sie ihren Namen unter die Vollmacht setzte, die er ihr hinschob, und fügte leiser, dennoch klar nuanciert hinzu: »Ich bin nicht festgelegt.«

Manchmal lag alles an einem einzigen, im rechten Moment ausgesprochenen Wort, und dann dachte er an die Chancen, die im Leben so plötzlich kamen und so schnell wieder vorübergingen, wenn man sie nicht sogleich ergriff. Er wusste, dass die Frauen ihn mochten, und er beschloss, etwas zu riskieren; ob sich das nun so gehörte oder nicht.

»Gibt es einen Ort oder ein Lokal in der Stadt, wo man Ihnen abends begegnen kann?«, fragte er sie geradeheraus.

Die gleichmütige und gelassene Art, wie sie ihn ansah, gab ihm das Gefühl, als hätte sie eine solche Frage fast von ihm erwartet.

»Kennen Sie ›Rollos Bar‹?«

Eine Erinnerung blitzte in ihm auf. »Irgendjemand hat mir mal davon erzählt. Ich bin noch nie dort gewesen.«

»Es ist eine Cocktailbar in der Wollenweberstraße«, antwortete sie. »Klein, aber fein. Mittwoch- und freitagabends bin ich oft dort.«

»Übermorgen auch?«

»Ich denke, ja.«

»Falls wir uns dort begegnen sollten, könnten wir einen Cocktail zusammen trinken.«

Sie blickte auf die Armbanduhr, die ihr anmutiges Handgelenk schmückte.

»Ja, warum nicht?«, erwiderte sie leicht dahin und lächelte, ohne zu ihm herzusehen. »Wann geht das Schreiben zur Post?«

»Ich mache es gleich fertig, dann hat er es morgen.«

»Prima. Wir sind uns also einig, und dann kann ich jetzt gehen, nicht wahr?«

Bendis begleitete sie über den Flur zur Tür.

»Also – bis später.«

Sie lächelte. »Hier oder woanders.« Nach einem Moment des Zögerns setzte sie hinzu: »Bis Mittwoch – so ab elf Uhr.«

Sie reichte ihm zum Abschied die Hand. Diese war trocken und warm und fügte sich gut in die seine, sodass er sie am liebsten gar nicht mehr losgelassen hätte.

Als er wieder an seinem Schreibtisch saß, legte er am PC eine Akte an, nahm die Daten der beiden Beteiligten auf und formulierte anhand eines seiner Muster ein Schreiben, in dem er Santini eine Verletzung der Persönlichkeitsrechte seiner Mandantin vorwarf, weil er es unternommen habe, für private Zwecke bestimmte Fotos, die seine Mandantin bei sexuellen Handlungen zeigten, ohne ihre Zustimmung in das Internet zu stellen. Er forderte Santini auf, die Veröffentlichung der Aufnahmen sofort zu unterlassen und die dafür im Internet bereit gestellte Seite kurzfristig zu löschen.

Er setzte noch eine Unterlassungserklärung auf, die Santini unterzeichnen sollte, und fügte sie dem Schreiben zusammen mit einer Rechnung bei. Er fertigte eine Abschrift für seine Mandantin und machte alles postfertig.

Danach zog es ihn wieder zu den Fotos, er konnte nicht widerstehen und dachte über eine Affäre mit seiner Mandantin nach. Seinem Selbstbewusstsein würde es guttun, sollte sich etwas ergeben, spürte er, und nach dem, was die Mandanten hatte verlauten lassen, schien es um seine Chancen bei ihr nicht schlecht bestellt zu sein. Er loggte sich wieder auf der Website ein, um nochmals die Fotos zu betrachten, von denen er viele noch nicht kannte, wie er nun feststellte.

Ihm war schon beim ersten Durchklicken aufgefallen, dass es nicht die Art von Fotos war, wie man sie massenhaft im Internet fand. Diese hier waren besser, kein Schmuddelzeug, sondern unter ästhetischen Gesichtspunkten aufgenommen. Alle Fotos zeigten Nacktheit, Erotik, aber nur der kleinere Teil von ihnen den eigentlichen Sex. Die meisten Fotos waren in einer Turnhalle entstanden. Seine Mandantin war beim Turnen an den Sportgeräten, zumeist am Boden oder an den Ringen, zu sehen. Sie war eine geübte und gewandte Turnerin. Was sie tat, grenzte an Akrobatik. Ihr Partner leistete gelegentlich Hilfestellungen. Seine Rolle gewann an Bedeutung, sobald das sexuelle Element sich verstärkte. Aber auch bei den Sexszenen hatte Bendis nicht das Gefühl, Pornografie zu betrachten. Ohne den Sex hätte sogar etwas gefehlt. Alles, was er sah, gehörte auf eine subtile Weise zusammen, wie verschiedene Teile eines Ganzen; eine bestrickende Mischung aus Schönheit, Erotik und Körpergeschick.

Er kopierte die besten Fotos auf seinen Rechner – auch für den Fall, dass der Adressat seines Schreibens tatsächlich tat, was man von ihm verlangte. Dann schaltete er den Computer aus, verließ das Büro, steckte die Schreiben in den Briefkasten der Post am Hauptbahnhof und ging zu seinem Wagen.

Es war ein milder, wolkenverhangener Sommertag. Über Moltkestraße, Goschentor und Hohnsen fuhr er quer durch die Stadt zum Steinberg im Südwesten von Hildesheim, wo sich seit ein paar Wochen seine neue Wohnung befand. Sie gehörte zu einem neu errichteten Gebäudekomplex. Noch immer fühlte er sich fremd, wenn er sie betrat. Die Räume waren gut ausgestattet, aber nur spärlich möbliert. Die dunkelgrüne Ledergarnitur aus einem Sofa und zwei Sesseln, die Sonja nie gemocht hatte, und den klobigen Fernseher, der früher im Keller gestanden hatte und der nun auf einer nicht zu der sonstigen Einrichtung passenden Kommode thronte, waren fast das Einzige, was er bei seinem Auszug aus dem Haus, das Sonja und ihm gemeinsam gehörte, mitgenommen hatte. Nebenan stand das französische Bett aus dem Gästezimmer, das Sonja schon seit Längerem zum Sperrmüll hatte geben wollen.

Das war alles, er hatte einfach keine Kraft gehabt, sich mit Sonja wegen des Hausrats zu streiten. Was ihm fehlte, waren nicht die Möbel, sondern die Menschen, die bis vor Kurzem seine Familie gewesen waren. Vor allem fehlte ihm Julia, seine Tochter.

Er holte sich ein Bier und setzte sich auf den Balkon.

Hinten am Horizont lag der Galgenberg, ein bewaldeter Hügel, der die Stadt im Osten begrenzte. Einst eine Hinrichtungsstätte, wo im Mittelalter weithin gut sichtbar der Hildesheimer Galgen gestanden hatte, war es heute ein Erholungsgebiet, ein Wald mit verschlungenen Wegen, der den Übergang des sanften, hügeligen Landes zur norddeutschen Tiefebene markierte. Auf dem Westabhang des Hügels dehnte sich ein Wohngebiet aus, das man das Galgenbergviertel nannte, in dem seine neue Mandantin wohnte.

Etwas war komisch, dachte er, nachdem er eine Weile dagesessen und in die Ferne gestarrt hatte. Nicht nur er selbst hatte sich gegenüber der neuen Mandantin anders als gewöhnlich verhalten – auch Ramona Rendas Auftreten war nicht ohne Merkwürdigkeiten gewesen.

Es lag wohl auf der Hand, dass jemand entsetzt oder empört war, wenn er Nacktfotos von sich im Internet fand, die ein anderer unbefugt dort veröffentlicht hatte; erst recht, wenn sie ihn bei sexuellen Handlungen zeigten. Allerdings gab es auch Menschen, denen es nichts ausmachte, sich in solchen Posen zu zeigen. Nach dem Eindruck, den er von seiner neuen Mandantin gewonnen hatte, gehörte sie zu dieser Gruppe. Die Fotos waren keine intimen Schnappschüsse gewesen, sondern professionelle Aufnahmen, für die sie eine Fotografin hinzugezogen hatte; die Bilder hatten auf ihn gewirkt, als seien sie für eine Veröffentlichung hergestellt. Es passte nicht zu dieser Frau, dass sie wegen solcher Fotos unangemeldet zu ihm in die Kanzlei gekommen war. Dringend war ihre Sache jedenfalls nicht gewesen. Warum diese Eile? Vor allem diese Eile passte nicht ins Bild.

Spielte es eine Rolle? Nein. Die Menschen verhielten sich nicht immer so, wie man es erwartete. Seine neue Mandantin nicht, und er selber auch nicht. Wichtig war nur, dass er mit ihrer Sache umgehen konnte, und davon war er überzeugt; die privaten Ambitionen, die er für die schöne Turnerin hegte, änderten nichts daran. Er musste kein schlechtes Gewissen haben. Er war frei für eine andere Frau und würde niemanden betrügen, sofern sich etwas ergab. Gerade so, wie es war, lief es richtig. Es war gut, wieder eine Perspektive zu haben.

3

Lesius war ein hochgewachsener, schlanker Mann mit rotblondem Haar und kräftigen blauen Augen. Er war auf den ersten Blick keine unangenehme Erscheinung, nur die harte Linie der schmalen Lippen störte das Bild.

»Ich hatte Ihnen gesagt, dass diese Nutte keinen Cent von mir bekommt!«

»Sie wissen, dass ich den Vergleich widerrufen habe«, gab Michael Bendis zurück. »Nächsten Dienstag ist die Gerichtsverhandlung, die Sie haben wollten. Was gibt es noch?«

»Wenn Sie noch einmal meinen Interessen zuwiderhandeln«, zischte Lesius leise, »zeige ich Sie nicht nur bei der Anwaltskammer an, sondern –«, und er zögerte nur einen kleinen Moment, bevor er weitersprach, während er sein Gesicht dem von Bendis noch ein Stück näherbrachte, »– dann fließt Blut! Ich wollte, dass Sie das wissen.«

»Wessen Blut?«

Lesius erwiderte nichts.

Ein Psychopath, dachte Bendis, und einige Momente lang überlegte er, ob er im Angesicht dieser Drohung das Mandat auf der Stelle kündigen sollte. Doch er musste aufpassen. Die Gerichtsverhandlung war schon in wenigen Tagen. Eine Mandatsbeendigung zur Unzeit war gefährlich; besonders bei einem solchen Psychopaten. Wenn man als Anwalt ein Mandat kündigte, ohne dass der Mandant ausreichend Zeit hatte, einen Kollegen zu beauftragen, der sich noch in den Stoff einarbeiten konnte, stand ein Regress zu befürchten.

»Wenn Sie weiter so mit mir reden, riskieren Sie eine Anzeige wegen Bedrohung«, sagte er stattdessen.

Der hasserfüllte Ausdruck in den Augen des Mannes galt wohl weniger ihm selbst als der Frau, die ihn verlassen hatte.

»Sie können froh sein, dass ich überhaupt noch mit Ihnen rede«, entgegnete Lesius. Er hob die Aktentasche vor die Brust und entnahm ihr eine Klarsichtfolie mit Unterlagen, die er Michael Bendis entgegenhielt.

»Sie können hier nachlesen, was meine Zeugin aussagen wird«, sagte er. »Damit nicht noch einmal etwas schiefgeht. Stellen Sie ihr die Fragen so, dass die Wahrheit ans Licht kommt, falls der Richter es nicht tut.«

Bendis riss dem Mandanten die Folie aus der Hand und warf einen Blick darauf. Es waren handschriftliche Notizen, wahrscheinlich von Lesius selbst verfasst.

»Eine neue Zeugin?«, fragte er.

»Eine ehemalige Freundin von Sibylle, die auch einmal ein Verhältnis mit dem Kerl hatte, für den meine Frau die Beine breit gemacht hat.«

»Sorgen Sie dafür, dass die Dame nächste Woche zum Termin erscheint«, erwiderte Bendis und erhob sich von seinem Platz. »Ich mache noch einen Schriftsatz für das Gericht und kündige die Zeugin an. Das war's dann für heute. Ihnen noch einen angenehmen Tag.«

Auch Lesius erhob sich. Gleich darauf standen sie sich in der Tür gegenüber.

»Haben Sie mich verstanden?«, fragte Lesius drohend. »Diese Frau bekommt keinen Cent! In keinem Fall, hören Sie – in keinem Fall – sie kriegt nichts – nichts!«

»Ich bin nicht taub«, gab Michael Bendis zurück. »Nur herrscht in Deutschland nicht das Faustrecht. Was wollen Sie tun, wenn der Prozess verloren geht und Sie zu Unterhaltszahlungen verurteilt werden? Die Chancen dafür, dass es so kommt, stehen ja keineswegs schlecht. Das wissen Sie. Ich hatte es Ihnen bei unserem ersten Gespräch deutlich erklärt.«

Ein Sonnenstrahl, der durch das Fenster kam, fiel auf das markante Gesicht des Mandanten. Die Augen von Lesius musterten ihn mit Verachtung.

»Für diese Frau ist es das Beste, wenn sie den Unterhaltsprozess verliert«, erklärte er und blickte zur Seite. »Verstehen Sie? Nicht für mich ist es wichtig, dass sie den Prozess verliert, sondern für die Frau selbst.«

Michael Bendis starrte eine Weile stumm auf seinen Mandanten, der den Blick noch immer von ihm abgewandt hielt.

»Überlegen Sie sich gut, was Sie tun«, sagte er. »Ich weiß, wie es ist, wenn man verlassen wird. Aber so wie Sie geht man nicht damit um.«

Lesius blieb ruhig. »Ich habe gesagt, was zu sagen war«, sagte er leise, was umso bedrohlicher wirkte. »Tun Sie endlich Ihre Pflicht.«

Verpiss dich, du Arschloch, dachte Bendis und wandte sich ab.

Lesius ging hinaus und einige Augenblicke später war zu hören, wie die Kanzleitür laut zugeworfen wurde.

»Was war denn mit dem los?«, fragte Kirsten, die mit einem Stoß Akten in seinem Büro erschien.

Die Sonne, die durch das Fenster schien, ließ ihr rötlich braunes Haar wie Feuerzungen leuchten, und die zart getönten Brillengläser, die ihr sommersprossiges Gesicht zierten, verbargen nicht den Charme ihres Blicks.

»Übergeschnappt«, sagte Bendis. »Wenn er sich noch mal meldet, gib ihm keinen Termin, bevor du nicht mit mir gesprochen hast.«

Das also war der Dank, dachte Bendis verärgert, als er wieder an seinem Schreibtisch saß. Er hatte für die günstigen Bedingungen des Unterhaltsvergleichs, den er vor Gericht in Lesius' Abwesenheit geschlossen hatte, heftig kämpfen müssen. Erst im letzten Moment hatte er einen Widerrufsvorbehalt zu Protokoll nehmen lassen, um den Vergleich mit dem Mandanten erörtern zu können, bevor er rechtskräftig wurde. Nun sah es so aus, als hätte er es allein dieser Vorsicht zu verdanken, dass ihm vonseiten seines Mandanten nichts Schlimmeres widerfuhr. Der Anwaltsjob war manchmal wirklich zum Kotzen.

Er nahm das Pamphlet mit den Angaben der neuen Zeugin zur Hand. Wahrscheinlich war sowieso alles gelogen.

Wie so oft ging es wieder einmal um Sex. Elisa Bernotat, so der Name der Zeugin, hatte angeblich Frau Lesius mit ihrem neuen Liebhaber beim Sex beobachtet. Das Ganze war auf der letztjährigen Weihnachtsfeier in einem Hotel im Harz passiert.

Immer der gleiche Mist, dachte Bendis und musste doch lächeln, als er die Einzelheiten las. Wenn stimmte, was dort geschrieben stand, war Frau Lesius kein schlechtes Kaliber. Ob die Geschichte der Wahrheit entsprach, stand natürlich auf einem anderen Blatt, und so wie die Dinge standen, hatte er hinreichenden Anlass, an deren Richtigkeit zu zweifeln.

Ein Ehebruch, wie ihn die Zeugin Bernotat beobachtet haben wollte, war allein kein Grund, den gehörnten Ehemann von Unterhaltszahlungen zu befreien. Es mussten weitere Umstände hinzukommen, die Zahlungen an den treulosen Partner als grob unbillig erscheinen ließen. Solche Umstände hatte Michael Bendis in seiner Klageerwiderung vorgetragen. Frau Lesius hatte ihren Ehemann dazu gebracht, ihr ein Hausgrundstück in guter Lage zu überschreiben, obwohl sie – davon war Lesius überzeugt – zu diesem Zeitpunkt die Trennung von ihm bereits plante.

Merkwürdig war, dass Lesius die Zeugin Bernotat erst jetzt benannt hatte. Bisher hatte er erklärt, von einer ehewidrigen Beziehung seiner Frau, die auf der letztjährigen Weihnachtsfeier begonnen hätte, nur gehört zu haben. Der Mann, mit dem sie angeblich etwas gehabt hatte, war zur Gerichtsverhandlung als Zeuge geladen worden. Natürlich war es möglich, dass Lesius erst im Hinblick auf den bevorstehenden Termin genauere Recherchen darüber angestellt hatte, was auf der Weihnachtsfeier geschehen war.

Hatte Sibylle Lesius ihren Mann betrogen, bevor er ihr ein Haus übertragen hatte, oder erst danach? Auf diese Frage reduzierte sich am Ende der ganze Streit.

Bendis klappte die Mappe zu. Er hatte schon viele Mandanten durch ein Scheidungsverfahren begleitet, aber erst seit ein paar Wochen wusste er aus eigener Erfahrung, wie beschissen es sich anfühlte, wenn man verlassen wurde. Man war kaum noch in der

Lage, etwas Vernünftiges zu tun. Es brauchte dann nur noch etwas Zweites hinzuzukommen und schon konnte es passieren, dass man die Kontrolle und die Selbstbeherrschung verlor.

Er seufzte. Der Hass von Lesius war gewiss ernst zu nehmen, aber auf der anderen Seite war zu berücksichtigen, dass der Mann ganz einfach unter Trennungsstress stand.

4

Bendis musste nicht lange suchen. Auf ein schlichtes Schild, das über dem Eingang angebracht war und von einem kleinen Scheinwerfer angestrahlt wurde, war in roten Lettern der Name »Rollos« gemalt. Hinter der mit Plakaten behängten Glastür brannte schummeriges Licht.

Es gab keine Klingel und auch keinen Türsteher, man ging einfach hinein.

Er sah schattenhafte Gestalten und gelegentlich das Aufblitzen eines Gesichts oder eines Schmuckstücks auf bloßer Haut; und obwohl er von Musik, Stimmengewirr und Gelächter umgeben war, wirkte die Atmosphäre verhalten und auf eine angenehme Weise gedämpft. Für Hildesheim, dessen Nachtleben nicht sonderlich schillernd war und sich eher durch eine biedere Bürgerlichkeit auszeichnete, war ein solches Lokal nicht unbedingt typisch.

Er suchte sich einen Platz in der Nähe des Tresens und schaute sich um. An den Wänden hingen Spiegel, damit die Schönen, die hier verkehrten, einander nicht aus den Augen verloren. Es war kein Ort, um sich zu betrinken, merkte er, sondern einer, um den eigenen Marktwert zu testen. Kein Klub für ganz junge Leute, für die am wenigsten, im Übrigen schienen alle Altersklassen vertreten zu sein.

Er hatte noch nicht lange so dagestanden, als er sie entdeckte. Sie saß auf einem der Barhocker und hielt ihm ihr Profil zugewandt.

Sie trug ein knappes schwarzes Kleid, das auf ihrer blanken Haut wie ein reizendes Schmuckstück wirkte. Ihre schönen ellenlangen Arme waren ihm bereits bei ihrer ersten Begegnung aufgefallen, und ihre Haut schimmerte wie reine Seide. Sie war noch attraktiver, als er aufgrund der Fotos befürchtet hatte. Befürchtet deshalb, weil es eine Art von Schönheit war, die einem die Gelassenheit raubte. Sie war eine Frau, die geheime Fantasien lebendig werden ließ.

Es fiel ihm schwer, sie aus den Augen zu lassen, und erst mit einiger Verzögerung wurde ihm bewusst, dass der Mann, der neben ihr an der Bar stand, kein anderer als Frank Sennett war, ein alter Schulfreund.

Bendis trat an den Tresen.

»Micha, was bringt dich denn auf die Piste zurück!«, begrüßte ihn Frank Sennett, als er Michael Bendis neben sich erblickte. »Mit dir hätte ich ja überhaupt nicht gerechnet.«

»Die Zeiten ändern sich. Ich bin wieder solo.«

»Oh, na ja. Herzlichen Glückwunsch. Oder darf ich das nicht sagen?«

Frank Sennett grinste, und das Licht schimmerte bronzefarben auf seinen gefälligen Zügen.

»Besser nicht.«

»Sorry. Es sollte nur ein Scherz sein. Aber bei mir ist es auch nicht mehr wie früher. Nur umgekehrt. Ich werde mit Anfang vierzig langsam familiär. Sandra erwartet im Februar ein Kind.«

»Sandra?«, fragte er.

»Siehst du, sie kam erst nach deiner Zeit«, erwiderte Frank. »Solange bist du schon abgetaucht. Komm uns mal besuchen, dann lernst du sie kennen.«

Seine reizende Mandantin blickte zu ihnen her.

»Ramona Renda, eine Freundin von uns«, sagte Frank Sennett und legte eine Hand auf ihren nackten Arm. »Du kennst sie vielleicht.«

Woher wusste er das? Hatte Ramona Renda es ihm erzählt? Aber bevor er fragen konnte, erklärte sie: »Ja, wir sind uns schon begegnet.«

»Ich freue mich, dass wir uns wiedersehen«, sagte Bendis.

Ihr grüner Blick ruhte für einen Moment auf ihm, als ob sie darüber nachdächte, wie sie sich weiter ihm gegenüber verhalten sollte. »Umso besser, wenn ihr euch kennt«, meinte Frank. »Was wollt ihr trinken? Ich gebe einen aus.«

Er ließ die Cocktailkarte herumgehen.

Bendis spürte, dass es nicht nur ihm selbst, sondern auch Ramona Renda angenehmer wäre, wenn er nicht erwähnte, woher sie sich kannten.

»Bist du hier Stammgast?«, fragte er seinen Schulfreund.

»Zwangsläufig«, antwortete Frank. »Ich bin Teilhaber dieses Etablissements.«

»Und der Name draußen über der Tür?«

»Ist der von Rollo Richards, meinem Partner. Er ist der Geschäftsführer.«

»Dieter hat mir gelegentlich von dir erzählt«, sagte Bendis. »Aber dass du unter die Barbesitzer gegangen bist, hat er nicht erwähnt, als ich ihn letzte Woche traf.«

Dieter Sennett, den Bendis regelmäßig anwaltlich vertrat, war der ältere Halbbruder von Frank. Er war Inhaber eines Unternehmens, das öffentliche Gebäude mit Büromöbeln ausstattete, nicht nur in Deutschland, sondern auch im europäischen Ausland. Wie Bendis wusste, war Dieter Sennett gut im Geschäft, und sein Bruder Frank war vor geraumer Zeit sein Mitarbeiter geworden.

»Dieter ist verschwiegen«, meinte Frank Sennett. »Schließlich ist er ein Geschäftsmann.«

Ein Kellner in weißer Jacke mixte die Getränke, und als er sie ihnen hinstellte, stießen sie zu dritt mit den Gläsern an.

»Jetzt haben wir unseren Cocktail«, sagte Ramona Renda zu ihm, als Frank ein Stück zur Seite trat, um mit dem Barmann ein paar Worte zu wechseln. »Heute bin ich etwas früher hier als sonst. Als wir uns am Montag in Ihrer Kanzlei trafen, habe ich nicht daran gedacht, Ihnen zu sagen, dass ich gleich noch eine Verabredung habe.«

Schade, dachte er, und spürte einen leisen Stich der Enttäuschung. Zugleich regte sich in ihm so etwas wie Eifersucht auf den Mann, mit dem sie, wie er sich vorstellte, in dieser Nacht zum Vögeln verabredet war.

»Ich habe eine gute Nachricht«, sagte er. »Als ich heute Abend im Internet nachsah, war die Website von Herrn Santini nicht mehr zu finden.«

»Tatsächlich?« Sie weitete die grünen Augen. »Ich hatte ja vermutet, dass er es nicht drauf ankommen lässt. Umso besser. Ich gratuliere Ihnen zu Ihrem Erfolg. Schicken Sie mir die Rechnung.«

Normalerweise hörte er es nicht ungern, wenn ihn jemand um eine Rechnung bat, doch in ihren Fall verhielt es sich anders, und er fühlte eine Enttäuschung darüber, dass sein Mandat schon wieder zu Ende war.

»Eigentlich müsste Herr Santini die Rechnung bezahlen«, sagte er. »Ich hatte sie dem Schreiben an ihn beigefügt. Wenn Sie möchten, kann ich ihn auf Zahlung verklagen, falls er es nicht noch freiwillig tut. Außerdem könnten wir Schadensersatz für die stattgefundene Persönlichkeitsverletzung von ihm verlangen.«

»Ich will es nicht übertreiben«, winkte sie ab. »Man muss sich noch in die Augen schauen können. Er ist ein Freund von Rollo Richards und arbeitet zuweilen hier in der Bar. Außerdem, wer weiß – ich bin kein nachtragender Mensch.«

Ob das bedeutete, dass die Beziehung zu diesem Herrn noch gar nicht ganz beendet war?

»Ja, natürlich«, sagte er. »Es ging nur so schnell. Ich hätte Sie gern noch etwas länger als Mandantin behalten.«

Sie lächelte, als ob sie mit seiner Reaktion gerechnet hatte. »Es gibt noch eine andere Sache, in der ich vielleicht Ihre Hilfe brauchen könnte«, sagte sie, »natürlich nur, wenn Sie mir noch einmal helfen wollen. Vielleicht sind Sie auch nicht der Richtige für mich.«

»Ich helfe Ihnen gern«, sagte er.

»Als Anwalt sind Sie zur Verschwiegenheit verpflichtet, nicht wahr?«

»Allerdings.«

»Gilt das uneingeschränkt?«

»Ausnahmen sind selten.«

Sie senkte die Augen und betrachtete eine Weile das Glas in ihrer Hand. »Sie meinen, es wäre anders, wenn ich Ihnen einen Mord gestehen würde?«

»Darüber müsste ich schweigen. Aber wenn Sie mir gestehen sollten, dass Sie einen Mord planen, könnte es anders sein.«

»Einmal angenommen, ich würde bedroht und müsste mich wehren«, sagte sie, »wie wäre es dann? Würden Sie mir vertrauen, dass ich recht handle – oder würden Sie mich verraten?«

»In einer Notwehrlage würde ich Ihnen beistehen. Ich würde Ihnen aber trotzdem raten, sich in einem solchen Fall an die Polizei zu wenden und nichts Unüberlegtes zu tun.«

»Und wenn mir die Polizei nicht glaubt?«

»Dann würde ich für Sie intervenieren.«

Über den Rand ihres Glases hinweg betrachtete sie ihn. Der Ausdruck ihres Gesichts war rätselhaft.

»Es ist allgemein gesprochen und hat nichts mit Ihnen persönlich zu tun«, fügte er hinzu. »Manche Leute fühlen sich zu Unrecht bedroht. Auch als Anwalt muss man vorsichtig sein.«

»Ihr Beruf ist nicht einfach, oder?«

»Nein. Oft ist man erst hinterher schlauer.«

»Auch ich müsste Ihnen vertrauen, obwohl ich nicht alle Informationen habe, die ich gern über Sie hätte.«

»Ein Anwalt hat berufliche Pflichten, die den Mandanten schützen. Umgekehrt ist das nicht unbedingt der Fall. Trotzdem ist es ein Verhältnis auf Gegenseitigkeit. Der Anwalt muss wissen, worauf er sich einlässt.«

»Manchmal muss man es trotzdem darauf ankommen lassen, nicht wahr?«

»Manchmal gibt es nur ein Ja oder Nein, ein Alles oder Nichts, das ist wahr – aber es ist kein anwaltsspezifisches Problem.«

Sie nickte mit dem sandfarbenen Schopf.

»Denken Sie, ich verlange zu viel von Ihnen?«

»Sind Sie denn in Gefahr?«

Sie zuckte mit den reizenden Schultern. »Vielleicht.«

»Ich brauche nicht alle Informationen, aber ein paar benötige ich schon.«

»Auch für mich ist es nicht so einfach, wie Sie sich das vielleicht vorstellen«, sagte sie und sah ihn aus ihren unergründlichen grünen Augen an. »Wir sollten an einem der nächsten Tage einmal darüber sprechen, vielleicht bei einem Glas Wein.« Ihr Blick wurde direkt. »Freitagabend?«

»Ja, sehr gern«, sagte er sofort. Wie einfach das doch war, dachte er.

»Warten Sie einen Moment. Ich muss telefonieren gehen.«

Von irgendwo zauberte sie ein Handy her und entfernte sich in den hinteren Teil des Lokals.

Mit wem sie wohl telefonierte? Warum musste sie jemanden fragen, wann sie wieder Zeit hatte? Musste sie einen Termin verschieben?

»Freitagabend um neun bei mir in der Wohnung«, sagte sie, als sie drei Minuten später zu ihm zurückkehrte. »Unterm Galgenberg, meine Anschrift kennen Sie. Passt Ihnen das?«

Frank Sennett hatte sich wieder zu ihnen herumgedreht und den letzten Wortwechsel mitbekommen. Er lächelte Michael Bendis zu, als wollte er ihm raten, die Gelegenheit beim Schopfe zu ergreifen.

»Ich werde pünktlich bei Ihnen sein.«

»Prima«, sagte Ramona Renda und stellte ihr Glas ab, dann trat sie zu Frank und legte einen ihrer schlanken Arme um seine Schultern. Sie bewegte ihr Gesicht so nahe an seinen Kopf heran, dass ihre Lippen an seinem Ohrläppchen spielten, und an der Art, wie sie einander die Worte zuraunten, war zu erkennen, dass zweifellos ein sehr intimes und exklusives Einverständnis zwischen ihnen bestand.

»Grüß Sandra von mir«, hörte er sie sagen, als sie sich von Frank Sennett löste.

»Bis Freitag«, sagte Bendis.

Sie nickte und wandte sich ab, und er sah ihr nach, wie sie sich auf ihren langen Beinen entfernte.

Er beobachtete, wie sie zu jemandem an einem der Stehtische trat. Es war ein großer, hagerer Typ mit knochigem Gesicht und tief liegenden Augen, der ein schwarzes T-Shirt trug, das zwei senkrecht verlaufende Reihen weißer Totenköpfe zeigte. Sein Anblick erinnerte Bendis ein wenig an Keith Richards von den Rolling Stones. Die beiden redeten miteinander.

»Das ist Rollo Richards, mein Kompagnon«, meinte Frank Sennett, dessen Augen Ramona Renda ebenfalls gefolgt waren. Wie seltsam, sogar der Name Richards stimmte mit dem Rolling Stone überein.

»Ist sie seine Freundin?«

»Nein.«

»Was ist sie für eine Frau?«

Frank Sennett lächelte vielsagend. »Wenn sie einen Raum betritt, steigt die Temperatur auf sechzig Grad. Sie ist genauso scharf wie sie aussieht.«

»Du meinst, man muss aufpassen, dass man sich nicht an ihr verbrennt?«

Frank Sennett seufzte. »Sie ist es wert, dass man für sie ins Feuer geht.« Er lächelte. »Ins Feuer der Hölle und der Sünde.«

»Mit der Sünde hätte ich im Moment keine Probleme«, sagte Bendis. »Das ist der Vorteil, wenn man wieder alleine ist.«

Es lag ihm die eine oder andere Frage auf der Zunge, die er Frank gern zu seiner schönen Bekannten gestellt hätte, aber er wollte nicht zu neugierig wirken und ließ es deshalb sein Bewenden damit haben.

»Ich habe Sandra versprochen, dass ich spätestens um Mitternacht zu Hause bin«, meinte Frank. »Inzwischen ist es schon einiges darüber hinaus.«

»Lass dich nicht aufhalten«, erwiderte Michael Bendis. »Ich bin nicht das letzte Mal hier.«

»Komm uns mal besuchen, Sandra und mich, damit sie dich kennenlernt.«

Frank Sennett ging, und Bendis überlegte, ob er noch einen kurzen Abstecher in seine alte Stammkneipe unternehmen sollte, die ganz in der Nähe lag.

Seine Mandantin war nicht mehr zu sehen. Er leerte sein Glas, verließ den Tresen und trat durch die Eingangstür des Lokals auf die regennasse Straße hinaus. Er wandte sich nach links, schlenderte an den Fassaden entlang und sah, wie Frank Sennett in einen roten Audi stieg, mit dem er gleich darauf durch eine Pfütze davonzischte.

Bendis, blieb unter der Überdachung eines Schaufensters wieder stehen und schaute in den Sommerregen hinauf, der das Licht der Straßenlampen mit zarten silbrigen Fäden durchzog. Er war unschlüssig, wohin er sich wenden sollte.

Er warf einen Blick die Straße hinunter. Sie wirkte wie ein blauschwarzer Tunnel aus Schatten, hie und da durchbrochen von goldenen Lichtern. Ihm fiel ein, dass am nächsten Tag Dieter Sennetts Unfallsache auf seinem Terminplan stand, und daher sagte er sich, dass es besser wäre, er führe nach Haus. Doch etwas hielt ihn noch zurück.

Ein, zwei Minuten vergingen, dann wurde sein Blick von einer dunklen Limousine angezogen, die in auffallender Langsamkeit auf der ruhigen, lichterglitzernden Straße an ihm vorüberrollte. Kurz darauf leuchteten am Heck die roten Lichter auf, als der Wagen bremste und ein Stück hinter dem Eingang des Nachtlokals am Bordstein hielt. Der Motor wurde nicht abgestellt und niemand stieg aus dem Wagen aus.

Im nächsten Moment erblickte er Ramona Renda, wie sie durch die Eingangstür des Lokals ins Freie trat. Sie sah die Straße hinauf und hinunter, als ob sie nach jemandem Ausschau hielt. Der Regen, der auf ihre nackten Schultern fiel, störte sie offenbar nicht.

Sie warf den Kopf herum, als gleich darauf ein knappes Hupen ertönte, dann trat sie an den Bordsteinrand, wo der schwarze Wagen auf sie wartete. Sie öffnete die Beifahrertür und stieg ohne Umschweife ein. Die Tür schlug zu, die Limousine rollte an und brauste durch den glitzernden Regen in Richtung Kehrwiederturm und Goschentor davon.

5

Der Umstand, dass Dieter Sennetts Unfallsache besser lief, als Michael Bendis erwartet hatte, war in erster Linie auf die Persönlichkeit des Opelfahrers zurückzuführen, dessen Fahrzeug Sennett beim Überholen mittels eines von ihm mitgeführten Autoanhängers beschädigt haben sollte.

Mienke, so hieß der Mann, trug zu seinen Jeans ein knallrotes Hemd und eine ältere schwarze Lederjacke und wirkte wie aus der Zeit gefallen. Er hatte fettiges dunkles Haar, das dringend einen Schnitt nötig gehabt hätte, und insbesondere aufgrund seiner schwarzen, sehr großen und leicht auseinanderstehenden Augen, die seinen Blick unerträglich machten, gehörte er zu der Sorte Mensch, die man schon aufgrund ihres Äußeren eines Betrugs für fähig hielt.

»Ist der Fahrer des roten Audi, den Sie gesehen haben, hier im Raum anwesend?«, fragte ihn der Richter Helmer, ein blonder blasser Endvierziger mit einer runden randlosen Brille.

Mienke zeigte beim Lächeln seine langen gelblichen Zähne und ließ eines seiner auseinanderstehenden Augen flüchtig nach hinten zu der Zuschauerbank irren. »Da sitzt er«, meinte er lakonisch und machte eine Armbewegung zu Dieter Sennett hin, der einer von drei Zuschauern in dem Gerichtssaal war.

Dieter Sennett hatte vor Beginn der Verhandlung in der Zuschauerreihe Platz genommen, damit Mienke ihn nicht nur deshalb als den Unfallfahrer identifizierte, weil er auf der Anklagebank saß.

»Sind Sie ganz sicher?«, fragte Helmer.

»Völlig sicher. Das Gesicht vergesse ich nicht!«

Dieter Sennett erwiderte ungerührt Mienkes Blick, der nun vollständig nach hinten in seine Richtung geschwenkt war.

»Sie haben mich gesehen«, warf er Mienke zu. »Das ist ganz klar. Nur war das nicht am Sonntagvormittag, dem Vierundzwanzigsten, als Sie angeblich Ihren Unfall hatten, sondern am Tag davor, dem Samstag. Da war ich nämlich tatsächlich mit dem Anhänger auf der Steuerwalder Straße unterwegs.«

Mienke schüttelte den Kopf und sah von Sennett zu Helmer. »Weil er nicht anhielt, bin ich ihm nachgefahren, habe beim Überholen auf mich aufmerksam gemacht und ihm bedeutet, dass er anhalten soll. Doch er hat nur gelacht, und obendrein hat er mir noch den Vogel gezeigt.«

Dieter Sennett, der aufstand, um sich neben Bendis zu setzen, war im Gegensatz zu Mienke eine recht angenehme Erscheinung. Er war mindestens zehn Jahre älter als sein Bruder Frank, von kräftiger, aber zugleich schlanker Gestalt; ein Mann, der gut in Form war, und so aussah, als ob er regelmäßig zum Tennisspielen ging. Er war gut, aber auch nicht übertrieben gut gekleidet, und sah mit einem offenen hellblauen Hemd mit weißem Kragen und einem dunkelblauen Sommerjackett zugleich leger und gediegen aus. Er besaß volles aschblondes Haar, leuchtend blaue Augen und einen Gesichtsausdruck, der Entschlossenheit verriet.

»Haben Sie ein Unfallgeräusch gehört?«, fragte Bendis den Zeugen.

»Es war nicht zu überhören«, gab Mienke schroff zurück.

»Was war es für ein Geräusch?«

»Ein lauter Knall.« Mienke lachte. »Ein ganz, ganz lauter Knall.«

»Ein Knall? Nicht ein Scharren oder ein Knirschen?«

»Nein, ein Knall!«

Helmer blätterte in seiner Akte eine Seite um und rief Sennetts Alibizeugin in den Saal.

Christa Arndt, eine vornehm gekleidete weißhaarige Dame, gab ihr Alter mit sechsundsiebzig Jahren an. »Herr Sennett ist ein entfernter Verwandter von mir«, gab sie zu Protokoll. »Seine Mutter war die Nichte meiner Mutter.«

Helmer, der erkennbar Mühe hatte, sich die Art der verwandtschaftlichen Beziehung plastisch vorzustellen, befand, dass der Zeugin nicht das Aussageverweigerungsrecht naher Verwandter zur Seite stünde; doch von diesem Recht hätte Christa Arndt wohl ohnehin keinen Gebrauch gemacht.

»In diesem Frühjahr war es das zweite Mal, dass mich Dieter – ich meine Herr Sennett – besuchte«, erzählte sie auf Befragen. »Das war im März, und zwar kam er an einem Samstag, und er blieb bis zum Sonntag, so bis elf, zwölf Uhr. Ich weiß das noch, weil ich gleich, als er fort war, zu meiner Freundin zum Mittagessen gegangen bin, bei der ich eingeladen war.«

Helmer erkundigte sich nach den Gründen für Sennetts Besuch, aber auch darüber wusste Christa Arndt noch Bescheid.

»Es war irgendetwas mit einem Auto, das liegen geblieben war«, erklärte sie. »Mit dem Abholen klappte es nicht sogleich, der zuständige Mann in der Werkstatt war nicht da, jedenfalls musste er bis Sonntag warten, und deshalb übernachtete er bei mir. Ich habe ein Fremdenzimmer, das ich an Gäste vermiete, und das wusste er.«

Helmer fragte die Zeugin nach dem Datum der Übernachtung.

»Ende Februar wurde das Fremdenzimmer neu tapeziert«, sagte die alte Dame nach einer Pause konzentrierten Schweigens. »Zwei Wochen später kamen die neuen Möbel. Herr Sennett war der erste Gast, der in dem neu hergerichteten Zimmer übernachtet hat. Am sechsundzwanzigsten März bin ich mit meiner Freundin für drei Wochen nach Madeira geflogen. Der Besuch von Herrn Sennett fällt in die Zeit davor. Ich weiß noch, dass wir über meinen bevorstehenden Urlaub sprachen. Am wahrscheinlichsten ist, dass er vom Dreiundzwanzigsten zum Vierundzwanzigsten bei mir gewesen ist. Ich kann aber nicht ganz ausschließen, dass es eine Woche früher war, also vom sechzehnten zum siebzehnten März.«

Die entschlossene Art der Zeugin Arndt verfehlte nicht die beabsichtigte Wirkung auf den Richter Helmer, dessen ergänzende Fragen an die Zeugin von einer gewissen Ratlosigkeit kündeten. Die Zweifel, die notwendig waren, um Mienkes Darstellung zu erschüttern, waren geweckt worden, und Dieter Sennetts Aussichten, heil aus der Geschichte herauszukommen, hatten sich spürbar verbessert.

Der Staatsanwalt Borg, ein nicht sehr eindrucksvoller Mann mit Brille und Schnurrbart, der seine besten Felle davon schwimmen sah, versuchte, die Zeugin in Widersprüche zu verwickeln und dadurch den Kreis der möglichen Wochenenden zu erweitern, doch bewirkte er mit seinen Fragen lediglich, dass sich Christa Arndt immer sicherer im Hinblick auf das von ihr zuerst angegebene Datum wurde.

»Nein.« Sie schüttelte energisch den Kopf. »Ich hatte erst im Mai wieder Gäste. Es war das Wochenende vor dem Madeira-Urlaub.«

»So ein Unsinn«, rief Mienke von hinten in den Verhandlungsraum.

»Sie haben das nicht zu kommentieren«, fuhr der Richter ihn an und rief dann den Sachverständigen in den Saal, den er um die mündliche Erstattung seines Gutachtens bat.

Der Sachverständige beschrieb ausführlich eine Übereinstimmung zwischen der Beschädigung an dem Autoanhänger und an Mienkes Opel älteren Baujahres. »Der Opel weist eine aus einer Verhakung mit einem anderen Fahrzeug erklärbare niedrigere Beschädigung am vorderen linken Stoßfänger und eine höhere am oberen linken Kotflügel auf, die mit dem leichten Abrieb an der rechten hinteren Schlussleuchte des Anhängers korrespondiert. Der Anhänger zeigt außerdem am rechten Kotflügel leichte Riefen, die der niedrigeren Beschädigung an dem Opel zugeordnet werden könnten.«

Michael Bendis befragte den Sachverständigen nach den Riefen am Anhänger. Dieser bestätigte ihm, dass die Riefen so minimal gewesen waren, dass man sie erst entdeckte, wenn man ausdrücklich nach einer Beschädigung suchte. Wie alt die Riefen waren, konnte er nicht sicher angeben; Wochen oder Monate; vielleicht aber auch ein Jahr oder zwei.

Helmer schloss die Beweisaufnahme und bat den Staatsanwalt Borg um sein Schlussplädoyer. Dieser wagte es nicht, die Zeugin Arndt der Lüge zu bezichtigen, hob aber ganz auf die Angaben des Zeugen Mienke ab und folgerte, dass Frau Arndt sich irren müsste, was das Datum von Sennetts Besuch betraf. Er hielt Dieter Sennett der Unfallflucht für schuldig und beantragte, eine Geldstrafe gegen ihn zu verhängen und ihm die Fahrerlaubnis für die Dauer von acht Monaten zu entziehen.

Als Bendis an der Reihe war, verwies er darauf, dass sich die Zeugin Arndt an den Autoanhänger erinnert hatte, es aber keine Anhaltspunkte dafür gäbe, dass Dieter Sennett ein weiteres Mal mit einem Anhänger zu der Zeugin gefahren war. So spräche alles dafür, dass Mienkes Aussage unrichtig sei. Die an dem Hänger aufgefundenen Spuren seien vielleicht schon vorhanden gewesen, als Dieter Sennett den Anhänger entlieh. Verbleibende Zweifel dürften nicht zu seinen Lasten gehen, sodass er von dem Anklagevorwurf freizusprechen sei.

Richter Helmer verließ für ein paar Minuten den Saal, um in Stille mit sich zu Rate zu gehen. Als er aus dem Beratungszimmer zurückgekehrt war, sprach er Sennett ohne Umschweife von dem Vorwurf der Unfallflucht frei. Zur Begründung führte er aus, dass zwar eine Reihe von Umständen für die Richtigkeit der Schilderung des Zeugen Mienke spräche, dass er aber aufgrund der Angaben der Zeugin Arndt letzte Zweifel an Sennetts Schuld nicht habe überwinden können, weshalb ein Freispruch die zwingende Folge sein müsste.

Dieter Sennett hatte das Urteil mit Genugtuung zur Kenntnis genommen. »Ich wusste, dass ich freigesprochen werde«, sagte er, als sie draußen vor dem Gerichtsgebäude standen. »Ich habe schon viele Gerichtsverhandlungen erlebt, und wenn manche Leute auch anderes behaupten, so bin ich doch der Meinung, dass die meisten Richter die Sachverhalte, die das Leben ihnen stellt, recht gut durchschauen.«

Bendis ließ die Bemerkung lieber unkommentiert. Dieter Sennett lud ihn daraufhin zum Mittagessen ein, weil aber in seinem Büro Arbeiten auf ihn warteten, die er bis zum Abend erledigt haben wollte, lehnte er dankend ab. Sennett gab ihm die Hand und hielt sie ziemlich lange fest, wobei er Bendis mit einem Blick bedachte, als ob er ihm noch etwas Wichtiges mitzuteilen hätte; doch dann lächelte er nur und schritt unter dem verschleierten Himmel davon.

Michael Bendis war noch einen Moment stehen geblieben und hatte ihm hinterhergesehen. Und es war in dem Augenblick, als Dieter Sennett aus seinem Blickfeld entschwand, als ihm plötzlich aufging, weshalb die Aussage von Christa Arndt nicht richtig gewesen sein konnte und weshalb die Aussage von Mienke der Wahrheit entsprach.

Wie denn, erkannte er plötzlich ganz klar, hätte Mienke wissen können, dass das Fahrzeuggespann, mit dem Sennett am Sonnabend auf der Steuerwalder Straße stadtauswärts unterwegs gewesen war, auch noch am Sonntagvormittag, dem Zeitpunkt des geschilderten Unfallgeschehens, in dieser Zusammensetzung vorhanden sein würde? Mienke hätte doch den Sonnabend als Unfallzeitpunkt angeben müssen, wenn er ein geeignetes Fahrzeug gesucht hatte, dem er die Beschädigung seines eigenen Wagens durch einen Unfall anhängen wollte! An diesen Aspekt hatte seltsamerweise niemand gedacht, der Richter und der Staatsanwalt ebenso wenig wie Bendis selbst. Hätte aber der Richter diesen Gesichtspunkt nicht übersehen, so hätte ihm dieser Faktor durchaus dazu verhelfen können, seine letzten Zweifel an Sennetts Schuld zu überwinden. Und in diesem Fall wäre er wohl richtigerweise zu einer Verurteilung und nicht zu einem Freispruch gelangt.

Es war gut, dass man als Anwalt oft nicht wusste, wie es wirklich gewesen war, dachte Michael Bendis. Bestenfalls schadete einem das Wissen um die Wahrheit nicht, aber in einem ungünstigen Fall stellte es ein Hindernis für die Prozessvertretung dar oder konnte einen sogar dazu zwingen, das Mandat niederzulegen, um sich nicht selbst wegen Prozessbetrugs oder Strafvereitelung zugunsten des Mandanten strafbar zu machen. Nichts war unangenehmer, als wenn der Mandant einem auf die Schulter klopfte und anhob: »Jetzt will ich Ihnen mal erzählen, wie es wirklich gewesen ist.«

Nein, bloß das nicht!

6

Silvia Christians war eine alte Mandantin. Sie war Mitte achtzig und rechnete damit, bald sterben zu müssen. Das erzählte sie Bendis, gleich nachdem sie ihm gegenüber Platz genommen hatte.

»Ich habe den Fernseher schon mal abgemeldet«, erklärte sie ihm. »Wenn ich tot bin, will ich keine Gebühren mehr bezahlen. Aber diese Gauner wollen immer noch mein Geld. Das lasse ich mir nicht gefallen.«

Weder das Alter noch die Nähe ihres Todes hatten ihrer Streitlust einen Abbruch getan. Sie sah auch nicht so aus, als ob sie bald sterben müsste. Sie war eine hagere, aber hochgewachsene und kaum gebeugte Frau mit klaren grauen Augen. Das leichte Rouge, das sie auf die Wangen gebracht hatte, hätte sie kaum nötig gehabt, denn ihr Teint wirkte rosig und frisch. Sie trug ein cremefarbenes Kostüm, das vornehm wirkte, und um den Hals hatte sie silbernen Schmuck gelegt.

Er las das Schreiben, das die alte Dame von der Gesellschaft erhalten hatte. Darin wurde eine Kündigung, die Silvia Christians an das Anschlussunternehmen geschickt hatte, zu Ende Oktober bestätigt.

Es war immer wieder erstaunlich, was für Probleme manche Leute hatten, dachte Bendis. Manchmal waren es gar keine, aber er wusste, dass es Leute gab, die den Streit brauchten wie andere das tägliche Brot. Die Anwälte lebten ganz gut von dieser Klientel. Trotzdem hörte er nicht auf, sich zu wundern.

»Na ja«, sagte er. »Es geht um drei Monate.«

»Genau! Ist das nicht eine Unverschämtheit?«, erwiderte sie und ihre Stimme zitterte vor Empörung. »Sie müssen mir helfen, Herr Rechtsanwalt. Mit meinem Versicherungsvertreter habe ich schon telefoniert. Die übernehmen die Kosten.«

Nur gut, dass Leute wie Frau Christians eine Rechtschutzversicherung hatten und nicht davor zurückschreckten, die Versicherung so lange zu nerven, bis die eine Kostendeckungszusage gaben, damit sie ihre Ruhe hatten.

»Ich sehe mal, was sich machen lässt«, sagte er und blickte in den Vertrag über die Kabelgebühren, den die Mandantin ihm mitgebracht hatte. Eigentlich war gar nichts zu machen, dachte er zuerst, aber dann sah er, dass der Vertrag an einem ersten Oktober vor mehreren Jahren in Lauf gesetzt worden war. Da der Vertrag sich um jeweils ein Jahr verlängerte, wenn er nicht gekündigt wurde, lief es also schon Ende September ab. Die Gesellschaft hatte sich um einen Monat vertan.

Es ging demnach um fünfzehn Euro. Na ja. Immerhin. »Sie haben recht, Frau Christians.«, sagte er. »Man versucht, Sie übers Ohr zu hauen.«

»Sie müssen denen einen Brief schreiben, aber einen ganz scharfen!« Sie hob die Hand, als ob sie auf den Tisch schlagen wollte und ihre Empörung kaum unter Kontrolle halten könnte.

»So, wie es hier geschieht, geht es wirklich nicht«, erwiderte Bendis. »Ich kümmere mich darum.«

Bis die Antwort des Unternehmens eintraf, hätte die alte Dame sich wieder beruhigt, und der Fall war erledigt.

»Vielen, vielen Dank, Herr Rechtsanwalt«, beteuerte Silvia Christians, als sie sich aus ihrem Sessel erhoben. »Sie wissen gar nicht, wie sehr Sie mir geholfen haben.«

Kaum war die Alte draußen, als das Telefon ging.

Sonja war am Apparat.

»Gut, dass ich dich erwische. Ich hatte es schon bei dir zu Hause versucht.«

»Wo sonst als im Büro soll ich denn um diese Uhrzeit sein, wenn ich das Geld verdienen will, das ich dir zahle.«

Es sollte ärgerlich klingen, aber er war eigentlich recht gelassen, und ihm fiel ein, dass er das erste Mal seit der Trennung nicht kurz davor stand zu explodieren, wenn er mit Sonja sprach.

Sonja ging nicht auf seine Bemerkung ein, sondern sagte: »Weshalb ich anrufe: Julia möchte schon morgen Abend zu dir kommen

In seinen Gedanken arbeitete es. Morgen? Morgen war Freitag, wieso Freitag? Verdammt, er hatte überhaupt nicht mehr an Julia und die geplante Fahrt zu den Festspielen nach Bad Segeberg gedacht.

»Ich bringe sie gegen neunzehn Uhr vorbei«, sagte Sonja.

»Nein, das geht nicht.«

»Tu mir bitte den Gefallen! Ich habe am Freitagabend etwas vor. Ob Julia Samstagfrüh oder Freitagabend kommt, spielt doch wohl keine Rolle.«

»Es geht nicht, weil ich Freitagabend selbst etwas vorhabe.«

Einige Momente lang herrschte Funkstille. »Das ist doch wohl unmöglich.«

»Was ist daran unmöglich? Wir hatten Sonnabend vereinbart, nicht Freitag.«

»Normalerweise holen die Väter freitagabends die Kinder für das Wochenende ab.«

Eine Art von Gedankenübertragung, dachte er. Gerade hatte er sich mit einer neuen Frau verabredet, da rief die Verflossene an und tat so, als hätte sie noch irgendwelche Rechte.

»Genauso machen es auch manche Mütter«, erwiderte er. »Aber du wirst nicht vergessen haben, dass es dein Wunsch war, dass Julia erst samstagmorgens kommt und ich sie montagmorgens schulfertig mache.«

»An diesem Wochenende ist es eben einmal anders. Es ist dein Umgangswochenende! Das bedeutet, dass nicht ich, sondern du deine Verabredung absagen musst.«

Er atmete tief durch. Das Gespräch drohte zu eskalieren.

»Du irrst dich. Es gilt nicht, was du denkst, sondern was wir vereinbart haben. Freitag ist nicht Sonnabend.«

Eine Zeitlang herrschte angespanntes Schweigen in der Leitung.

»Ich finde es komisch, dass du dir etwas vornimmst, wenn Julia am nächsten Morgen zu dir kommt«, ließ Sonja nicht locker. »Was hast du denn vor?«

»Es geht dich nichts an.«

Kaum hatte er es gesagt, fragte er sich, weshalb er ein schlechtes Gewissen wegen seiner Verabredung mit Ramona Renda hatte. Schließlich war es Sonja gewesen, die ihn in die Wüste geschickt hatte, und nicht umgekehrt.

»Sicher hast du keine Karten vorbestellt oder dergleichen, wenn du sowieso mit Julia wegfahren wolltest.«

»Dann gib die Karten zurück. Es kann dir nicht zwei Tage vorher einfallen, dass du eine Verabredung hast.«

»Es hat sich gestern erst ergeben. Wie du weißt, waren wir in Dresden.«

»Bei mir hat es sich auch gestern ergeben, aber im Gegensatz zu dir hatte ich keinen Grund, mir nichts vorzunehmen.«

»Du könntest dich eher freimachen als ich.«

»Meine Verabredung ist wichtiger als deine Kartenvorbestellung. Ich bin mit einer Frau verabredet.«

»Mit einer Frau?« Ihre Stimme wurde schrill. »Ausgerechnet am Freitag, wenn am Samstagmorgen Julia zu dir kommen soll? Ich hoffe, sie übernachtet nicht bei dir.«

Er hätte sie nun fragen können, wann und wie oft ihr neuer Liebhaber sie besuchte und was Julia in dieser Zeit tat, aber eine solche Diskussion wäre einfach nur idiotisch, also ließ er gleich ganz davon ab.

»Ich hole Sonja am Sonnabend um neun Uhr bei dir ab«, erklärte er abrupt. »Wir sehen uns dann. Wie wir es vereinbart hatten. Bis dahin, tschüss!«

Er legte den Hörer auf, um einer weiteren Eskalation aus dem Weg zu gehen, und erhob sich augenblicklich aus dem Sessel.

Kirsten saß nebenan im Schreibzimmer.

»Falls Sonja noch einmal anruft, sag ihr bitte, dass ich gegangen bin.«

Kirsten lächelte. »Kein Problem«, sagte sie.

7

Die flachen Strahlen der tiefen Sonne hatten den Kampf gegen die Schatten der Bäume verloren, als Michael Bendis in seinem Wagen die gewundene Straße hochkroch, die hinauf zum Galgenbergwald führte. Der Himmel im Westen hinter ihm zeigte sich in einem letzten Glühen von Gold und Rot. Im Licht des Abends erschien alles sanft, mild und friedlich, doch er sagte sich, dass alles nur eine Täuschung war. In Wahrheit schickte die Sonne sich an unterzugehen.

Das Haus, in dem Ramona Renda wohnte, war eine im Stil des Historismus erbaute Stadtvilla mit Erkern, Türmen und Fachwerkelementen, die einen recht gediegenen Eindruck machte. Er parkte ein ganzes Stück weit vom Haus entfernt, da er in der Nähe keinen Parkplatz finden konnte.

Den Eingang zum Gebäude versperrte eine mit Metallbeschlägen versehene Eichentür, die sich am oberen Ende einer Freitreppe befand. Anhand der Türklingeln ergab sich, dass sich unter dem Dach des Gebäudes sechs Wohnungen befanden. Der Summer, der auf sein Klingeln hin ertönte, gab ihm den Weg in das Innere des Hauses frei, und er stand in einer Eingangshalle aus rotem Granit, deren Ambiente den gehobenen Eindruck, den das Gebäude von außen machte, bestätigte.

Marmorne Treppenstufen, auf denen ein roter und in schmale goldene Schienen gefasster Teppich nach oben lief, führten Bendis in den dritten Stock, wo er am Ende des Flurs eine Wohnung erreichte, zu der die Tür offen stand.

Ramona Renda stand im Flur und blickte in den Spiegel neben der Garderobe. Sie warf ihm einen kurzen Blick zu und sagte nur: »Hey!«

Ihr sandfarbenes Haar war mit grünen Strähnen durchsetzt, und unter dunkel geschminkten Lidern funkelten ihre Augen wie Edelsteine aus Jade. Ein schwarzes Lederhalsband umschloss ihren schlanken Schwanenhals so eng, dass man Angst haben musste, sie würde nicht genug Luft zum Atmen bekommen. Zu hochhackigen Sandalen und dunklen, halblangen Jeans trug sie ein knappes schwarzes Top auf der nackten Haut, eine Art West, die über dem Bauch von zwei Knöpfen zusammengehalten wurde.

»Freut mich, dass es so schnell geklappt hat«, sagte er.

»Worauf will man warten?«, erwiderte sie. »Wer weiß, was morgen ist.«

Die matte Glut ihrer Haut, der goldene Schnitt ihrer Gestalt; ihre Schönheit machte ihn betroffen, aber auch froh.

Sie griff zu einer Sonnenbrille, die auf der Ablage unter dem Spiegel lag und setzte sie auf. Durch den Spiegel hindurch blickte sie ihn an. Die Brille passte gut zu ihren etwas hageren Zügen.

»Wie sehe ich aus?«, fragte sie.

»Reizend«, sagte er mit belegter Stimme. »Mehr als das.«

Sie lächelte, nahm die Sonnenbrille wieder ab und legte sie unter den Spiegel.

»Ich habe mich schon ausgehfertig gemacht«, sagte sie. »Ich muss nachher noch einmal fort.«

Er folgte ihr über den Flur in das Wohnzimmer. Die Balkontür stand offen und der warme Sommerabend wehte herein.

Bendis erblickte durch die geöffnete Tür die in der Abendsonne vor sich hin dämmernde Stadt; das schwächer werdende Licht verschmolz ihre Häuser, Dächer und Türme zu einem stimmungsvollen Bild abendlichen Friedens, von dem man ahnte, dass es eine Täuschung war.

Der Parkettfußboden im Raum war mit teuren Teppichen belegt, und an der rechten Wand erstreckte sich ein weitläufiges Schrankregal. Am anderen Ende gab es eine schwarze Ledergarnitur, neben der das gedämpfte Licht einer Ecktischlampe ein buntes Gemälde an der Wand erhellte, auf dem das Meer zu sehen war.

»Was für einen Wein möchten Sie trinken?«, fragte ihn Ramona. »Rot, weiß oder rosé?«

»Weiß«, antwortete er. Normalerweise trank er lieber Rotwein, aber heute Abend passte Weißwein besser.

Sie wandte sich zur Seite und nahm eine Flasche und zwei Gläser von einer Anrichte und stellte sie auf den Tisch, dann setzte sich in einen der Sessel und schenkte die Gläser voll.

»Sie haben eine nette Wohnung«, sagte er, nachdem sie auf einen schönen Abend angestoßen hatten. »Es ist eine tolle Lage hier oben am Hang.«

»Ich mag es, den Wald in der Nähe zu haben«, erwiderte sie. »Ich bin oft im Galgenberg, ob zum Laufen oder einfach nur, um spazieren zu gehen.«

»Drüben am Steinberg«, sagte Bendis, »wo ich wohne, habe ich auch den Wald vor der Tür.«

»Dass es die Wälder gibt, ist einer der Pluspunkte dieser Stadt. Sonst hat sie nicht so viel vorzuweisen.«

Sie nahm einen Schluck Wein, stand wieder auf und trat zu dem Wandregal. Sie schaltete eine Musikanlage an. *The dark side of the moon* von Pink Floyd erfüllte den Raum.

Er wusste noch viel zu wenig von ihr. »Was haben Sie für einen Beruf?«, fragte er.

»Ich bin eine Turnerin«, sagte sie leise.

»Ist das ein Beruf? Unterrichten Sie Sport?«

Er konnte sich nicht vorstellen, dass sie an einer Schule arbeitete, aber so ganz genau wusste man ja nie.

»Ich bin studierte Grafikerin«, antwortete sie. »Aber ich arbeite als Dienstleiterin und Performancekünstlerin. Bei Letzterem hilft mir das Turnen. Sie haben Fotos von mir gesehen.«

»Performances? Machen Sie das allein oder mit einem Partner?«

»Sowohl als auch.«

Es lag ihm auf der Zunge, danach zu fragen, ob sie schon einen Ersatz für Paolo Santini hatte, aber er tat es nicht.

»Und die anderen Dienstleistungen?«

»Erotische Dienstleistungen«, bekannte sie freimütig. »Ich betreibe einen Begleitservice.«

Erst einmal blieb er stumm. Eigentlich hätte er es wissen müssen, dachte er. Irgendwo gab es immer einen Haken. Es war alles viel zu glatt gegangen.

Begleitservice war nur ein anderes Wort für Altbekanntes, dachte er. Wer eine attraktive Frau dafür bezahlte, dass sie ihn zu einem Essen, einer Party oder wohin auch immer begleitete, wollte anschließend auch mit ihr ins Bett. Es war nur etwas teurer als auf dem Straßenstrich. Sie war eine Prostituierte, eine hochklassige zwar und eine mit guter Bildung, aber das änderte nichts.

»Können Sie davon leben?«, fragte er.

»Ja, und nicht schlecht«, sagte sie. »Ich habe meinen Preis und hatte noch nie einen unzufriedenen Kunden.«

Weshalb hatte sie ihn eingeladen? Natürlich wusste sie, was er von ihr wollte. Er machte sich keine Illusionen. Die Vorstellung, dass eine Edelprostituierte wie sie es mit einem umsonst machte, war eine infantile Wunschfantasie. Nichts war umsonst. Auch wenn sie zu den Menschen gehörte, die sich holten, wonach es sie verlangte, mochte er auch angesichts des Umstands, dass die Vorstellung seiner Eitelkeit schmeichelte, nicht glauben, dass sie ihn bloß eingeladen hatte, weil sie scharf auf ihn war. Sie hatte es schon gesagt. In dieser Welt hatte alles einen Preis. Irgendetwas würde er für sie tun müssen.

Sie lächelte zart. »Keine Sorge, Sie müssen nichts bezahlen«, sagte sie.

Was mochte sie kosten, wenn sie Geld dafür nahm? Fünfhundert Euro? Darunter machte sie es bestimmt nicht. Vielleicht kostete sie sogar mehr.

»Ich bin erleichtert, dass wir nicht über Geschäftliches sprechen müssen«, erwiderte er.

»Mal sehen, worüber wir sprechen müssen«, wandte sie ein.

Er sagte nichts, sondern betrachtete eine Weile ein Gemälde an der Wand, das seine Augen beim Hereinkommen nur kurz gestreift hatten. Das Bild zeigte eine in grellen Farben gehaltene Badeszene, die irgendwo an einem Meeresstrand spielte. Die meisten Leute auf dem Bild tummelten sich an dem gelben Strand und in dem flachen grünen Wasser. Dort, wo dem Strand ein schmaler Weg vorgelagert war, spazierte ein Ehepaar entlang, eine Frau in rotem Kleid und mit einem roten Hut, auf dessen breiter sonnenabweisender

Krempe ein geflochtener grüner Kranz saß, und ein Mann im dunklen Anzug, der vor ihr ging und einen Stockregenschirm vor sich hertrug, der ihm als Spazierstock diente. Begleitet wurde das Paar von einem kleinen schwarzer Pudel, der ganz vorn im Bild zu sehen war.

»Gefällt Ihnen das Bild?«, fragte Ramona Renda, die der Richtung seines Blickes gefolgt war.

»Ja, sehr. Wer hat es gemalt?«

»Den Namen des Malers kenne ich nicht. Aber das Bild hat einen Namen. Es heißt ›Auf der Suche nach der vergessenen Zeit‹.«

Sie hatte die Beine angezogen und die Füße auf das Leder gesetzt. Ihre langen, schönen Arme waren um die Knie geschlungen, und sie musterte ihn stumm.

»Wenn Sie es möchten, können wir zum Du übergehen«, schlug sie vor.

»Ja, gern«, sagte er.

»Deine Freunde nennen dich Micha?«

»So wurde ich schon immer genannt.«

»Micha, ja, das passt zu dir«, sagte sie.

Er blickte zum Fenster, zu den Dächern der Stadt, zu dem milden abendlichen Licht und dem Höhenzug des Hildesheimer Waldes in der Ferne, über dem langsam die Dunkelheit heraufzog.

»Was hat es mit dem Mandat auf sich, von dem du vorgestern gesprochen hast?«, fragte er.

»Die Sache hat verschiedene Aspekte«, erwiderte sie. »Einer davon ist ein Vertrag. Angenommen, es möchte mir jemand etwas schenken, ist es möglich, eine Klausel in den Vertrag einzubauen, dass der Schenker berechtigt ist, sein Geschenk von mir zurückzufordern, wenn ich mich undankbar ihm gegenüber verhalte?«

Das war fast so ein Fall wie der von Lesius und seiner Frau, dachte er. »Hm, ja, so etwas ist möglich.«

»Außerdem geht es darum, ein Dokument sicher zu verwahren. Hast du einen Tresor?«

»Den habe ich.«

»Es geht nicht nur um die Verwahrung eines Dokuments, sondern auch darum, dessen Inhalt einer Vertrauensperson mitzuteilen. Dabei habe ich an dich gedacht.«

Es klang alles reichlich nebulös, und es kamen ihm wieder ein paar Bedenken. Aber er behielt sie für sich, er wollte es sich nicht mit ihr verscherzen, nicht heute Abend, und schon gar nicht vor dem Sex.

»Wie du weißt, unterliege ich der Schweigepflicht«, sagte er.

Sie löste die Verbindung von Armen und Knien und richtete sich auf.

»Du wirst mir also helfen?«

»Natürlich. Ich tue alles, was in meiner Macht steht.«

Das knappe schwarze Schmuckstück an ihrem Oberkörper gab den Blick auf ihre Rippen frei, die sich unter der Samthaut abzeichneten. Sie sah aus, als hätte sie die letzten Tage nichts gegessen. Ihr Anblick löste Antriebe in ihm aus, von denen er spürte, dass sie in ihrem Kern dunkel waren, aber vor allem waren sie machtvoll und scharf.

»Ich bin mir noch nicht sicher, nicht nur, was die ganze Sache, sondern auch was deine Person angeht«, sagte sie. »Einerseits möchtest du nichts verlieren, aber auf der anderen Seite gehörst du zu den Leuten, die sich immer rückversichern müssen, nicht wahr, so ist es doch?«

»Mein Beruf ist nicht ganz ungefährlich«, erwiderte er. »Das hat sich in meine Psyche eingegraben, es ist eine Art Berufskrankheit. Wahrscheinlich habe ich einen falschen Eindruck bei dir hinterlassen.«

Sie lächelte, aber irritiert nahm er zur Kenntnis, dass auch ein Hauch von Bedauern auf ihren schönen Zügen lag.

»Das Leben ist nicht ohne Gefahr, auch für mich nicht, und auch Unwägbarkeiten gehören dazu«, sagte sie. »Die Menschen verdrängen den Eros und leugnen den Tod, indem sie das Leben vermeiden. Die Leute täuschen sich selbst und halten ihre eigenen Lügen für die Wahrheit. Das führt zu vielen Missverständnissen und Problemen.«

Er sah zu dem Bild an der Wand, und ihm fiel auf, dass eine zweite Frau darauf zu sehen war, die er beim ersten Betrachten übersehen hatte. Es war eine jung aussehende, schlank gewachsene Frau in einem gelben Kleid und mit einem gelben Hut, deren Blick am Betrachter vorbei in die Ferne gerichtet war. Der Maler hatte einen Augenblick festgehalten, da die rotgekleidete Frau mit dem Mann und dem Pudel stehen geblieben war und sich herumgedreht hatte, und zu der anderen Frau im vorderen rechten Bildteil hinüberblickte.

»Du hast wahrscheinlich recht«, erwiderte er. »Ein wenig Mut, ein wenig Risikobereitschaft haben noch niemandem geschadet.«

Was redete er da eigentlich für ein dummes Zeug, dachte er. Es waren doch nur unverbindliche Phrasen, die er da zum Besten gab.

»Damit du siehst, dass ich es ernst meine und dir vertraue, werde ich dir noch heute Abend einen Vorschuss zur beliebigen Verrechnung auf dein Konto überweisen«, sagte sie. »Deine Kontonummer habe ich auf der Abschrift des Schreibens an Paolo gefunden und schon als Vorlage gespeichert.«

»Das ist wirklich nicht nötig, dass du mir einen Vorschuss bezahlst«, erwiderte er, »ich habe doch noch gar nichts gemacht.«

»Immerhin war da die Sache mit Paolo. Außerdem möchte ich das auch so machen. Du hast Ja gesagt, was das neue Mandat betrifft. Es kann nun keinen Rückzieher mehr geben.« Sie reckte ihren herrlichen Körper und öffnete die Knöpfe ihrer Weste. »Weder von dir noch von mir.«

Sie verschwand aus dem Raum und kehrte einige Momente später nackt ins Zimmer zurück, und beim Anblick ihres erstklassigen Gliederbaus und ihrer hübschen, kleinen Brüste vergaß er all seine Bedenken.

Egal, was sie verlangt hätte, in diesem Moment hätte er jeden Preis für sie bezahlt.

Er fühlte sich großartig, wie neugeboren und keineswegs müde oder erschöpft.

»Wir sollten das wiederholen«, sagte er, nachdem sie sich voneinander gelöst hatten.

»Ja, klar«, gab sie zurück. »Aber nicht heute Nacht. Du musst zu Hause schlafen. Gib mir das Kondom. Ich entsorge die Dinger immer sofort.«

Für eine Weile verschwand sie aus dem Raum.

»Wann hast du wieder für mich Zeit?«, fragte er, als sie zurückgekehrt war.

»Ich melde mich in der nächsten Woche bei dir«, sagte sie. »Dann komme ich zu dir ins Büro und dort können wir das Weitere besprechen. Vielleicht haben wir schönes Wetter und können anschließend einen Ausflug in die Umgebung unternehmen. Am besten in den Hildesheimer Wald, da drüben, wo du wohnst. Bestimmt finden wir irgendwo ein nettes Plätzchen. Es gibt nichts Schöneres als Vögeln unter freiem Himmel.«

Als er bald darauf ihre Wohnung verließ, war die Dämmerung der Dunkelheit gewichen. Ein paar schwach leuchtende Sterne blinkten am violetten Himmel.

Im Licht der Laternen schlenderte er die Straße entlang. Er dachte daran, einen Abstecher in »Rollos Bar« zu machen, entschied sich aber dagegen. Morgen kam Julia, es war besser, er fuhr nach Hause.

Er wechselte die Straßenseite. Dabei geriet ihm eine parkende Limousine in den Blick, die der Lichtschein einer Straßenlaterne kaum erfasste und in der er eine Bewegung wahrzunehmen meinte. Im Weitergehen sah er noch einmal hin und hatte das Gefühl, dass jemand in dem Wagen saß.

Komisch, überlegte er im Weitergehen, hatte er eben wirklich ein Gesicht mit einer Sonnenbrille gesehen? Oder war das nur eine Sinnestäuschung gewesen?

Eine flüchtige Erinnerung flammte in ihm auf. Als er noch einmal zurücksah, lag die Straße still. Sein Eindruck von eben glich nur noch einem Schatten, der sich aufgelöst hatte und mit der Dunkelheit verschmolz.

Er stieg in seinen Wagen und startete den Motor. Die Limousine, an der er vorübergegangen war, stand nicht in seiner Fahrtrichtung geparkt, sodass er hätte wenden müssen, um zu überprüfen, ob sein Eindruck richtig gewesen oder eine Täuschung war.

Aber das tat er nicht; es gab keinen Grund dafür. Er vergaß den kurzen Eindruck schon auf dem Nachhauseweg. Erst Tage später erinnerte er sich wieder daran.

8

Julia stand allein vor dem Haus und wartete auf ihn, aber er hatte noch gesehen, wie Sonja die Tür von innen zugemacht hatte, als er sich dem Haus im Wagen näherte.

Julia schaute ihn unglücklich an.

»Eigentlich habe ich gar keine Lust, mit dir mitzufahren«, sagte sie.

Sie hatte blonde Haare und braune Augen, wie ihre Mutter, und war ein liebreizendes Kind.

»Das glaube ich dir nicht«, erwiderte Bendis. »Ohne dich fahre ich nicht los.«

Ihm war augenblicklich klar, dass Julia in einem Loyalitätskonflikt steckte. Er ärgerte sich über Sonja, die nicht verhindert hatte, dass es geschehen war. Möglicherweise hatte sie sogar den Konflikt bei dem Kind heraufbeschworen, jedenfalls geschürt und befördert. Es war Sonjas Art, sich dafür zu rächen, dass er ihre Verabredungspläne durchkreuzt hatte.

»Deine Mutter und ich haben uns gestritten«, sage er. »Aber du hast nichts damit zu tun, Julia. Dich trifft keine Schuld.«

Ihre Züge erhellten sich ein wenig. »Mama war sehr traurig.«

»Ja, ich habe ihr wehgetan«, erklärte er, um das Problem des Kindes nicht zu vertiefen. »Aber solche Dinge passieren, wenn Mann und Frau sich trennen. Ich meine, dass sie sich gegenseitig durch unbedachte Worte wehtun, und die Kinder leiden darunter. Es ist nicht schön, aber eben manchmal nicht zu vermeiden. Trotzdem werde ich mir Mühe geben, dass es nicht wieder vorkommt. Komm, ich weiß doch, dass du dich auf unser Wochenende freust.«

Julia verzog das Gesicht, blinzelte ihm dann aber zu, was er wie ein stillschweigendes Einverständnis empfand, dann reichte sie ihm die Reisetasche und sprang in den Wagen. Sie hatte seine Entschuldigung akzeptiert.

»In der Schule alles in Ordnung?«, fragte er, nachdem sie losgefahren waren.

»Ja, sicher.«

»Alle Hausaufgaben erledigt?«

»Übers Wochenende kriegen wir keine auf.«

»Prima. Dann steht einem entspannten Wochenende nichts im Wege.«

»Bist du auch mit deinen Sachen im Reinen, Paps?«

Er zögerte. »Jedenfalls hoffe ich es.«

Kaum hatten sie die A7 Richtung Hannover und Hamburg erreicht, da schweiften seine Gedanken zum vergangenen Abend zurück.

Eigentlich hätte er ein glücklicher Mann sein müssen; aber so richtig glücklich war er nicht.

Mit wem Ramona wohl in der vergangenen Nacht noch verabredet gewesen war? Es hatte sich so angehört, obwohl sie Genaues nicht hatte verlauten lassen; jedenfalls hatte sie angeblich noch fortgemusst.

Warum hatte sie so ein Geheimnis um ihr Anliegen gemacht? Ihr Gerede von Gefahr und Wagemut hatte sehr nebulös geklungen. Was hatte sie davon abgehalten, sich ihm vollständig anzuvertrauen? Plante sie etwas Illegales, für das sie sich seine Unterstützung erhoffte? Auszuschließen war es nicht. Sie war radikal und in ihrem ganzen Wesen und Verhalten darauf geeicht, bis an die Grenzen zu gehen; und gelegentlich ging sie wohl auch darüber hinaus.

Nun gut, er würde sich nicht länger mit irgendwelchen Andeutungen hinhalten lassen, nahm er sich vor. Nächste Woche würde er sie fragen, was genau sie von ihm wollte; dann hätte das Rätselraten ein Ende, oder es gab eben kein neues Mandat.

Ob es wohl möglich war, eine Frau wie Ramona dauerhaft an sich zu binden? Wollte er es denn? Ihr Eros war von einer geradezu überwältigenden Anziehungskraft, und dass sie gern Sex mit ihm hatte, war nach dem, was er mit ihr erlebt hatte, nicht zu bezweifeln. Aber ihr Beruf war ein Problem, ganz egal, worin genau ihre erotischen Dienstleistungen bestanden. Sie war eine Prostituierte, und das war auch nichts Schlimmes, aber er wusste, dass er es nicht ertragen könnte, eine Freundin zu haben, die sexuelle Beziehungen zu anderen Leuten unterhielt und ihren Spaß daran hatte.

Verdammt, dachte er plötzlich, warum immer diese Bedenken, warum gab es immer etwas, das dagegen sprach? Warum sollte er eine Frau wie sie nicht lieben? Sie war doch ein ganz reizender, bezaubernder Mensch!

»Mama hat gesagt, dass du wieder eine Freundin hast«, sagte Julia.

»Es ist nichts Festes.«

»Ist sie hübsch?«

»Ja, sehr.«

»Hübscher als Mama?«

»Schwer zu sagen, Julia, aber sag mal, hast du das Winnetou-Buch inzwischen gelesen, von dem wir heute das Stück ansehen wollen?«

»Hab ich«.

»Möchtest du auch den zweiten Band lesen?«

»Mal sehen. Mama findet, das ist altmodisches Zeug und ziemlich langweilig.«

»Es kommt nur darauf an, ob *dir* die Bücher gefallen. Oder fandst du das Buch etwa langweilig?«

»Ich fand es ganz gut, aber nur so einigermaßen gut. Mama sagte, ich sollte lieber ›Der Herr der Ringe‹ lesen.«

»Du bist noch etwas jung dafür. Mir selbst gefällt dieser Roman nicht so gut wie der Winnetou. Die Geschmäcker sind eben verschieden. Es gibt kein Buch, das jedem gefällt. Lass dich nicht beirren und lies, was dir Spaß macht.«

Eine Weile war es still, dann sagte Julia: »Ich finde Winnetou sehr erotisch.«

Er blickte zur Seite. »Erotisch? Wie kommst du denn darauf?«

Julia lächelte wissend unter der blonden Strähne hervor, als wüsste sie sehr gut über die Welt der Erwachsenen Bescheid.

»Ich hätte ihn gerne kennengelernt.«

»Er ist nur eine Romangestalt.«

»Ja, darum ja.«

»Siehst du! Also musst du mehr über ihn lesen. Eine andere Möglichkeit gibt es nicht.«

»Das stimmt«, sagte Julia, und es klang, als hätte er sie mit diesem Hinweis zum Nachdenken gebracht. »Aber vielleicht reicht es auch, ihn auf der Bühne zu sehen.«

Er starrte auf die breite Fahrbahn, die vor ihnen lag.

»Freust du dich auch auf die Vorstellung?«, fragte Julia.

»Ja, und wie! Als ich in deinem Alter war, bin ich mit meinen Eltern zum ersten Mal in Bad Segeberg gewesen.«

»Wirklich?«

»Ja, fast jeden Sommer fuhren wir hin. Und das gefällt mir am meisten, dass es noch genauso ist wie vor dreißig Jahren.«

»Nein!«, rief Julia da empört aus, sodass er vor Schreck fast das Lenkrad verriss. »Es ist nicht mehr wie vor dreißig Jahren, als du ein Kind gewesen bist.«

Er blickte sie an. Ihre Augen waren voll von Trauer und Zorn.

»Du bist mit deinen Eltern dort gewesen – ich aber nie! Nie mit den Eltern! Und du bist schuld!«

Um die Mittagszeit kamen sie in Bad Segeberg an. Julia hatte sich wieder beruhigt und war guter Dinge.

Sie bezogen ihr Hotelzimmer und begaben sich zum Freilufttheater am Kalkberg.

Die Vorstellung war gut besucht. Die Sonne schien warm, aber sie brannte nicht. Wie immer war es ein gänsehauterregender Moment, wenn Winnetou das erste Mal auf die Bühne ritt und die Winnetou-Melodie von Martin Böttcher aus allen Rohren dröhnte. Julia war hingerissen und Bendis war zufrieden.

»Der Winnetou sieht auch gut aus, fast so gut wie der im Buch«, sagte Julia. »Nur ist er schon etwas alt.«

»Alt? Er ist auch nicht älter als ich«, sagte Bendis.

Sie sah ihn zweifelnd an. »Ja, das meinte ich doch.«

In einem Lokal am Marktplatz gingen sie noch etwas essen und unternahmen dann bei Dunkelheit eine Wanderung über den Kalkberg. Die Abendvorstellung war im Gange, und man sah vom

Berg hinunter auf die stimmungsvoll erleuchteten Felsen der Bühnenkulisse, wo in einem spektakulären Showdown, inmitten von Stunts, Explosionen und Feuerzauber, der Kampf zwischen Schurken und Helden mit dem Sieg des Guten endete. Doch Nscho-tschi, Winnetous Schwester, und Intschu tschuna, sein Vater, waren dem Schurken Santer zum Opfer gefallen und hatten das Ende der Geschichte nicht erlebt.

9

Der Montag war ein strahlend schöner Sommertag. Bendis hatte bei Gericht einen Termin in einer einfachen, aber langwierigen Zivilsache wahrgenommen. Als er um die Mittagszeit auf dem Rückweg vom Justizzentrum in der Kaiserstraße durch die sonnige Fußgängerzone spazierte, fragte er sich, was er in seinem Leben falsch gemacht hatte, dass er an einem Tag wie diesem nicht zu den Leuten gehörte, die in luftiger Kleidung an ihm vorüberflanierten und die Sonne genossen.

Kirsten, seine Mitarbeitern, hätte an diesem Tag wohl auch lieber etwas anderes unternommen. »Ich würde gern eine Stunde früher gehen«, bat sie ihn. »Ist das okay?«

»Meinetwegen«, knurrte Bendis und nahm sich vor, auch seinen eigenen Arbeitstag nicht allzu lang werden zu lassen.

Er machte sich an seine Akten und diktierte ein paar Schreiben; dann fiel ihm die Mailbox ein, aber es waren keine Nachrichten für ihn gespeichert.

Er trat zum Fenster und blickte hinaus. Die Tische in dem italienischen Straßencafé gegenüber waren fast alle besetzt. Er schien wirklich der Einzige zu sein, der sich an einem Sommertag wie diesem mit Arbeit quälte. Auf dem Hausdach gegenüber hatte sich eine einsame Taube niedergelassen. Das Licht der Sonne fiel leicht und verschwenderisch in die belebte Straße, und er dachte an Ramona und an Sex unter freiem Himmel und überlegte, ob er sie anrufen sollte.

Es war dumm, dass er Freitagnacht nicht gleich einen Termin mit ihr für die laufende Woche vereinbart hatte, ganz egal, ob es ein privater oder ein geschäftlicher Termin hätte werden sollen. Er hätte sich dann besser gefühlt.

Ihm fiel etwas ein, und er kehrte an den Schreibtisch zurück, um sich am PC bei seiner Bank einzuloggen und einen Blick auf sein Konto zu werfen. Tatsächlich: Es war eine Vorschusszahlung von Ramona Renda auf seinem Konto eingegangen.

Die Summe war unverhältnismäßig hoch. Dreitausend Euro! Seine Tätigkeit wegen der Verletzung ihres Persönlichkeitsrechts war damit bei Weitem überzahlt. Was sollte er für das eingegangene Geld tun?

Am besten fragte er sie gleich. Warum sollte er warten, bis es ihr irgendwann gefiel, sich bei ihm zu melden? Der Vorschuss war Grund genug, sich mit ihr in Verbindung zu setzen.

Er holte die Akte, in der er die Telefonnummer ihres Festnetzanschlusses notiert hatte, dann griff er zum Hörer.

Es tutete einige Male, siebenmal oder achtmal, und als er gerade den Anruf abbrechen wollte, kam doch eine Verbindung zustande, aber es war nicht Ramona Renda, die sich meldete, sondern ein Mann.

»Bei Renda.«

Vielleicht hätte er doch nicht anrufen sollen.

»Rechtsanwalt Michael Bendis, ich hätte gern Frau Renda gesprochen.«

»Das geht nicht«, kam es nach einigem Zögern zurück.

»Wann geht es denn?«, fragte er.

»Gar nicht«, erwiderte der Mann am anderen Ende der Leitung. »Frau Renda ist leider tot.«

Bendis blickte zum Fenster, hinter dem die Dächer der gegenüberliegenden Häuserzeile rot im Sonnenlicht leuchteten. Unsinn, dachte er. Was erzählte ihm dieser Scherzkeks da?

»Am Wochenende war sie noch quicklebendig.«

»Sie ist am Wochenende gestorben.«

Er sah wieder das rotleuchtende Dach hinter dem Fenster. Die Taube war verschwunden. »Also hören Sie mal! Ich habe sie erst am Freitag getroffen –«

»In der Nacht von Freitag auf Sonnabend ist sie gestorben«, erwiderte der Mann.

Bendis wandte den Kopf und starrte auf das Kalenderblatt an der Wand, das eine sommerliche Szene an einem Ostseestrand zeigte, und dachte an das Bild von der vergessenen Zeit in Ramona Rendas Wohnzimmer.

»In der Nacht von Freitag auf Sonnabend war ich bei ihr – in ihrer Wohnung … Hören Sie! Ich spreche von Ramona Renda, einer jungen Frau von kaum mehr als dreißig Jahren.«

»Ich weiß schon, von wem Sie sprechen«, kam es ärgerlich und heiser zurück. »Der Arzt meinte, sie müsste zwischen Mitternacht und Morgen gestorben sein. Waren Sie zu der Zeit wirklich bei ihr?«

Etwas, das er bisher nicht kannte, jedenfalls nicht in dieser Intensität, ergriff von einem Augenblick zum anderen von ihm Besitz. Es war, als würde eine eiserne Kralle seinen Bauchraum durchdringen, ganz langsam, aber unerbittlich und gnadenlos.

»Nein, da nicht«, sagte er, und er wusste nicht, wie viel Zeit zwischen der Frage des Mannes und seiner eigenen Antwort vergangen war. Seine Hände und seine Stirn waren plötzlich ganz kalt, das registrierte er wohl. »Wo sind Sie?«, fragte er. »Sind Sie in Ramonas Wohnung?«

»Es ist keine telefonische Weiterschaltung, falls Sie das denken: Ja, ich bin in ihrer Wohnung.«

»Sind Sie Paolo Santini?«

»Ja.«

»Woran ist Ramona gestorben.«

»Freitod«, erwiderte Paolo Santini. »Sie hat sich erdrosselt, erhängt.«

Einige schreckliche Momente lang herrschte völlige Stille. Jedenfalls kam es ihm so vor.

»Ich würde gern einmal bei Ihnen vorbeikommen«, sagte Bendis, nachdem er eine Weile mit sich gekämpft hatte. »Ist das möglich? Ich bin Ramonas Anwalt.«

»Meinetwegen«, sagte der andere. »Aber Sie müssen sich beeilen, ich bin nur noch ein Stündchen hier, um ein paar Sachen zusammenzupacken.«

Nachdem Michael Bendis den Hörer aufgelegt hatte, blieb er noch eine Weile hinter seinem Schreibtisch sitzen. Er sah wieder das verschwenderische Sonnenlicht, das auf das Dach des gegenübergelegenen Hauses leuchtete, und dachte an nichts. Er fühlte sich plötzlich alt und erschöpft. Nicht wie vierzig, sondern wie sechzig oder noch älter.

Schließlich stand er auf, um hinauszugehen.

»Ich bin dann mal weg«, sagte er zu Kirsten.

»Ich haue auch gleich ab«, erwiderte sie und sah nur kurz zu ihm her. »Bis morgen.«

Draußen blendete ihn das Sonnenlicht. Es war warm, aber er spürte die Wärme nicht. Auch sonst hatte er kein Gefühl.

Im Wagen war es heiß, aber er schwitzte nicht, und die Straßen, durch die er fuhr, kamen ihm plötzlich öde vor, dabei waren sie keineswegs leer.

Hinter dem Städtischen Helios Klinikum bog er nach Osten in die Goslarsche Landstraße ein und dann rechts in die kleine Straße, die in mehreren Windungen hinauf zum östlichen Waldhang des Galgenbergs führte.

Er dachte an den Vorschuss, der bei ihm eingegangen war. Warum hatte Ramona ihm einen Vorschuss überwiesen, wenn sie vorgehabt hatte, Selbstmord zu begehen? War sie denn wirklich tot? War das denn zu glauben? Er fühlte sich wie im falschen Film. Es war ein Irrtum, dachte er, es musste ganz einfach ein Irrtum sein.

Das Gebäude mit den kleinen Erkern lag still in der Nachmittagssonne. Vor dem Haus war niemand zu sehen. Es gab keinen Hinweis auf Leben, aber auch keinen Hinweis auf den Tod.

Er stieg aus dem Wagen, ging langsam die Treppe zum Eingang hinauf und drückte auf den Klingelknopf neben der Tür. Der Summer ertönte. In der Halle war es schattig, fast düster. Er stieg die Treppenrundung hinauf, und als er im obersten Stockwerk ankam, empfing ihn an derselben Stelle, an der ihn in der Nacht ihres Todes Ramona Renda erwartet hatte, der Mann, mit dem er telefoniert hatte, Paolo Santini.

Er war ein dunkelhaariger Schönling vom italienischen Typ, Anfang Dreißig. Er trug ein weißes T-Shirt und Designer-Jeans und machte keine schlechte Figur. Bendis erinnerte sich daran, wie er ganz ohne Kleidung aussah – auf dem Monitor in seinem Büro hatte der Mann noch besser gewirkt.

»Kommen Sie herein«, sagte Paolo Santini leise.

Er folgte dem Mann über den Flur ins Wohnzimmer. Durch die Fenster fiel tanzendes gelbes Licht herein und Bendis versuchte blinzelnd zu ergründen, woher die Schattenmuster stammten, die die Sonne auf die Einrichtung warf.

Nichts in der Wohnung deutete auf das Schreckliche hin, das hier am Wochenende geschehen war.

»Wo hat sie es gemacht?«, fragte er.

»Im Badezimmer – sie hing an dem Heizungsgestänge.«

»An dem Lederhalsband?«

Santini sah ihn merkwürdig an. »Wie – Lederhalsband?«

»Ach, nichts – ich kam nur darauf, weil sie das so gerne getragen hat.«

Santini sagte nichts und blickte zur Seite, und eine Zeitlang herrschte bedrücktes Schweigen.

»Wann sagten Sie, ist es passiert?«, fragte Benis, nur um ganz sicher zu sein.

»Zwischen Mitternacht oder Spätabends und dem frühen Morgen.«

Mein Gott, dachte er; das war gar nicht lange, nachdem er sie verlassen hatte. Es war überhaupt nicht zu fassen. Warum hatte sie das getan? Es war grauenhaft, es war nicht akzeptabel. Er hatte sich noch nie in seinem Leben so hilflos gefühlt.

»Hat sie einen Abschiedsbrief hinterlassen?«

Santinis dunkler Blick war völlig unbewegt.

»Ich habe keinen gesehen.«

»Waren Sie es, der Ramona gefunden hat?«

Santini nickte. »Ich habe einen Schlüssel, wir sind befreundet – waren es. Ich kam am Sonnabend am frühen Abend. Wir waren verabredet, sie machte nicht auf. Da ging ich hinein und fand sie im Bad. Es war schrecklich.«

Bendis erinnerte sich an den Brief, den er an Paolo Santini geschrieben hatte.

»Hatte Ramona sich nicht von Ihnen getrennt?«

Santini musterte ihn. »Getrennt? Ach ja, Sie waren das, der mir diesen Brief geschrieben hat.« Er schüttelte den Kopf. »Nein, sie hat sich nicht von mir getrennt. Wieso auch – wir waren ja kein Paar.«

»Sie haben einen Schlüssel zu Ramonas Wohnung, obwohl Sie kein Paar waren?«

»Ich hatte einen Schlüssel, weil wir uns gut kannten. Wir haben gelegentlich zusammengearbeitet, waren befreundet und haben auch miteinander geschlafen, ja – aber wir waren kein Paar.«

Wann war man denn ein Paar?, dachte Bendis.

»Warum hat Ramona mir erzählt, Sie hätte sich von Ihnen getrennt, wenn Sie kein Paar gewesen sind?«, fragte er.

Santini zuckte die Achseln. »Sie hat mir erzählt, dass ich einen Brief von einem Anwalt erhalten würde. Sie meinte, ich sollte das Ganze nicht ernst nehmen.«

»Und diese Fotos im Internet? Warum hat sie mich beauftragt, Ihnen zu schreiben, dass diese Bilder entfernt werden sollen, wenn es nicht ernst gemeint war?«

»Das habe ich sie auch gefragt, aber sie wollte es so, und schließlich habe ich nachgegeben.«

»Und dann haben Sie die Internetseite gelöscht?«

Er schüttelte den Kopf.

»Nein, wie denn? Ich habe keinen Zugang. Es war doch Ramonas Seite. Sie hat sie wohl selber vom Netz genommen.«

»Es sind ihre Fotos?«

»Ramona hatte für das Shooting eine Turnhalle auf der Marienburger Höhe gemietet und eine Fotografin aus einem Fotostudio engagiert.«

Bendis blickte zum Fenster. Er hatte es geahnt, und nun wurde es zur Gewissheit: Sie hatte ihm etwas vorgespielt, ihn für irgendetwas benutzt. Aber warum? Und wofür?

»Darf ich mal einen Blick ins Bad werfen?«, fragte er.

»Bitte.«

Er verließ das Zimmer. Santini kam hinter ihm her.

Natürlich war nichts mehr zu sehen. Der Heizkörper war an die Wand geschraubt und bestand aus acht Querverstrebungen, eigentlich Stangen, die fast bis zur Decke hinauf reichten. Er machte einen sehr stabilen Eindruck und schien für das Vorhaben, mit dem Ramona ihrem Leben ein Ende gesetzt hatte, bestens geeignet zu sein.

»An der obersten Rippe war der Strick mit der Schlinge befestigt, der um ihren Hals gespannt war«, sagte Santini. »Sie war nackt. Ihre Füße befanden sich ein Stück über dem Boden, aber sie hätte an einer der unteren Stangen Halt gefunden, wenn sie gewollt hätte. Sie hat sich selbst heruntergezogen und die Hände fest um eine der unteren Stangen geschlossen ...«, er deutete auf eine der Stangen, »... und hat nicht losgelassen, bis ihr die Sinne schwanden. Der Arzt, der sie untersuchte, hat es sofort gesehen.«

Er erinnerte sich, dass sie Weste und Hose wieder angezogen hatte, bevor er gegangen war. War sie noch einmal fort gewesen, um ein paar Stunden später wieder zurückzukehren, sich auszuziehen und Selbstmord zu begehen?

»Und die Polizei? War die auch hier?«

»Der Arzt hat sie gerufen. In so einem Fall, meinte er, müsste er das tun. Aber er hielt es für Selbstmord.«

»War die Polizei auch dieser Ansicht?«

»Ich denke ja.«

»Ist es nicht ungewöhnlich, dass sich jemand auszieht, um Selbstmord zu begehen?«

Er zuckte mit den Achseln. »Sie schlief immer nackt. Es hätte mich mehr gewundert, wenn sie um die Uhrzeit etwas angehabt hätte.«

»Könnte es ein Unfall gewesen sein?«

»Der Gedanke ist den Polizisten auch gekommen. Sie wollten wissen, ob sie sich auf bizarre Sexspiele verstand. Ich habe gesagt, wie es war, dass sie sehr experimentierfreudig war und auf Sex abfuhr, bei dem man sich selbst strangulierte.«

»Was denken Sie selbst?«

»Ich weiß nicht. Gegen einen Unfall spricht, dass sie in solchen Sachen ein echter Profi war.«

»Hat eine Obduktion stattgefunden?«

»Das weiß ich nicht. Mir hat keiner was gesagt. Ich bin dann fort. Am nächsten Tag, also gestern, wurde sie hier aufgebahrt. Ein paar Leute waren da, um von ihr Abschied zu nehmen.«

»Wo ist sie jetzt?«

»Beim Bestatter – oder in der Friedhofskapelle. Ihre Tante, mit der ich heute Morgen telefonierte, machte eine Bemerkung in der Art.«

Sie verließen das Bad und traten in das Wohnzimmer zurück.

»Ihre Tante?«, fragte Bendis. »Wer sind denn Ramonas Angehörige?«

»Ich weiß nur von der Tante, die wohnt ganz in der Nähe, in Harsum.«

Harsum war ein Ort, der im Norden an die Stadt grenzte.

»Eltern? Geschwister?«

Santini schüttelte den Kopf.

»Nein. Sie hat nicht viel über ihre Familie erzählt. Ihr Vater ist schon lange weg, und ihre Mutter starb vor etwas mehr als einem Jahr, das ist alles, was ich weiß. Geschwister habe sie nicht, hat sie mal geäußert.«

»Dann wäre die Tante die gesetzliche Erbin geworden«, murmelte er.

Santini sagte nichts.

Was wollte er eigentlich hier, fragte Bendis sich. Es gab nichts für ihn zu tun.

Klarheit, dachte er. Wissen, was geschehen war. Es schien alles so unwirklich und mit seiner eigenen Wahrnehmung kaum zu erfassen. Aber wo sollte er ansetzen, um sich einen Zugang zu dem zu verschaffen, was hinter dem Offensichtlichen verborgen war?

»Darf ich Sie mal etwas fragen?«, sagte er.

Santini nickte.

»Wovon hat Ramona gelebt?«

»Sie haben doch die Fotos aus der Turnhalle gesehen«, antwortete der junge Mann. »Sie hat ihr turnerisches Talent mit ihrer erotischen Begabung kombiniert, und schon hatte sie etwas, für das man sie gut bezahlte.«

»Und der Begleitservice?«

Er zuckte mit den Achseln. »Sie hatte nur ein paar wenige Kunden, aber auch die haben sie gut bezahlt.«

»Warum hat sie die Internetseite unterhalten?«

»Für ihre Freunde und Kunden. Oder auch wegen der Werbeeinnahmen. Ich weiß es nicht. Es war mehr ein Hobby, glaube ich. Sie hat sich gern gezeigt. Werbung brauchte sie nicht wirklich zu machen.«

»Sie selbst sind auch auf vielen Bildern zu sehen. Wie kommt das? Waren Sie so etwas wie ihr Mitarbeiter?«

Er nickte. »Gelegentlich, wenn sie mich brauchte, hat sie mich dazu geholt. Es gibt Kunden, die wollen ein Paar.« Er wurde leiser. »Ein Paar, dem man dabei zuschauen kann.«

Michael Bendis starrte den jungen Mann an. Ein völlig unsinniges Neidgefühl stieg in ihm auf. »Und nun?«, fragte er. »Sind Sie jetzt arbeitslos?«

»Machen Sie sich wegen mir keine Sorgen. Ich komme schon zurecht.«

Erst in diesem Augenblick, als er den jüngeren Mann genauer musterte, fiel Bendis auf, dass das Weiß seiner Augen leicht rötlich verfärbt war, als hätte er geweint. »Wann ist denn die Beerdigung?«

»Mittwochnachmittag auf dem Südfriedhof.«

»Und die Tante regelt die Modalitäten?«

»Sie kümmert sich um alles.«

»Haben Sie die Telefonnummer von der Frau?«

Santini zog sein Portemonnaie aus der Gesäßtasche und fand einen Zettel. »Sie heißt Sabine Henze.« Er reichte Bendis das Papier. »Sie können es behalten, ich brauche es nicht mehr.«

Beide Männer schwiegen. Die Sonne brannte herein und war etwas lästig, aber keiner von ihnen wagte es, den Strahlen auszuweichen oder auch nur die Hand vor das Gesicht zu erheben.

»Als wir uns gestern hier trafen, hat die Tante mich gefragt, ob ich mich um die Wohnungsauflösung kümmern will«, sagte Santini. »Ich will es aber nicht. Nur ein paar Sachen habe ich eingepackt.«

Bendis dachte wieder an den Vorschuss. Wenn die Tante Erbin geworden war, war auch das Mietverhältnis an der Wohnung auf sie übergegangen, sodass die Wohnung gekündigt werden musste. Vielleicht sollte er mal mit der Tante sprechen, sie fragen, ob sie seine Hilfe bräuchte. Wofür sonst war der Vorschuss da! Wenn er für das Geld, das Ramona ihm überwiesen hatte, etwas tat, wäre das nur recht und billig.

»Ich könnte mich um die Abwicklung kümmern, wenn die Frau einverstanden ist«, sagte er.

»Wenn Sie es der Tante anbieten, bleibt es bestimmt an Ihnen hängen«, erwiderte Santini. »Sie können meinen Schlüssel haben. Ich brauche ihn nicht mehr. Aber es hängt auch noch einer am Schlüsselbrett.« Ohne weitere Umschweife reichte er Bendis den Schlüssel.

»Telefonieren Sie mit der Tante, damit Sie Bescheid weiß?«

»Ich kümmere mich darum.«

Vor dem Schrank stand eine vollgepackte Reisetasche. Paolo Santini trat darauf zu und ergriff sie mit der Hand.

»Ich kann nichts mehr tun. Es belastet mich, noch länger hier zu sein. Ich will einfach fort.«

Michael Bendis ging es ähnlich, aber er war noch nicht ganz so weit wie der junge Mann.

»Hatte Ramona manchmal Zeiten, in denen es ihr nicht gut ging?«, fragte er Santini.

»Sie meinen depressive Momente?«

»Oder irgendwelche anderen Probleme? Hat sie mal darüber gesprochen?«

»Nein. Nie.« Paolo Santini kniff die Lippen zusammen, als müsste er eine Gefühlsregung unterdrücken. »Tja, so ist das, so ist das Leben. Eine üble Sache, die sie da gemacht hat, aber sie wird gewusst haben, was sie tat. Sie muss es schon länger geplant haben –

und hat es eisern in die Tat umgesetzt. *Going home.* So war sie. Oh Gott. So eine verdammt schöne Frau, es ist so jammerschade.« Er schluckte, dann fasste er sich und blickte auf. »Aber wie sagt man? Reisende kann man nicht aufhalten.«

Die Hand um den Griff der Tasche schloss sich fester und er zog sie mit einem Ruck ein Stück näher an seinen Körper heran, als hätte er Angst, er könnte sonst verzagen oder etwas von seiner eigenen Entschlusskraft einbüßen.

»Machen Sie es gut«, sagte er. »*Time to go.*«

Er wandte sich ab und ging ohne ein weiteres Wort aus dem Zimmer. Einige Augenblicke später hörte Bendis, wie eine Tür ins Schloss fiel, dann war er allein in der Wohnung.

Eine Weile stand er im hereinfallenden Sonnenlicht und starrte in die Tiefe des Raums. Durch die halb geöffneten Fenster kamen schwache Geräusche herein, aber sie wirkten sehr fern. Hinter dem Fenster lag das Innerstetal, über dem die Sonne schien.

Jetzt, wo er allein war und die Stille der Wohnung sich bleiern auf ihn legte, fühlte er sich noch mehr als vorher wie in einem Traum. Als er sich umdrehte, glaubte er, Ramonas Schatten zu sehen, ihren Geist, der sicher aus diesen Räumen noch nicht verschwunden war. Er musste aufpassen, dass er keinen Horror bekam.

Er ging über den Flur und machte die Tür zum Schlafzimmer auf. Der Raum war in Weiß gehalten, oder vielmehr in Weißgrau. Ein weißgrauer Schrank, ein weißgrau umrandetes Bett. Nur der Teppichvorleger vor dem Bett war blau. Außerdem gab es mehrere Spiegel.

Was für ein Irrsinn, dachte er, was für eine sinnlose Wendung des Lebens! Vor einer Stunde hatte er noch von sexuellen Abenteuern geträumt, und nun stand er quasi als Ramonas Nachlassverwalter da und war der Besitzer ihrer Wohnung geworden.

Ein Satz fiel ihm ein, den sie bei ihrer ersten Begegnung zu ihm gesagt hatte: »Jedem, der sich mit mir einlässt, sage ich, dass es eine Trennung geben wird. Da gibt es kein Pardon.«

Er ging ins Wohnzimmer zurück und ließ sich in einen der grünen Ledersessel fallen.

Warum hatte sie es getan? Sie war so jung und so schön gewesen, dem Aufstieg so viel näher als dem Untergang. Was war nur passiert?

Sie hatte bei ihrer letzten Begegnung nicht wie jemand gewirkt, der aus dem Leben scheiden wollte. Im Gegenteil! Sie hatte vor Energie gesprüht und Freude am Sex gehabt.

Ein plötzlicher Depressionsschub vielleicht. Aber der manisch-depressive Typ war sie auch nicht gewesen. Von der Sorte Leute waren ihm schon viele begegnet, sodass er diesen Typus zu kennen glaubte; nein, so hatte sie auf ihn überhaupt nicht gewirkt.

Er versuchte sich vorzustellen, dass ihre Tat einem seit Längerem gefassten Plan entsprungen sein könnte. Er hatte davon gehört, dass Menschen, die endgültig mit ihrem Leben abgeschlossen hatten, es durchaus verstanden, die letzten Tage und Stunden zu genießen, als hätte die unwiderruflich getroffene Entscheidung in den Tod zu gehen, sie endlich von einem inneren Dämon befreit. Er erinnerte sich an eine Mandantin, die ihm vom Selbstmord ihres Sohnes berichtet hatte. Der junge Mann hatte seine Mutter nur wenige Stunden vor seinem Tod besucht. Er hatte einen fröhlichen, gut gelaunten Eindruck gemacht, von seinen beruflichen und privaten Plänen berichtet, sodass die Mutter geglaubt hatte, der Sohn habe die Trennung von seiner Freundin überwunden. Noch in derselben Nacht hatte der junge Mann sich umgebracht.

Er dachte wieder an den Vorschuss. Wann hatte sie ihm das Geld überwiesen? Das musste doch geschehen sein, kaum dass er ihre Wohnung verlassen hatte. Sie musste, wenn er es recht bedachte, gleich nachdem er fort gewesen war, ihren Computer angeschaltet und ihm online das Geld angewiesen haben.

Auf dem Schreibtisch stand ein Laptop. Er setzte sich davor und schaltete ihn an. Aber der Zugang zu den Programmen und Dateien war durch ein Passwort geschützt. Er versuchte ein paar Kombinationen, die ihm plausibel erschienen, aber es klappte nicht. Er war kein Experte im Knacken von Passwörtern. Er machte den Laptop wieder aus und setzte sich zurück in den Sessel.

Wofür hatte sie ihm dreitausend Euro überwiesen? Für seine anwaltliche Tätigkeit, die er bisher für sie erbracht hatte, wären fünfhundert Euro ausreichend gewesen. Sie hatte ihm die Zahlung angekündigt, nicht so sehr für seine bisherigen Dienste, sondern für etwas, das er noch für sie hatte tun sollen. Sie hatte den Entwurf eines Vertrages und die Verwahrung eines Dokuments erwähnt. Hätte sie ihm das Geld für zukünftige Dienste bezahlt, wenn sie im selben Moment schon vorgehabt hätte, sich das Leben zu nehmen?

Oder war ihr das Geld inzwischen egal gewesen? Wer tot war, brauchte schließlich keines mehr, also konnte sie ihr Geld vorher ruhig verteilen. Und welcher Selbstmörder handelte in einer solchen Situation rational?

Doch er wusste, dass es so nicht gewesen war! Als sie davon gesprochen hatte, ihm einen Vorschuss zu überweisen, hatte sie den Entschluss zur Selbsttötung noch nicht gefasst.

Was war geschehen, nachdem er sie verlassen hatte? Es musste etwas gewesen sein, mit dem sie nicht gerechnet hatte. Hatte sie eine Begegnung gehabt, ein Telefongespräch geführt, irgendeine Information erhalten, die sie dazu getrieben hatte, in die Tat umzusetzen, was als ferne Möglichkeit schon in ihr vorhanden gewesen war?

Hatte sie die Wohnung noch einmal verlassen, nachdem er gegangen war? Mit wem hatte sie sich getroffen?

Plötzlich musste er an die Limousine denken, die er Freitagnacht am Straßenrand unweit von Ramonas Haus hatte stehen sehen. In dem Wagen hatte jemand gesessen, von dem kaum mehr als ein Schatten zu bemerken gewesen war; nicht mehr als ein Schatten, der mitten in der Nacht eine Sonnenbrille trug? Hatte der Fremde allein in dem Wagen gesessen? War Ramona zu ihm hinuntergegangen und in den Wagen gestiegen; oder hatte er an ihrer Tür geschellt; nicht lange, nachdem Bendis selbst ihre Wohnung verlassen hatte?

Ein Gedanke bohrte sich in sein Bewusstsein. War es möglich, dass Ramona gar keinen Selbstmord begangen hatte, sondern durch Fremdeinwirkung gestorben war? War sie später in jener Nacht ihrem Mörder begegnet?

Es hielt ihn nicht mehr länger in der Wohnung. Er eilte hinaus und trat aus dem Haus auf die Straße, auf die mit nicht nachlassender Kraft die Sonne schien. Langsam schritt er bergaufwärts und erreichte die Mozartstraße, von wo ein paar Stufen und ein Weg in den Wald hineinführten, und etwas zog ihn dorthin. Wahrscheinlich war es der Schatten der mächtigen Bäume, die den Eindruck machten, als könnten sie ihm Schutz vor der Unbill des Lebens gewähren. Er nahm den Weg zum Bismarckturm, der sich am Waldesrand entlangschlängelte, und dabei hatte er das Gefühl, das er in Wahrheit von einem noch größeren Dickicht als dem des grünen Baum- und Buschwerks umgeben war.

Selbst wenn nach ihm noch jemand anderer in Ramonas Wohnung gewesen sein sollte, bedeutete das natürlich nicht zwingend, dass dieser Jemand seine Hände bei ihrem Tod im Spiel gehabt haben musste; ein Selbstmord schied deshalb nicht aus. Paolo Santini, ihr Liebhaber immerhin, schien die Tatsache von Ramonas Freitod akzeptiert zu haben. Offenbar passte ihr Entschluss in das Bild, dass er von seiner Partnerin, oder wie immer man die Beziehung der beiden nennen wollte, besaß.

Irgendetwas hatte ja wirklich nicht mit Ramona gestimmt, überlegte er. Die getürkte Sache mit den Fotos im Internet die im Nachhinein wie ein Vorwand wirkte, um mit ihm in Kontakt zu treten; ihre rätselhaften Fragen bei seinem Besuch; das dubiose neue Mandat; diese Dinge waren doch eigenartig und sprachen nicht unbedingt dafür, dass sie ein sorgloser und von Zwängen freier Mensch gewesen war. Er selbst war Ramona nur wenige Male begegnet. Was wusste er schon von ihr? Stand es ihm tatsächlich zu, einen Selbstmord zu bezweifeln?

Doch seiner Intuition genügten die Erwägungen seines Verstandes nicht. Ramona hatte davon gesprochen, dass sie bedroht würde oder sich in Gefahr befand. Ihre Äußerungen waren unbestimmt gewesen, und er hatte sie nicht recht ernst genommen, doch die Möglichkeit eines Drittverschuldens war nicht von der Hand zu weisen. Seine Eindrücke, so vage und subtil sie auch waren, wiesen auf die Existenz von jemandem hin, der ihr böse gesonnen war, und nur darauf kam es ihm im Augenblick an.

Während er weiter den ansteigenden Weg hinaufschritt, ragte beim Blick nach oben eine dunkle schemenhafte Gestalt vor ihm auf, groß wie der Wald, groß wie die schweigenden Bäume, keine sichtbare Gestalt, sondern ein Schatten, ein lachender Dritter, der seine Ängste und Bemühungen höhnisch zu betrachten schien. Es wurde ihm klar, dass etwas in seinem Leben mit einem Schlag ganz anders geworden war.

Sollte er bei der Staatsanwaltschaft vorsprechen und seinen Verdacht begründen? Doch was käme dabei heraus?

Wenn er das tat, wäre noch etwas anderes zu bedenken, nämlich dass er so etwas wie Ramonas letzter Freier gewesen war. Falls mit ihrem Tod tatsächlich etwas nicht stimmte und er dem Staatsanwalt von seinem Besuch bei ihr erzählte, würde der sich fragen, was seine eigene Rolle in der Nacht ihres Todes gewesen war und ob sein Bericht nicht gar eine verkappte Form der Selbstanzeige war. Dass sie nackt gestorben war, ließ an sexuelle Kontakte denken, und daran, dass sie bei ihrem Tod vielleicht nicht allein gewesen war. Er war bei Ramonas Tod kein Unbeteiligter, auch wenn er das gern so gehabt hätte. Wenn es weitere Ermittlungen geben würde, dann führte ein Großteil der Spuren unmittelbar zu ihm.

Der Weg, auf dem er sich befand, mündete in eine Lichtung, eine zu einem Hügel ansteigende Wiese, auf deren höchstem Punkt sich der Bismarckturm erhob. Einen Moment blieb er stehen und starrte zu dem Denkmal, dann ging er weiter, und als er den Bismarckturm erreichte, schaute er von dort zurück auf die dichten grünen Bäume, auf denen das Sonnenlicht ruhte, und die ihm den Blick auf die Dächer der Stadt versperrten.

Er war lange genug Anwalt, um zu wissen, dass die Vorstellung mancher Leute, in Deutschland könnte niemand unschuldig wegen Mordes verurteilt werden, blanker Unsinn war. Jeder konnte das Opfer falscher Verdächtigungen werden. Allein durch die Anzeige von Nachbarn, Ehepartnern oder Kollegen gerieten manche Leute unschuldig in den Hexenkessel der Justiz und hatten große Mühen, falsche Anschuldigungen abzuwehren. Noch schlimmer war es, wenn tatsächlich Indizien auftauchten, die gegen einen sprachen. Nicht jeder hatte so viel Geld, sich einen guten Strafverteidiger leisten zu können, der in der Lage war, einer falschen Anklage mit Erfolg zu trotzen. Auch er selbst als kleiner Wald-und-Wiesen-Anwalt verfügte nicht über die entsprechenden Möglichkeiten.

Eine Weile stand er mutlos im milden Licht, dann machte er kehrt und ging den Weg zurück, auf dem er hergekommen war. Er fühlte sich wie ein geschlagener Mann, der aus dem Tritt geraten war und nicht wusste, wie er wieder in die Spur finden sollte, die in geregelte Bahnen führte.

Er verließ den Wald, kehrte zur Richard-Wagner-Straße zurück und stieg vor Ramonas Haus in seinen Wagen. Langsam fuhr er den Galgenberg hinab, und eine Kurve um die andere folgte er der Sonne, die sich im gleichen Tempo, wie er sich ihr zu nähern suchte, vor ihm zurückzuziehen schien.

10

Er konnte nicht schlafen. Die Nacht war lang und bot viel Zeit zum Grübeln. Er machte das Licht an und versuchte zu lesen, aber die Augen fielen ihm zu. Dennoch kam er nicht zur Ruhe. Die Gedanken wirbelten in seinem Kopf herum und ließen ihm keinen Frieden, stattdessen breiteten sie ein regelrechtes Horrorszenario vor ihm aus.

Wo überall in Ramonas Wohnung konnte man DNA von ihm finden! Wo gab es Haar- und Faserspuren? Auf dem Sofa? Sicher. Oder im Badezimmer, in dem sie gestorben war? Auch da würde man bestimmt fündig werden, denn er hatte die Toilette noch benutzt, bevor er die Wohnung verlassen hatte. Was war überhaupt mit Sperma und was mit dem Kondom, das sie benutzt hatten? Hatte die Polizei die Wohnung durchsucht und es im Müll gefunden? Ramona hatte es sofort entsorgen wollen, erinnerte er sich, aber was bedeutete das? Vielleicht war es noch da und lag im Müll.

Er bezwang den Impuls, in die Wohnung zurückzukehren und nach dem Ding zu suchen. Dümmer könnte er es nicht anstellen, wurde ihm klar; es gab ohnehin DNA genug, und wenn herauskäme, dass er ein Kondom beiseitegeschafft hatte, das eigentlich hätte da sein müssen, wäre er erst recht geliefert. Es war wie in einem schlechten Film. Wenn man seine DNA mit dem Material an der gefundenen Toten abglich, würde eine Übereinstimmung festgestellt werden, und wenn eine Obduktion ergab, dass Ramona unter Einsatz äußerer Gewalt erdrosselt worden war, wäre er so gut wie geliefert. Selbst wenn man in der Wohnung im Rahmen einer DNA-Analyse Spuren von jemand anderem entdeckte, musste er selbst, weil er am Abend von Ramonas Tod in ihrer Wohnung gewesen war, als der Hauptverdächtige gelten.

Es war alles da, um ihn zu überführen, und die meisten Ermittler wählten den einfachsten Weg. Sein schlechtes Gewissen hätte ihn dazu gebracht, sich selbst zu bezichtigen, würde es heißen. Fehlte nur noch das Motiv. Aber eine nackte, strangulierte Tote –

da dachte man natürlich an alles Mögliche, besonders gern an Perversitäten! Wenn Sex mit im Spiel war, gab es Motive genug.

»Wir haben ja alle unsere zwei Seiten, Herr Bendis«, hörte er schon einen freundlichen Staatsanwalt sagen: »Man darf sich halt nicht in eine Situation begeben, der man nicht gewachsen ist, sodass die dunkle Seite durchbrechen kann. Ein sadomasochistisches Sexspiel ist nie ungefährlich. Nein, Herr Bendis, wir müssten nicht unbedingt annehmen, dass sie die arme Frau töten wollten. Aber wer sich auf so was einlässt, wie Sie es taten, der spielt mit dem Feuer. Man mag sich ja durchaus vorstellen, wie es gewesen ist. Vielleicht etwas zu lange oder zu doll stranguliert oder im Feuer der Leidenschaft das Codewort überhört? Es muss ja gar kein Vorsatz gewesen sein. Ein Unfall? Na ja! Wohl kaum! Wenn schon kein Vorsatz, dann wohl doch gewiss Fahrlässigkeit. Sie mögen ja gar nicht die Absicht gehabt haben, der Frau ernstlich Schaden zuzufügen, aber es ging eben schief. Könnte man sich nicht auf Fahrlässigkeit verständigen?«

Der Verteidiger würde sowieso zu einem Deal raten. Was für das Zivilrecht gut und billig war, galt im Strafrecht umso mehr. Für eine erfolgreiche Strafverteidigung war es gleichgültig, ob der Mandant schuldig war oder nicht. Ein Strafverteidiger fragte einen Mandanten, der eine Tat bestritt, nie danach, ob er sie wirklich begangen hatte; er brauchte es nicht zu wissen, um eine wirksame Verteidigung aufzubauen; es interessierte ihn nicht und konnte ihn höchstens bei der Arbeit behindern. Fahrlässigkeit lag in der Mitte; mitten zwischen Unfall und Mord, das schrie geradezu nach einer Verständigung. Bei fahrlässiger Tötung könnte man auch an Bewährung denken. Kein Knast. Zwei Jahre auf Bewährung und der Gerechtigkeit wäre Genüge getan.

Der Ruf wäre natürlich ruiniert. Die Medien würden sich der Sache schon annehmen. Mit Sex war das ein Selbstläufer, da gab es kein Halten mehr. Er sah schon die Schlagzeilen in der Hannover-Ausgabe der Bild-Zeitung vor sich. »Anwalt. Sex mit Mandantin. Callgirl tot. War es Mord?« Reichlich Stoff, um die Fantasie des Medienmobs zu befeuern. Am Ende käme er vielleicht nicht in den

Knast, aber hätte seine Existenz verloren. Zumindest müsste er die Stadt verlassen. Überall, wo er auftauchte, musste er sonst mit Geflüster rechnen: »Das ist doch dieser Anwalt, der im Sexrausch eine Prostituierte erdrosselt hat. Versehentlich – na ja!«

Und sein Kind, seine Tochter! Was wäre mit Julia? Nicht auszudenken! Sie wäre die Tochter eines Sex-Monsters. Mit Ausflügen wie dem vom vergangenen Wochenende wäre es dann vorbei. Ein Mädchen wie Julia konnte man doch nicht in die Hände eines solchen Unholds geben, der – egal, ob Vorsatz oder Fahrlässigkeit – kaum geeignet war, ein Kind zu betreuen. Da war es fast besser, man kämpfte und ging in den Knast, falls man den Kampf am Ende verlor.

Er brauchte eine Alternativtheorie, überlegte er. Wer kein Alibi hatte und zur fraglichen Stunde am Tatort gewesen war, tat gut daran, sich Gedanken darüber zu machen, wer der wirkliche Täter gewesen sein könnte. Mögliche Hinweise, wenn sie nicht ganz fern lagen und plausibel waren, reichten oft aus, um das Gebäude der Anklage zu Fall zu bringen; so manche Strafverteidigung hatte mit Erfolg darauf gebaut.

Wer also kam dafür in Betracht, nach ihm in Ramonas Wohnung gewesen zu sein?

Ob es Paolo Santini gewesen war? Wer war dieser italienische Gigolo wirklich? War er nur Ramonas harmloser Geschäfts- und Sexpartner gewesen, als der er sich Bendis gegenüber geriert hatte? War er nicht ein Zuhälter, der an den Einnahmen seiner Freundin kräftig mitverdient hatte, und der es nicht hatte verwinden können, dass seine luxuriöse Einnahmequelle sich von ihm trennte? Was, wenn Santini selbst mit seinem Schlüssel noch in der Nacht oder am Morgen nach Hause gekommen und einen Streit mit Ramona vom Zaun gebrochen hatte? Einen Streit, der eskaliert war, und in dessen Verlauf Santini seine frühere Freundin gewürgt oder stranguliert hatte, um sie anschließend an das Heizgestänge im Badezimmer zu hängen und so einen Freitod vorzutäuschen. Und der Anlass für diesen Streit? War er vielleicht in dem Brief zu suchen, den er selbst in Ramonas Auftrag verfasst hatte?

Er hätte gern einen Blick auf Ramonas Leichnam geworfen, fiel ihm irgendwann ein. Es war ihm ein Anliegen, sie noch einmal zu sehen, bevor sie unter der Erde verschwand oder eingeäschert wurde; auch um sich gefühlsmäßig ganz sicher zu sein, dass sie nicht mehr lebte.

Sicher gab es einen amtlichen Aktenvorgang. Einen Blick in diese Akte zu werfen, wäre auch eine Möglichkeit, sich Gewissheit über die Umstände von Ramonas Tod zu verschaffen. Auch Fotos würden sich vermutlich bei dem Aktenvorgang finden.

Wie auch immer – er musste irgendetwas tun.

11

Meinen Sie, dass es schlau war, diesen Vergleich zu widerrufen?«, fragte der Richter Baumann und schaute Michael Bendis über die Gläser seiner Brille hinweg eindringlich an. »Ich stehe kurz vor der Rente, und es ist mir in meiner Laufbahn nur zwei- oder dreimal passiert, dass ich Unterhaltszahlungen wegen schwerer Eheverfehlungen als grob unbillig angesehen habe.«

»Es wird wohl ein weiterer Fall hinzukommen, bevor Sie in den verdienten Ruhestand gehen«, sagte Bendis.

Neben ihm saß Rainer Lesius und ihnen gegenüber Sibylle Lesius mit ihrem Anwalt. Sie war blass, als hätte sie schlecht geschlafen. Ihre blauen Augen lagen unter langen gebogenen Wimpern. Der Mund bildete eine bewegliche und stolze Linie unter der geraden und feinen Nase, deren Flügel über zwei Grübchen an den Mundwinkeln betörend zuckten. Sie war fraglos eine sehr anziehende Person, und wenn man sie so sah, konnte man leichter als in manchen anderen Fällen nachvollziehen, dass ihr Gatte nicht leicht daran trug, dass sie sich mit jemand anderem eingelassen hatte.

Baumann rief die beiden Zeugen in den Saal, Elisa Bernotat und Ralph Sander, die einander keines Blickes würdigten, während der Richter sie über ihre Wahrheitspflicht belehrte.

Als erstes wurde Sander vernommen, während Frau Bernotat den Saal wieder verließ.

»Ich kenne Frau Lesius schon seit mehreren Jahren«, erklärte er. »Seitdem ich in der Firma ihres Mannes beschäftigt bin. Inzwischen hat er mir gekündigt, ich klage dagegen vor dem Arbeitsgericht.«

»Dass es zu einer ehewidrigen Beziehung zwischen Ihnen und Frau Lesius kam, steht wohl außer Streit«, meinte der Richter. »Wann fing das denn an?«

»Frau Lesius und ich sind uns zufällig in der Stadt begegnet. Sie erzählte mir, dass sie sich von ihrem Gatten getrennt habe, und dann gingen wir einen Kaffee trinken – danach blieben wir in Verbindung.«

»Sie gehen mit der Frau Ihres Chefs Kaffee trinken, nur weil Sie ihr in der Stadt begegnen?«

Sander nickte. »Ich war da bereits seit ein paar Wochen gekündigt.«

Baumann fragte nach dem Datum des Kaffeetrinkens.

»Anfang des Frühjahrs, so im März. Oder Ende Februar. Das genaue Datum weiß ich nicht mehr.«

»Könnte es auch im Januar gewesen sein?«

Das Haus war im Januar auf Frau Lesius übertragen worden, deshalb kam es für Michael Bendis darauf an, den Nachweis zu führen, dass die Beziehung zu Sander schon vor diesem Zeitpunkt bestanden hatte. Lesius hatte erklärt, erst im März von der ehebrecherischen Beziehung seiner Frau erfahren zu haben.

Sander schüttelte mit Vehemenz den Kopf. »Nein, auf keinen Fall.«

»Wann wurde es denn ernst mit dieser Beziehung?«

»Ungefähr eine Woche nach dem erwähnten Kaffeetrinken haben wir zum ersten Mal miteinander geschlafen.«

Frau Lesius lächelte dem Zeugen für einen kleinen Moment zu. Ganz so harmlos und unschuldig wie sie tat, war sie nicht, das konnte man sehen. Bendis wusste aus einem Schriftsatz des gegnerischen Anwalts, dass ihre Beziehung zu Sander schon wieder beendet war. Es wäre auch seltsam, wenn eine Frau wie Sibylle Lesius wegen eines solchen Mannes aus ihrer Ehe ausbrach. Bei allen äußeren Vorzügen, die er in den Augen mancher Frauen besitzen mochte, wirkte Sander doch recht gewöhnlich.

Der Richter blätterte in seiner Akte. »Es wird behauptet, dass schon letztes Jahr auf der Weihnachtsfeier zwischen Ihnen und Frau Lesius etwas Intimes vorgefallen sei, und zwar im Schwimmbad des Hotels.«

»Wir waren schwimmen, das stimmt.«

»Gab es noch etwas – außer Schwimmen?«

»Nichts«, antwortete Sander. »Wir haben uns etwas unterhalten. Dann sind wir wieder nach oben.«

»Wo haben Sie sich unterhalten? Im Schwimmbad?«

»Ja – und daneben, in einem Fitnessraum. Da standen ein paar Geräte herum. Ich habe einige Male an der Stange mit den Gewichten gezogen. Frau Lesius kam auch kurz herein.«

Der Richter schaute in die Runde. »Haben die Herren Anwälte noch Fragen?«

Der Anwalt von Frau Lesius wollte wissen, ob es im Hotel zu sexuellen Handlungen zwischen seiner Mandantin und Sander gekommen sei, was der Mann erwartungsgemäß verneinte.

»War außer Ihnen beiden noch jemand im Schwimmbad?«, fragte Bendis. »Oder im Fitnessraum?«

»Wir waren allein.«

»Sie sind zusammen mit Frau Lesius ins Schwimmbad gegangen?«

Der Zeuge wurde wach. »Nein, wir haben uns ganz zufällig dort getroffen.«

Frau Bernotat, die in fliegenden Wechsel mit Sander den Saal betrat, war schlank und brünett, hatte eine kernige Gestalt und war nicht unattraktiv, doch gegen die Strahlungskraft einer Sibylle Lesius kam sie nicht an.

»Herr Sander und ich waren bis Dezember letzten Jahres miteinander befreundet«, führte sie an. »Dann habe ich mit ihm Schluss gemacht, weil er mit der Frau seines Chefs ein Verhältnis angefangen hat.« Sie nickte mit dem Kopf in Richtung der Frau Lesius. »Auf der Weihnachtsfeier im Dezember habe ich die beiden in flagranti erwischt.«

»Wann und wo genau?«, fragte der Richter.

»Am Freitag vor Weihnachten, als die ganze Firma zur Weihnachtsfeier einen Busausflug in ein Hotel in der Nähe von Herzberg im Harz machte. Wir hatten das Hotel für uns. Dort gab es ein Schwimmbad, das etwas entfernt im Keller lag. Es war gegen elf Uhr, als mir auffiel, dass ich Herrn Sander seit einiger Zeit nicht mehr gesehen hatte, und auch Frau Lesius nicht, mit der ich mich eine Stunde zuvor noch recht nett unterhalten hatte. So bin ich dann auf die Suche nach Herrn Sander gegangen und auch in den Räumen des Untergeschosses gelandet, und da –«, sie schluckte, »– habe ich die beiden entdeckt.« Die Zeugin senkte den Blick. »Im Fitnessraum direkt neben dem Schwimmbad. Sie saßen einander gegenüber, hatten die Bank zwischen den Beinen und haben – ja, gevögelt.«

»Das haben Sie gesehen?«

»Gesehen und gehört.«

Frau Lesius schüttelte nur stumm den Kopf. »Das ist völliger Blödsinn«, drang es über ihre Lippen. »Warum sollten wir das denn tun? In aller Öffentlichkeit! Wir hatten nur eine Unterhaltung.« Ihr rätselvoller Blick schweifte leicht ins Leere.

Frau Bernotat lachte auf. »Ach, Unterhaltung nennt man das jetzt! Ja, laut ging es zu – es war nicht zu überhören.«

»Ihre Fantasie hat Ihnen einen Streich gespielt!«, rief Frau Lesius, ohne die Zeugin anzusehen. »Oder Ihre Eifersucht.«

Die Zeugin Bernotat rief: »Sie waren beide nackt! Ohne Badebekleidung!«

Baumann schlug mit der Hand auf den Tisch, fixierte aber Frau Lesius mit zusammengekniffenen Augen und fragte: »Stimmt das?«

Frau Lesius zögerte und schlug apart die Wimpern nieder. »Wir kamen ja gerade vom Schwimmen –« Sie verdrehte die Augen. »Mein Mann hatte nicht erwähnt, dass es ein Schwimmbad in dem Haus gibt. Da ich kein Badezeug dabei hatte, bin ich eben ohne ins Wasser gesprungen. Auch Herr Sander drehte dort gerade ein paar Runden. Auch er hatte keine Badehose, wie ich sah, als er aus dem Wasser stieg. Ich bin dann auch raus und habe ihn gefragt, ob ich sein Handtuch mal benutzen dürfte. Ich hatte keines und es lagen auch keine weiteren Handtücher da rum. Es war nicht das beste Hotel. Mich hat es gewundert, dass mein Mann es überhaupt für die Feier ausgesucht hat.« Sie zuckte mit den Achseln. »Ja, und das war eigentlich auch alles.«

»Eigentlich?«, fragte der Richter.

»Während ich mich abtrocknete, hat Herr Sander einen Blick in diesen Fitnessraum geworfen. Ich bin ihm gefolgt, und wenn ich mich richtig erinnere, habe ich ganz in Gedanken das Handtuch auf eine Trainingsbank gelegt und mich darauf gesetzt und die Stange über mir ein paar Mal mit den Armen heruntergezogen. Wenn Frau Bernotat sich so sicher ist, kann es schon sein, dass Herr Sander sich auch auf die Bank gesetzt hat. Es war ja sein Handtuch.«

Der Richter wirkte für einen Moment fassungslos.

»Wie bitte? Weil es sein Handtuch war, durfte er sich neben Sie setzen?«

»Ja.«

Bendis musste grinsen. Insgeheim bewunderte er den Mut der Frau, die ihren Mann verklagte, obwohl der ein Psychopath war, vor dem sie Angst haben musste.

»Jetzt fällt mir ein, dass noch eine andere Stange von der Decke hing«, fügte Sibylle Lesius hinzu, »mit der hat er wohl ein wenig trainiert.«

Bendis sah, dass sich die Knöchel der zu Fäusten geballten Hände seines Mandanten neben ihm weiß gefärbt hatten.

Baumann kniff Lippen und Augen zusammen, als verspürte er einen plötzlichen Schmerz.

»Für wie einfältig halten Sie mich eigentlich, Frau Lesius«, sagte er. »Ich kann mir noch vorstellen, dass man mal nackt baden geht, wenn man keine Badesachen mitgenommen hat. Aber dass Sie mit einem Angestellten Ihres Mannes splitternackt in ein Fitnessstudio gehen und dort – ja, wie soll ich sagen? – zusammen an den Geräten trainieren – also – das macht doch niemand! Es sei denn – ich kann es nicht anders sagen –, dass er ganz bestimmte Absichten hat. Anständige Leute machen so etwas nicht.«

Frau Lesius senkte die Augen. »Ich weiß, ich bin zu freimütig«, entgegnete sie. »Ich war schon immer so – schon als junges Mädchen wurde ich immer so angestarrt, weil ich mich luftig kleidete. Ich fand da aber gar nichts dabei. Es ist mein Naturell.«

Lesius' Naturell hielt ihn nun nicht länger zurück.

»Sie spielt die Unschuld vom Lande«, polterte er los. »Dabei legt sie es darauf an, in solchen Situationen erwischt zu werden. Das ist genau die Art von Spielchen, die sie so liebt. Aber mit mir nicht mehr!«

Frau Bernotat sah ihre Chance. »Sie hat so laut gejauchzt, dass es mir war, als ob sie regelrecht auf sich aufmerksam machen wollte. Ich war ganz schockiert und habe mich leise zurückgezogen. Sie haben mich gar nicht bemerkt.«

»Was zahlt er Ihnen dafür, dass Sie hier solche Lügen verbreiten«, rief Frau Lesius der Zeugin zu.

Hinten in der Zuschauerreihe saßen zwei junge Referendare, die zu Ausbildungszwecken an der eigentlich nicht öffentlichen Verhandlung teilnehmen durften und die sich vor unterdrücktem Kichern kaum noch einkriegen konnten.

Der Richter schlug mit der Hand auf den Tisch. »Ich finde das hier überhaupt nicht lustig.«

Im Saal wurde es still, aber die Referendare hatten hörbar Mühe, sich ihr Lachen zu verkneifen.

Der Richter war in ein nachdenkliches Schweigen versunken.

»Verkehr oder nicht«, sagte er dann. »Sie sind alt genug, um zu wissen, was sich gehört und was nicht, Frau Lesius. Sie haben selbst berichtet, Sie hätten mit Ihrer freimütigen Art schon öfters angeeckt. Wer mit einem fremden Mann nackt im Hotel herumspaziert, darf sich nicht wundern, wenn das Folgen nach sich zieht.«

Die schönen Augen der Frau Lesius füllten sich mit Tränen. »Ach, da war doch gar nichts dabei. Mein Mann weiß doch, wie ich bin.«

Der Richter wirkte ein wenig genervt. »Sie sollten einmal darüber nachdenken, ob Sie Ihre Klage nicht besser zurücknehmen, Frau Lesius. Es geht hier nur um den Trennungsunterhalt für ein paar Monate. Ich bin gerne bereit, die Verhandlung für zehn Minuten zu unterbrechen, damit Sie sich draußen mit Ihrem Anwalt beraten können. Dass eine Seite hier lügt, steht außer Frage. Falls dieses Theaterstück seinen Fortgang nimmt, ganz egal, wer den Prozess gewinnt, wandert die Akte an die Staatsanwaltschaft! Also

Frau Lesius: Noch besteht die Chance, diese Sache hier zu beenden, ohne dass es zu Weiterungen kommt.«

Der Gegenanwalt flüsterte mit seiner Mandantin, bevor er zum Richter gewandt sagte: »Wir greifen Ihre Anregung auf, Herr Vorsitzender, und würden uns gern vor der Tür ein paar Minuten beraten.«

Auch Bendis erhob sich von seinem Platz und bedeutete seinem Mandanten, ihm nach draußen zu folgen.

Auf dem Flur grinste Lesius ihn an. Er wirkte jetzt gut gelaunt. Frau Lesius und ihr Anwalt standen am Ende des Flurs, rund zwanzig Meter von ihnen entfernt.

»Lief doch nicht schlecht, oder?«, meinte Lesius.

»Sagen Sie da drin nichts mehr«, sagte Bendis. »Vor allem nichts, woraus der Richter schließen könnte, dass Sie die freimütige Art Ihrer Frau in der Vergangenheit toleriert haben. Sonst kommt der Richter noch auf den Gedanken, Sie hätten eine sogenannte freie Ehe geführt.«

Die Beteiligten marschierten in den Saal zurück. Frau Lesius hatte die Pause genutzt, die Tränenspuren in ihrem Make-up zu beseitigen.

»Meine Mandantin nimmt ihre Klage zurück«, erklärte ihr Anwalt.

Der Richter seufzte. »Eine kluge Entscheidung.« Er diktierte die Klagerücknahme ins Protokoll und klappte die Akte zu. »So, das war's«, sagte er und hatte wieder Zeit, an seinen bevorstehenden Ruhestand zu denken.

»Vielen Dank, Herr Rechtsanwalt, dass Sie sich so für mich eingesetzt haben«, sagte Lesius, als sie draußen vor dem Justizzentrum standen, und er sagte es wohl wissend, dass die Sache fast ohne Bendis' Zutun einen günstigen Verlauf genommen hatte.

»Soll ich den Scheidungsantrag einreichen?«

Lesius schaute ihn einen Moment lang überrascht an.

»Nein, warten Sie damit noch«, sagte er und schüttelte Bendis die Hand. Er hatte es plötzlich eilig fortzukommen.

Die Möglichkeit, dass Lesius die Zeugin beeinflusst hatte, war nicht von der Hand zu weisen, überlegte Bendis, während er dem Mann hinterher sah. Aber vielleicht hatte die Zeugin Bernotat in ihrer Eifersucht mehr gesehen, als tatsächlich geschehen war.

Zum Glück musste er nicht wissen, wie es tatsächlich abgelaufen war. Die Wahrheit ging ihn als Anwalt nichts an.

12

Bendis kehrte in das Justizgebäude zurück, in dem Amts- und Landgericht, aber auch die Hildesheimer Staatsanwaltschaft ihren Sitz hatten. Mit dem Fahrstuhl fuhr er zu den Räumen der Ermittlungsbehörde hinauf.

Der für Todesfälle zuständige Staatsanwalt war im Urlaub, berichtete die Dame in der Geschäftsstelle. »Urlaubsvertreter ist Herr Borg. Er ist vermutlich in seinem Zimmer.«

Auch das noch! Derselbe Staatsanwalt, der in der vergangenen Woche die Anklage in Dieter Sennetts Verkehrssache vertreten hatte.

Michael Bendis ging ein paar Zimmer weiter, klopfte an und wurde hereingerufen. Kurz darauf schüttelte er Borg die Hand, bevor er Platz nehmen und dem Staatsanwalt sein Anliegen schildern durfte.

»Da Ihre Mandantin tot ist, brauche ich eine Vollmacht der Angehörigen, um Ihnen die Akte zu überlassen«, brummte Borg. »Aber wir kennen uns. Ich habe die Akte auf dem Tisch in meinem Stapel. Werfen Sie meinetwegen mal einen Blick hinein. Es steht nicht viel drin. Falls Sie die Akte später noch einmal benötigen, brauche ich aber die Vollmacht.«

Er griff in den Stapel und zog eine schmale Akte hervor.

»Die Sache ist für uns abgeschlossen«, fügte er hinzu. »Freitod, jedenfalls kein Fremdverschulden.«

Gott sei Dank, dachte Bendis. Das klang erst einmal ganz gut.

»Ist das sicher? Wie ich hörte, wurde meine Mandantin nackt aufgefunden.«

Borg zuckte mit den Achseln. »Es ist ungewöhnlich, aber auch nicht ganz selten, dass sich ein Selbstmörder vorher auszieht. Manch einem scheint es ein Bedürfnis zu sein, nackt in den Tod zu gehen. Im Falle Ihrer Mandantin passt es nach dem, was wir von dem Freund erfuhren, durchaus ins Bild.«

»Wurde eine Obduktion vorgenommen?«

»Da es sich um einen nicht natürlichen Tod handelte, hat der Rechtsmediziner am Ereignisort eine Leichenschau durchgeführt und die Todesursache ermittelt«, sagte Borg. »Er hat keine äußeren Verletzungen feststellen können, die auf Gewalteinwirkung durch Dritte zurückgeführt werden könnten.«

»Gab es keine Hinweise auf sexuelle Handlungen?«

»Ein durchgeführter Abstrich brachte kein Ergebnis, Sperma ist am Körper allerdings nicht lange nachweisbar. Nach Angaben des Freundes hatte die Frau regelmäßigen Geschlechtsverkehr und lebte promiskuitiv, wobei zumeist Kondome zum Einsatz kamen. Benutzte Kondome wurden in der Wohnung nicht gefunden.«

Bendis fiel ein Stein vom Herzen. Dann war das also geklärt. Was auch immer Ramona mit dem Kondom gemacht hatte, ob sie es ins Klo geschmissen oder später in der Nacht noch runter zum Müllcontainer gebracht hatte; jedenfalls war es weg.

»Bedeutsam ist, dass Ihre Mandantin eine Frau war, die auch allein gern Sex mit Selbststrangulierung praktizierte«, führ Borg fort. »Der Arzt meinte, sie hätte sich so lange an einer der Stangen festgehalten, bis Bewusstlosigkeit eingetreten war und sie den Halt verlor. Ob es beabsichtigt war oder nicht, lässt sich naturgemäß nicht ermitteln. Eine innere Leichenschau erübrigte sich, die Todesursache war eindeutig Selbststrangulation.«

Borg reichte Bendis das Aktenstück. Die Akte bestand aus den Beobachtungen der Polizeistreife vor Ort, einem Protokoll über Santinis Befragung, den Fotos und dem rechtsmedizinischen Bericht. Weder die Polizisten noch der Rechtsmediziner hatten Anzeichen für ein Drittverschulden erkennen können. Der Arzt schien sich seiner Sache ziemlich sicher zu sein. Eine plötzliche Unterbrechung der Blutzufuhr durch Selbstdrosselung war als Todesursache angegeben.

Sein Herz schlug schneller, als er die Seite mit den Fotos aufschlug. Obwohl er ungefähr gewusst hatte, was er sehen würde, traf ihn der Anblick der Bilder der toten und völlig nackten Ramona wie ein Schock.

Sie sah genauso aus, wie zu der Stunde, in der er sie verlassen hatte. Sie hing nicht an ihrem schwarzen Lederhalsband, dem einzigen Kleidungsstück, wenn man es so nennen wollte, sondern in einer Schlinge oberhalb davon. Ihre Züge waren nicht verzerrt, sondern wirkten friedlich, die Augen waren weit geöffnet, aber es sah nicht so aus, als hätte sie gelitten. Die Strangmarke um ihren Hals war das einzig sichtbare Anzeichen von Verunstaltung an ihr. Ihre Füße befanden sich nahe über dem Boden, hingen aber frei in der Luft. Fast als hätte sie sich auf die Zehenspitzen gestellt, um sich selbst zu strangulieren.

Bendis spürte, dass er bleich geworden war. Hoffentlich fiel es Borg nicht auf. Als Staatsanwalt oder auch als Anwalt erschütterte einen der Anblick solcher Fotos nicht. Das konnte einem nur passieren, wenn man persönlich betroffen war.

»Die Schlinge hat sich durch das Gewicht des eigenen Körpers zugezogen, dabei wurden die Blutgefäße des Halses komprimiert«, kommentierte Borg. »Bereits nach wenigen Sekunden setzte Bewusstlosigkeit ein, die bei anhaltender Halskompression schnell den Tod herbeigeführt hat.«

Bendis hatte plötzlich das Gefühl, dass es einen Graubereich gab, einen Graubereich zwischen Freiwilligkeit und Zwang, Todsehnsucht und Mord. Das Badezimmer war keine beengte Räumlichkeit. Eingedenk dessen, was er wusste, hielt er es nicht für ausgeschlossen, dass sie sich mit einem Partner dorthin begeben hatte und dass während eines sexuellen Aktes etwas Schlimmes geschehen war – ob beabsichtigt oder nicht. Auch ein Unfall schied, wenn man es unvoreingenommen betrachtete, nicht mit Sicherheit aus.

Mit einer Obduktion war nicht mehr anzufangen, als der Arzt bereits ermittelt hatte; da hatte Borg wohl recht. Entscheidend war etwas anderes: Sie wussten nicht, was er wusste, sie kannten Ramonas Äußerungen nicht. Nur er selbst sah den Schatten eines Mörders, für die anderen sah alles nach Freiwilligkeit aus. Es lag allein an ihm, Angaben zu machen, die auf ein mögliches Drittverschulden hinweisen könnten.

»Nun, aber trotzdem«, sagte er fast gegen seinen Willen und sah aus der Akte auf. »In diesem Fall ...«

Die Augen des Staatsanwalts verengten sich. »Was ist denn mit diesem Fall? Haben Sie etwa Hinweise auf ein Fremdverschulden am Tod Ihrer Mandantin?«

»Ach, nein, das nicht«, sagte er, »es gibt nichts Konkretes, bisher jedenfalls nicht.« Trotz seiner eigenen Zweifel war er andererseits erleichtert, dass keine Hinweise auf ein Fremdverschulden gefunden worden waren.

»Sie werden kaum etwas entdecken«, meinte Borg. »Ich habe den Vorgang im Rahmen meiner Möglichkeiten gründlich geprüft. Sofern es doch etwas gibt, das einen Anfangsverdacht für eine Fremdeinwirkung nahelegt, dürfen Sie es mir natürlich nicht verschweigen!«

»Selbstverständlich nicht«, erwiderte Bendis, während er weiterhin in die Akte starrte. »Aber ich will nicht herumspekulieren, und darauf liefe es im Moment hinaus.«

»Der Leichnam ist noch nicht bestattet«, sagte Borg. »Wenn Sie meinen, es sei etwas zu veranlassen, sagen sie es mir am besten heute noch. Aber es müssen schon handfeste Gründe dafür vorliegen, damit wir weitere Ermittlungen im Kreis der Freunde und Bekannten vornehmen.«

Am besten hielt man den Mund, dachte Bendis. Selbstmord eben. Alle wollten es doch so. Nicht nur der Mörder, den es vielleicht irgendwo gab, sondern auch die Ermittler. Bloß keine schlafenden Hunde wecken. Selbstmord – und damit gut!

»Sie war meine Mandantin und wollte mir ein Problem anvertrauen, bei dessen Lösung sie meine Hilfe brauchte«, sagte Bendis, da er wusste, dass so etwas den Staatsanwalt nicht sonderlich beeindrucken würde. »Sie hatte mir sogar schon einen Vorschuss überwiesen, kam aber nicht mehr dazu, den Termin wahrzunehmen, um ihre Angelegenheit mit mir zu besprechen.«

»Na, sehen Sie«, sagte der Staatsanwalt, und es klang irgendwie versöhnlich. »Sie hat Ihnen nicht erzählt, was sie bedrückte. Der

Druck war stärker als die Bereitschaft, sich Hilfe zu holen. Es ist tragisch, aber leider auch nicht ungewöhnlich.«

Bendis schloss die Akte, nachdem er einen letzten Blick auf die Fotos geworfen hatte. »Der Tod von Frau Renda hat mich mehr getroffen, als ich es für möglich gehalten hätte«, sagte er. »Sie war eine noch so junge und so schöne Frau.«

Der Staatsanwalt zog die Akte zu sich herüber, klappte sie auf und warf einen Blick auf die Bilder.

»Ja, wirklich«, sagte er. »Ich kann Ihre Gefühle gut nachvollziehen. Man kann das als Mann gar nicht verstehen, weshalb eine so schöne Frau sich das Leben nimmt.«

Fast abrupt klappte er die Akte zu, als könnte er den Anblick der mitten aus dem Leben gerissenen Schönheit nicht länger ansehen.

Mandantin tot, Akte zu, dachte Bendis. Letzte Zweifel ausgeräumt.

»Es bleibt einem nichts, als ihre Entscheidung, in den Tod zu gehen, zu akzeptieren«, sagte er. »So schwer es auch fällt. Ich bin jetzt im Bilde. Die Akte brauche ich nicht mehr.«

Borg erhob sich von seinem Schreibtisch. »In meinem Beruf wird man zu schnell abgebrüht«, sagte er in versöhnlich klingendem Ton. »Man gewöhnt sich an zu viele furchtbare Dinge. Wenn ich mich darauf einließe, würde auch mir der Tod der jungen Frau nahegehen, aber in dem Beruf baut man sich einen Schutzwall auf. Zum Glück habe ich Ihre Mandantin nicht gekannt.«

Er begleitete Bendis zur Tür.

»Sollten Sie aber doch noch etwas hören, was zu Ermittlungen Anlass geben könnte, lassen Sie es mich wissen. Selbstverständlich kommen wir hier unseren Verpflichtungen nach.«

»Ja, natürlich«, erwiderte Bendis und gab dem Staatsanwalt zum Abschied die Hand.

13

Harsum, der Ort, in dem Sabine Henze lebte, lag nur ein paar Kilometer vom Stadtzentrum entfernt. Bendis kannte sich hier aus. Seine Mutter war in der Gemeinde groß geworden. Die ersten zwei Jahre seines Lebens hatten seine Eltern und er in einem Neubaugebiet des Ortes eine kleine Wohnung gehabt. Nach der Geburt seiner zwei Jahre jüngeren Schwester war die Familie in die Stadt umgezogen.

Die riesige Basilika St. Cäcilia, an der er vorüberfuhr, hätte auch in einer Großstadt stehen können. Die Menschen waren hier nicht frommer als anderswo, aber sie hatten einst Grund gehabt, Gott zu Ehren eine Kirche wie diese zu bauen, denn der göttliche Segen hatte der Gegend am südlichen Rande der Börde, die sich durch den ausgesprochen guten Schwarzerde-Lössboden auszeichnete, den fruchtbarsten Ackerboden in Deutschland beschert.

Sabine Henze wohnte in der Seitengasse einer größeren Straße, die Morgenstern hieß, in einem kleinen Reihenhaus.

Sie war eine schlanke, hochgewachsene Frau, die sich trotz der Spuren, die das Leben in ihr Gesicht gezeichnet hatten, auf ungezwungene Weise gerade hielt, sodass sie auch im vorgerückten Alter mit ihrem wahrscheinlich nachgefärbten blonden Haar keinen unattraktiven Eindruck machte; sie war eine gepflegte Erscheinung und hatte Stil.

»Wie kommt es, dass Sie als Anwalt noch für meine Nichte tätig sind?«, fragte sie ihn. »Oder waren Sie privat mit Ramona bekannt?«

»Beides«, erwiderte er, »aber erst seit kurzer Zeit. Vor ein paar Tagen hat Ihre Nichte mir Geld überwiesen, als ob sie festlegen wollte, dass ich mich dafür auch nach ihrem Tod um ihre Angelegenheiten kümmern solle. Ich fühle mich jedenfalls in der Pflicht.«

Der Schatten eines Zweifels huschte durch Sabine Henzes Gesicht, aber nur ganz kurz, dann fand sie sich mit seiner Erklärung zurecht.

»Ich habe kein Verlangen, mich selbst um die Wohnungsauflösung zu kümmern«, erwiderte sie. »Wenn Sie das für mich machen möchten, wären Sie mir eine große Hilfe. Ich hätte wohl ohnehin jemanden beauftragt, der das für mich erledigt. Ich dachte zuerst an Herrn Santini, aber der hat gleich abgewinkt.«

Sie saßen auf robusten Stühlen an einem Wohnzimmertisch und Sabine Henze hatte ihm und sich selbst Kaffee eingeschenkt. Einige echte Gemälde an den Wänden, die einander ähnlich waren, sorgten für eine gediegene Atmosphäre. Stilleben mit gelben Vasen und blauen Blumen, so in der Art.

»Wir haben sie am Sonntagnachmittag für ein paar Stunden in der Wohnung aufgebahrt«, sagte Sabine Henze. »Ein paar Freunde kamen, um von ihr Abschied zu nehmen. Sie war sehr hübsch, die Bestatterin hat ihre Sache gut gemacht und alles Unschöne weggeschminkt.« Sie wischte sich eine Träne aus den Augenwinkeln. »Sie sah aus, als ob sie schliefe. Sie hat es hinter sich. Jetzt ist sie in der Friedhofskapelle, im verschlossenen Sarg.«

Sie sah still und dunkel vor sich hin, und eine Weile wagte Michael Bendis nicht, sie etwas zu fragen. »Sie sind Ramonas einzige Erbin?«

»Gestern habe ich beim Nachlassgericht angefragt, ob dort ein Testament hinterlegt ist, aber das ist nicht der Fall. In der Wohnung war auch keines. Wie mir gesagt wurde, tritt dann die gesetzliche Erbfolge ein. Ich war Ramonas nächste Angehörige. Außer mir gibt es keine Erben.«

»Ramonas Eltern sind tot?«

»Meine Schwester Petra, Ramonas Mutter, starb im Frühjahr vergangenen Jahres am Krebs.« Sie wischte sich mit dem Handrücken über die Augen. »Ihr Vater ist schon über zwanzig Jahre tot – er war von Petra geschieden und ging nach Berlin zurück, wo er herkam. Das war bald nach der Wiedervereinigung. In Berlin hat er sich angeblich mit einer Konzertagentur versucht, und als er mit der Firma pleiteging, hat er sich vor einen S-Bahn-Zug geworfen. So habe ich es gehört. Näheres weiß ich darüber aber nicht.«

»Waren Sie überrascht, als Sie hörten, dass Ramona freiwillig in den Tod gegangen ist?«

»Sie denken, der Apfel fällt nicht weit vom Stamm, oder?«

»Die Menschen sind unterschiedlich«, gab Bendis zurück. »Bei manch einem kann man sich einen Freitod vorstellen, bei manch anderem passt er überhaupt nicht ins Bild.«

Sabine Henze lächelte traurig. »Natürlich war ich überrascht. Ich hatte kein Bild, weder so noch so. An Petras Mann habe ich überhaupt nicht gedacht, als ich erfuhr, was geschehen war. Ramona war nicht wie er. Gewiss nicht.«

Es klang nicht so, als ob sie ganz überzeugt davon war.

»Wissen Sie, ob Ramona irgendwelche Probleme hatte? Litt sie unter Depressionen oder Ähnlichem?«

Sabine Henze zögerte. »So oft habe ich Ramona nicht gesehen. Sie war lange in Berlin, nach ihrem Studium ging sie dorthin. Vor knapp zwei Jahren kehrte sie zurück, um sich um ihre Mutter zu kümmern, der es immer schlechter ging. Nach Petras Tod habe ich sie ja nur einige wenige Male getroffen. Aber wenn sie nicht irgendwelche Probleme gehabt hätte, würde sie noch am Leben sein.«

»Ich wusste gar nicht, dass Ihre Nichte in Berlin gelebt hat«, sagte er.

»Sie wollte auch wieder nach Berlin zurück, hat sie mir damals erzählt – aber sie blieb hier – auch nach Petras Tod. Soviel ich weiß, hatte sie die Rückkehr nur aufgeschoben. Warum sie noch blieb, kann ich Ihnen nicht sagen.« Sie seufzte. »Wäre sie nur schon gegangen, vielleicht würde sie dann noch leben.«

»Sie hatten also keinen konkreten Hinweis auf Depressionen?«

»Hat heute nicht jeder Depressionen?«, erwiderte sie und bewegte den Kopf zur Seite. »Das könnte man zuweilen denken. Aber ein paar Hinweise gibt es. Petra, ihre Mutter, litt unter Depressionen, und zwar schon vor ihrer Krebserkrankung, und auch ich leide darunter.«

Sie wandte den Blick wieder zurück und sah ihn an. »Ich habe die Krankheit seit zwanzig Jahren, und inzwischen habe ich sie recht gut im Griff. Ich kann mit ihr leben. Aber es ist eine schreckliche Krankheit, in ihrer schweren Form ist sie schrecklicher als Krebs.«

»Haben Sie in den vergangenen Tagen einmal daran gezweifelt, dass Ihre Nichte freiwillig den Tod gesucht hat?«, fragte Bendis.

Sie sah ihn mit hochgezogenen Brauen an. »Natürlich hat sie ihn freiwillig gesucht – was denn sonst?«

Er versuchte nicht, seine Zweifel an einem Freitod zu begründen.

»Sie wissen, womit Ramona ihr Geld verdiente?«

Sabine Henze nickte gleichmütig. »Sie war Erotikmodell, nicht wahr? Aber sie hatte ja auch das Aussehen dafür. Früher wäre so etwas ein Skandal gewesen, aber heutzutage regt sich kein Mensch mehr darüber auf. Trotzdem wäre es besser gewesen, sie hätte einen anderen Weg eingeschlagen. Sie war so ein schönes Mädchen, in ihrer Jugend eine ganz ausgezeichnete Sportlerin. Sie hat Hochleistungsturnen betrieben, doch irgendwann hat sie alles hingeschmissen. Ramona hatte viel von Petra – vor allem ihre Schönheit natürlich – aber auch ihren Hang zum Extremen.«

Bendis nahm einen Schluck Kaffee und fragte: »Was meinen Sie mit dem Hang zum Extremen?«

»Diese Art, immer aufs Ganze zu gehen. Selbst dann, wenn es auf Abwege führen konnte.« Sie schüttelte in stummer Missbilligung den Kopf. »Petra ließ nichts aus und hätte von den Abwegen, auf die sie geraten war, fast nicht mehr zurückgefunden.« Sie starrte auf ihre Kaffeetasse, ohne sich weiter zu erklären.

»Was für Abwege waren das?«

»Nicht nur zweifelhafte sexuelle Abenteuer, auch Drogenerfahrungen gehörten dazu«, antwortete Sabine Henze nach einer Weile. »Nicht dass sie ein Junkie gewesen wäre, nein, das nicht, aber experimentierfreudig war sie schon.«

»Und Ramona ähnelte ihr darin?«

Sabine Henze konnte ihm nicht in die Augen sehen und blickte auf das Stillleben schräg hinter ihm an der Wand.

»Von Drogen weiß ich nichts«, sagte sie, »aber was das Erotische anging, hat sie sich wohl keinerlei Beschränkungen auferlegt.

Wir sprachen mal darüber. Sexuelle Experimente seien ihr Weg zu sich selbst, hat sie gemeint. Ich habe gesagt, da kommt nie etwas Gescheites dabei heraus, aber sie hat mir widersprochen und behauptet, es sei der einzige Weg, den sie gehen könne. Sie ist in diesen Dingen weiter gegangen als ihre Mutter. Sie tat es in dem Glauben, sich dadurch selbst zu befreien.«

Etwas schlich sich an ihn heran, eine dunkle Ahnung, geboren aus unbestimmten Bildern, die am Rande seiner Wahrnehmung aufgeflackert und wieder erloschen waren; so schnell, dass er sie nicht hatte festhalten können.

Sabine Henze schluchzte plötzlich auf. »Mein Gott! Es ist so schrecklich, dass ihr das Leben trotz aller Bemühungen entglitten ist. Diese furchtbare Welt. Wir wurden um unseres guten Aussehens willen beneidet, aber wir hatten kein Glück. Petra nicht und ich nicht, und Ramona erst recht nicht. Es ist so tragisch, dass sie trotz bester Absichten noch mehr Pech hatte als ihre Mutter. Sie war doch noch so jung!«

Michael Bendis wusste nicht, was er sagen sollte. Ramonas Tod war furchtbar, sinnlos und inakzeptabel, aber wenn es kein Selbstmord gewesen war, dann wäre alles nur noch schlimmer. Diejenigen, die sie näher gekannt hatten, schienen sich geradezu an die Vorstellung zu klammern, dass sie aus freien Stücken gegangen war. Für ihre engere Umgebung war diese Vorstellung anscheinend am leichtesten zu ertragen.

»Es war wohl ihr Schicksal«, fügte Sabine Henze hinzu. »Zu manchen Menschen kommt der Tod eben recht früh.«

Es gab kein festgelegtes Schicksal, dem man nicht entgehen konnte, dachte Bendis; aber eine Geneigtheit, die Wirklichkeit werden konnte, gab es durchaus. Ramona Renda hatte gegen das Verhängnis angekämpft, aber sie hatte verloren. Doch nicht weil sie sich aufgegeben hatte, sondern weil ihre Entschlossenheit, ihre Radikalität Gegenkräfte mobilisiert hatte, die sich am Ende als stärker erwiesen hatten als sie. Nur mit dieser Vorstellung erschien ihm ihr Tod einigermaßen plausibel. Mit Namen aber konnte er die Gegenkräfte, denen sie unterlagen war, nicht benennen.

»Als Erbin sind Sie in das Mietverhältnis an der Wohnung eingetreten«, sagte Bendis nach einer Weile. »Ich nehme an, Sie werden die Wohnung kündigen wollen. Sie können binnen eines Monats mit dreimonatiger Frist kündigen. Wenn Sie mir eine Vollmacht unterschreiben, kann ich das gern für Sie tun.«

»Was ist denn mit Ihren Kosten?«

»Zunächst habe ich noch Ramonas Vorschuss.«

Sie nickte und griff dann nach einem Zeitungsausschnitt, den sie auf dem Tisch bereitgelegt hatte und reichte ihn Bendis.

»In der Zeitung wurde von einer Familie mit sechs Kindern in einem Nachbarort berichtet, die bei einem Hausbrand ihr gesamtes Hab und Gut verloren hat. Es sind sehr arme Leute, die keine Hausratversicherung hatten. Ich möchte, dass diese Familie alles erhält. Wie sie dort schreiben, kümmert sich die Diakonie um den Fall.«

Er warf einen Blick auf den Artikel. Ganz unten war die Telefonnummer der Hilfsorganisation angegeben, die um Sachspenden bat.

»Gut, ich rufe dort heute noch an«, sagte er.

»Ramonas persönliche Sachen müssten vorher in Kisten verpackt werden. Möglicherweise gibt es Personen aus ihrem Freundeskreis, die Erinnerungsstücke haben möchten. Ihre Kleidung? Ich weiß nicht, ob die jemand will? Vielleicht auch die Diakonie. Ich selbst will nichts von allem, ich will mich nicht damit belasten. Könnten Sie das eventuell auch übernehmen?«

Bendis zögerte, aber dann nickte er. »Ich kümmere mich darum.«

»Wenn der Vorschuss nicht reicht, bezahle ich Sie natürlich für Ihre Mühen«, sagte sie und starrte eine Weile vor sich hin. »Ramona scheint ja tatsächlich etwas Geld gehabt zu haben. Ich habe die Hefter mit den Kontoauszügen bereits an mich genommen. Herr Santini erzählte mir, Ramona hätte recht gut verdient. Es sieht ganz danach aus, als hätte er recht.«

»Darf ich Sie fragen, wie es um Ramonas Vermögensverhältnisse bestellt war?«, fragte er. »Wie viel Geld hat sie besessen?«

Sabine Henze zögerte, aber dann sagte sie: »Ihre Kontoguthaben dürften sich zusammen auf etwa fünfzigtausend Euro belaufen.«

Nicht ganz wenig, dachte Bendis, aber auch nicht so viel, als dass sie sich damit hätte zur Ruhe setzen können. Dreitausend Euro mehr oder weniger fielen aber auch nicht so sehr ins Gewicht.

»Die Beisetzung findet morgen Nachmittag auf dem Südfriedhof statt«, sagte Sabine Henze, als sie sich voneinander verabschiedeten. »Es ist mir gelungen, einen katholischen Geistlichen, den ich seit Jahren sehr gut kenne, zu verpflichten. Mehr kann ich nicht für die arme Ramona tun.«

»Es ist schrecklich«, murmelte er. »Ich hätte Ramona so gern wiedergesehen.«

Es gab nichts weiter zu besprechen. Bendis bedankte sich bei Sabine Henze für das freundliche Gespräch und stand auf, um zu gehen.

»Ich werde zu der Beerdigung kommen«, sagte er zum Abschied.

Sabine Henze begleitete ihn zur Tür, und Bendis verließ das Häuschen am Morgenstern. Er ging zu seinem Wagen und fuhr zurück in die Stadt.

In seiner Kanzlei setzte er das Kündigungsschreiben für Ramonas Wohnung auf und gab es in die Post. Dann rief er die in der Zeitung angegebene Telefonnummer der Diakonie wegen der Wohnungsauflösung an.

Sein Gesprächspartner am anderen Ende der Leitung zeigte sich interessiert.

»Es ist kein Plunder«, sagte Bendis, »sondern eine hochwertige Einrichtung, gut erhaltenes Mobiliar. Die Angehörigen möchten nichts davon haben.« Aus der Erinnerung heraus beschrieb es so gut es ging, was alles an werthaltigen Einrichtungsgegenständen vorhanden war.

»Ich habe nur ein einziges Problem«, erwiderte sein Gesprächspartner. »In dieser Woche wäre es schwierig, die Wohnung auszuräumen. Mehrere Mitarbeiter sind im Urlaub, und die neue

Unterkunft für die Familie wird erst Ende Juli bezugsfertig sein. Hätte es noch ein oder zwei Wochen Zeit, bis wir die Einrichtung abholen?«

»Das ist mir nur recht.«

»Wir könnten mal den Freitag übernächster Woche ins Auge fassen. Das wäre in etwas mehr als vierzehn Tagen. Ja, am besten machen wir diesen Termin gleich fest.«

»Gut, bis dahin habe ich alles Persönliche in den Keller geschafft.«

Auch zwei Wochen gingen schnell ins Land, dachte Michael Bendis, nachdem er den Hörer aufgelegt hatte. Es wäre sicher gut, sagte er sich, wenn er heute Abend schon mit der Erstellung eines Inventurverzeichnisses begann.

14

Er parkte den Wagen im Schatten der Bäume am Waldesrand, überquerte die Straße und benutzte den Schlüssel, um ins Haus zu gelangen.

Das Gebäude war angenehm kühl. Als er die erste Treppenumrundung hinter sich gebracht hatte, öffnete sich die im ersten Stock gelegene Wohnungstür und eine elegant gekleidete Dame von etwa sechzig Jahren trat in den Flur. Sie warf ihm einen Blick zu, der nicht unfreundlich war, und Bendis blieb stehen.

»Kann ich Ihnen behilflich sein?«, fragte die Frau.

»Ich bin auf dem Weg nach ganz oben«, sagte er. »Haben Sie die verstorbene Frau Renda gekannt?«

Das Lächeln verschwand aus ihrem Gesicht. »Oh, ist es nicht schrecklich?«, fragte sie bestürzt. »So eine reizende junge Frau. Ich konnte es gar nicht fassen, als ich es hörte. Sind Sie ein Verwandter?«

»Kein Verwandter, aber ich kannte sie und kümmere mich um die Wohnungsauflösung.«

Sie nickte. »Ich verstehe, es ist gewiss keine schöne Aufgabe, nehme ich an.«

»Man fühlt sich nicht gut dabei. Haben Sie Frau Renda näher gekannt.«

»Bis auf wenige Begegnungen, wo wir ein paar Sätze miteinander wechselten, hatte ich keinen Kontakt zu ihr; hier im Haus hat man nicht viel miteinander zu tun.«

»Hatte sie oft Besuch?«

Sie schaute ihn verwundert an. »Warum fragen Sie?«

»Nun, obwohl man über Tote nicht schlecht reden soll, geschieht es ja häufig doch. Mir gegenüber hat man behauptet, sie hätte häufig Herrenbesuch gehabt – also häufiger als andere alleinstehende Frauen.«

Sie schüttelte den Kopf. »Das ist sicher Unsinn. Ich habe sie zwei- oder dreimal mit einem jungen Mann gesehen. Mit einem sehr hübschen jungen Mann, der äußerlich gut zu ihr passte, aber sonst – nein. Sonst habe ich nichts gesehen. Natürlich habe ich auch nicht darauf geachtet. Das ist hier kein Haus, in dem man neugierig ist. Man geht seiner eigenen Wege.«

»Wer wohnt hier noch? Wohnen hier auch Familien?«

»Man sieht nur selten jemanden. Nein, keine Familien, es sind sechs Einzelmieter, die zu den Wohnungen gehören. Die anderen habe ich noch seltener gesehen als Frau Renda. Der Herr, der über mir wohnt, hält sich nur alle zwei Wochen für ein paar Tage hier auf.«

Kein ungeeignetes Haus, um einer Arbeit als Edelprostituierte nachzugehen, dachte Bendis.

»Seit wann wohnte Frau Renda im Haus?«

Sie zuckte mit den Achseln. »Seit knapp zwei Jahren oder etwas weniger. Genau weiß ich es nicht mehr. So, nun muss ich aber gehen.« Sie nickte Bendis noch einmal zu, etwas freundlicher noch als beim ersten Mal.

»Vielen Dank für das Gespräch«, sagte Bendis und stieg weiter die Treppen zu der verlassenen Wohnung hinauf.

Oben öffnete er die Tür des Appartements mit seinem Schlüssel. Im Flur stellte er seine Aktentasche auf einem schmalen Schränkchen ab und schob dann die Tür zum Wohnzimmer auf.

Schräg schien die Sonne an den rotgoldenen Vorhängen vorbei durch die Fenster herein. Ihr Licht wirkte silbrig und zart, was die Farbigkeit der bunten Teppiche ein wenig zu dämpfen schien, und seine Augen, auf die ungebremst die Strahlen trafen, gaben der Sonne ein Blinzeln zurück.

Er machte ein paar Schritte auf die Balkontür zu, die wie am Montag von keiner Gardine verhüllt war und die Stadt freigab. Er sah das helle Licht über dem Innerstetal und blieb dann wie erstarrt stehen.

Es war etwas schwarz Schimmerndes, eine dunkle Masse, die den Bereich zwischen der Tür und dem Schrank verdunkelte. Mit der Verzögerung der Momente, die vergangen waren, seit er seine

Schritte zum Fenster gemacht hatte, wurde ihm klar, dass er nicht alleine in dem Zimmer war.

Langsam und wie von einer höheren Macht gesteuert, drehte er sich um und wandte der Stadt und der Sonne den Rücken zu.

Es war keine Halluzination, sondern Wirklichkeit. Ihm gegenüber, genau in der Nische, die von der Begrenzung der Schrankwand und der in den Raum hereinragenden Tür gebildet wurde, stand ein älterer Mann, der eine dunkle Brille und einen grauen Sommeranzug trug.

Das Gesicht des Mannes, in das Bendis wie entgeistert blickte, war so grau wie der Anzug, den er trug, und die Augen, die zwischen den schwarzen Rändern einer Brille hervorblickten, sahen wie kohlrabenschwarze Löcher aus. Auf den hageren Gesichtszügen, aus dem das Kinn stark heraussprang, lag ein Bartschatten. Grau war auch sein kurz geschnittenes Haar, und die Farbe Grau war überhaupt der vorherrschende farbliche Eindruck, den der Mann auf ihn machte. So wie er da stand, wirkte er in dieser Wohnung völlig fehl am Platz.

Bendis wollte etwas sagen, ihn fragen, was er hier wollte, doch er kam nicht dazu. Denn auch wenn der Fremde den Eindruck machte, kaum weniger überrascht zu sein als er selbst, so hatte er Bendis doch hereinkommen gehört, und daher war er derjenige, der als Erster reagierte.

Er tat es, indem er mit der linken Hand um die Tür herumgriff und mit einer erstaunlich schwungvollen Bewegung aus dem Raum hinausglitt, schon im nächsten Moment war er aus Bendis' Blickfeld verschwunden, und nur noch das Gespenst seiner Gestalt hing wie ein Schattenrückstand im Rahmen der geöffneten Tür.

Es war alles so schnell gegangen, dass Bendis einen Moment unsicher wurde, ob nicht seine Einbildung ein Wahnbild in die Nische neben der Tür projiziert hatte. Allein die Schritte, die er gleichzeitig im Flur der Wohnung hörte, und das laute Geräusch der zuschlagenden Wohnungstür gaben ihm die Gewissheit, dass sein Erlebnis kein Tagtraum gewesen war.

Du musst hinter ihm her, dachte er. Der Mann, das wurde ihm schlagartig klar, hatte nicht das Recht gehabt, dort zu stehen.

Bendis eilte aus dem Zimmer und durch den Flur zum Eingang, sprintete die Treppe hinunter, die Halle unten war leer.

Draußen auf dem Bürgersteig blendete ihn das Sonnenlicht, während er die Straße hinauf und hinunter blickte. Wo zum Teufel war der Kerl hin? Der Reihe nach starrte er die Fahrzeuge an, die in der Nähe am Straßenrand parkten, doch hinter keiner der Windschutzscheiben erblickte er ein Gesicht. Nirgendwo sprang ein Motor an oder stieß ein Wagen von der Bordsteinkante ab; die Straße erschien ihm in diesem Moment geradezu unheimlich still.

Bis zur nächsten Straßenecke war es nicht weit, und als er sie erreichte, hätte er beinahe eine alte Frau umgerannt, die ihm plötzlich in den Weg trat. »Haben Sie einen Herrn mit Brille und im grauen Anzug gesehen?«, rief er ihr zu, doch sie starrte ihn nur verständnislos an, schüttelte den Kopf und ging schnell weiter.

Am Ende der Feldstraße, die dort an den Galgenberg stieß, ragte das wuchtige Kriegerdenkmal aus der Zeit des Dritten Reiches vor dem Waldhang auf, das Bild eines martialischen steinernen Soldaten in Stahlhelm und Uniform, beidseits davon führten Treppenstufen und Wege zum Galgenberg hinauf, er war sich fast sicher, dass der Graue den nächst gelegenen der nach oben führenden Wege benutzt hatte.

Vorbei an dem steinernen Monument gelangte er auf die Straße, die am Waldrand entlangführte, und blickte in beide Richtungen, nirgendwo war der Kerl zu sehen. Mehrere Wege führten in den Wald hinein, er musste sich entscheiden.

Der Weg, der auf der anderen Straße unter die Bäume führte, mündete in die große Freifläche am Bismarckturm, und obwohl er es nicht hätte begründen können, erschien es ihm unwahrscheinlich, dass der Graue diesen Weg genommen hatte. Kurz entschlossen wandte sich Bendis nach rechts und eilte auf der Mozartstraße weiter, die nach Süden führte.

Kurz darauf hatte er Glück, denn er erblickte den davon eilenden Mann in reichlicher Entfernung, aber noch am Ende der Straße, kurz bevor der Wald begann.

Einen Augenblick hielt Michael Bendis inne und verlangsamte beim Weitergehen seine Schritte, weil er plötzlich unsicher wurde, wie er sich weiter verhalten sollte. Was wollte er tun, wenn er den Kerl eingeholt hatte? Den Mann zur Rede stellen? Was aber, wenn er alles abstritt, wenn er ausfallend reagierte, vielleicht sogar in Abrede stellte, dass er überhaupt in Ramona Rendas Wohnung gewesen war, und sich jegliche weitere Belästigung durch Bendis verbat?

Es musste den Grauen nicht direkt angehen, sagte er sich; vielleicht war es besser, wenn er ihm heimlich folgte, und mit etwas Glück herausbekam, wo der Kerl wohnte und wer er war. Zur Rede stellen, könnte er ihn dann bei passender Gelegenheit immer noch.

Bendis erreichte die Stelle, wo der Galgenbergwald begann. Der Graue war nicht mehr zu sehen. Bendis eilte unter den Bäumen weiter und überquerte kurz darauf eine kleine Straße, die in die Stadt hinunterführte. Auf der anderen Seite teilte sich der Weg und verlief links in den Wald hinauf, während er sich rechts in Sichtweite der Hangbebauung entlangschlängelte. Der Pfad rechts war breiter und ohne Steigung, weshalb Bendis sich für diesen entschied.

Die Häuser auf den Grundstücken, die ein mannshoher Zaun von dem Waldweg trennte, waren hinter den hohen Buchen schemenhaft zu erkennen. Der Zaun selbst war ohne Türen, sodass man nicht ohne Weiteres auf eines der Grundstücke hätte gelangen können. Zur Waldseite hin zweigten gelegentlich Pfade ab, die in den dichteren Wald hinaufführten, aber Bendis rechnete damit, dass der Graue auf dem Hauptweg geblieben war.

Schließlich lief er ein Stück vor, während er einige Abzweigungen passierte, in die der Graue hätte verschwunden sein können, und als er schon glaubte, den Mann endgültig aus den Augen verloren zu haben, tauchte dieser in der Ferne im Schattenlicht des Waldes auf. Bendis ließ sich in einen zügigen Schritt zurückfallen.

Es schien ihm nun sicher, dass der Fremde nicht vorhatte, sich ins seitliche Dickicht zu schlagen.

Nach ungefähr zweihundert Metern machte der Pfad einen Bogen in den Wald hinein, wo er bald auf ein Wegekreuz stoßen würde, wie Bendis sich von früheren Ausflügen in den Galgenbergwald her erinnerte. Geradeaus im Süden lichtete sich der Wald, schuf Platz für einen tiefer gelegenen See, der zum Baden genutzt wurde und im Volksmund die »Blaue Lagune« hieß. Auf der anderen Seite des Sees lag die Marienburger Höhe.

Der Graue ließ den blauen See rechts liegen und folgte dem Weg, der wieder unter die Bäume führte. Bendis blinzelte ins Licht, als er das Wegekreuz erreichte. In weit ausholenden Schritten strebte eine einsame graue Gestalt den Tiefen des Waldes zu.

Bendis folgte in angemessener Entfernung. Der Typ drehte sich nicht ein einziges Mal um. Er schien nicht einmal damit zu rechnen, dass Bendis ihn verfolgte; zumal nicht bis hierher, nicht bis in den Galgenbergwald.

Der Weg wurde schmaler und Bendis geriet in ein Gewirr von Buchen und Eichen, die sich dicht ineinander drängten. Zwischen allerlei Gewächsen, die beidseits des Weges grün ins Licht wucherten, gab der Hauptweg zuweilen an seinen Rändern Abzweigungen zu schmalen auf- oder abwärtsführenden Pfaden frei. Das Tageslicht leuchtete grün in den mächtigen Kronen der Bäume, und wo es sie durchdrang, tupfte die Sonne helle Flecken, die ein leichter Wind in ständiger Bewegung hielt, auf den Boden. Der Graue ging geradeaus, marschierte unbeirrt seinem Ziel entgegen.

Irgendwie war der Galgenberg ein unheimlicher Ort, kam es Bendis im Weiterschreiten in den Sinn. Nicht immer, aber manchmal, und auch an diesem Hochsommertag strahlte der Wald etwas Abseitiges und Fremdes aus. Nördlich des Berges begann die norddeutsche Tiefebene, und es mochte mit seiner Lage in einer geografischen Übergangszone zusammenhängen, dass der Ort so eine eigentümlich magische Atmosphäre besaß, zuweilen lieblich und heimelig, aber dann eben, wenn die Seele des Waldes die Stimmung wechselte, unheimlich und fremd.

Nach ein paar Minuten machte der Weg eine erneute Biegung, führte an den Rand des Baumbewuchses und verließ dann den Wald. Bendis ging langsamer, denn es war hier praktisch unmöglich, den Grauen aus den Augen zu verlieren.

Als Bendis den Schatten der Bäume verlassen hatte, sah er den Mann auf dem Weg in Richtung der bebauten Straßen ausschreiten. Es schien fast, als ob er hier irgendwo wohnte. Es wäre wirklich ein Glücksfall, sagte sich Bendis, wenn sich herausstellen sollte, dass es sich geradeso verhielt; etwas Besseres, als dass er mittels der Verfolgung die Adresse des Fremden herausbrächte und in der Folge wohl auch seinen Namen, könnte ihm kaum passieren.

An der Stelle, wo der Feldweg an die asphaltierte Straße stieß, bog der Graue links ab. Nun musste Bendis sich sputen, da die Abzweigung nach links durch eine Hecke verdeckt war, sodass er den Grauen nicht mehr sehen konnte. Er lief ein Stück, und als er die Ecke erreichte, erblickte er den Mann wieder, aber schon ungefähr fünfzig Meter entfernt, als hätte dieser seine Schritte beschleunigt, kaum dass er abgebogen war, und entgegen seiner Erwartung war Bendis mit seiner Verfolgungsjagd ins Hintertreffen geraten.

Der Kerl war zu einem dunklen Wagen getreten, der mit der Rückfront am oberen Ende der kleinen asphaltierten Straße parkte und auf dessen schwarzen Lack das Sonnenlicht blitzte. Er eilte gradewegs zur Beifahrertür und riss sie auf, bevor er unerwartet behände in den Wagen sprang, der sich sofort in Bewegung setzte und vom Straßenrand abstieß.

Die Limousine war zu weit entfernt, als dass Bendis ihr Kennzeichen deutlich hätte erkennen können, aber er war sich immerhin sicher, dass es ein Hildesheimer Nummernschild war.

Die Limousine rollte zügig den Weg hinan und bog an der nächsten Ecke rechts ab, und einige Augenblicke später war sie hinter der Häusern verschwunden.

Bendis blieb verblüfft zurück. Unversehens und ohne dass er es hätte verhindern können war ihm der Graue entwischt, und er selbst kam sich vor wie ein Idiot.

15

Feine Staubpartikel bewegten sich gemessen im Strahl des goldgelben Lichts, das in länglichen Streifen durch die Fenster fiel. Ein unheimlicher, fremder Glanz hatte sich auf die Wände, die Teppiche und all das andere Mobiliar gelegt.

Die Tatsache, dass Bendis seine Aktentasche im Flur hatte stehen lassen, war nicht der einzige Grund, weshalb er noch einmal in Ramona Rendas Wohnung zurückgekehrt war.

Er inspizierte das Türschloss der Wohnung. Es war unbeschädigt; also hatte der Graue einen Schlüssel gehabt; aber woher hatte er ihn? Warum war er überhaupt hier gewesen und hatte sich still und heimlich Zutritt zu den Räumen verschafft? Hatte er ausreichend Zeit gehabt, um sich gründlich in der Wohnung umzusehen? Die Hände des Mannes waren leer gewesen, als er davongeeilt war; falls er etwas mitgenommen hatte, musste es etwas sehr Kleines gewesen sein, etwas, das man in die Tasche stecken konnte.

Doch es gab nicht nur den Grauen. Es gab noch jemand anderen, jemanden, der mit dem Fremden verbunden war, der sich aber im Hintergrund hielt, jemanden, der eine dunkle Limousine fuhr. Der Fahrer des Wagens hatte auf den Grauen gewartet, in sicherer Entfernung, während sein Kumpan unbefugt in Ramonas Wohnung eingedrungen war.

Michael Bendis war sich sicher, dass er die Limousine mit dem unbekannten Fahrer an diesem Nachmittag nicht zum ersten Mal gesehen hatte. In der Nacht ihrer ersten Begegnung war Ramona vor »Rollos Bar« in einen solchen Wagen gestiegen, und in der Nacht ihres Todes hatte ein solcher Wagen auf der Straße vor ihrem Haus gestanden. Heute Nachmittag war ihm der Wagen zum dritten Mal begegnet.

Was für ein Fahrzeug war es gewesen? Ein Mercedes? Ein Audi? Ein BMW? Bendis war sich nicht sicher. Er hatte bei den ersten beiden Malen nicht darauf geachtet, weil es für ihn noch nicht wichtig gewesen war. Heute war die Entfernung zu groß gewesen, um die Marke oder das Modell sicher zu erkennen. Sogar, was die Farbe des Wagens anging, schwankte er. Es könnte schwarz, anthrazit oder dunkelblau gewesen sein. War es wirklich jedes Mal derselbe Wagen gewesen? Die Autotypen, an die er dachte, waren nicht selten. Doch auf solche Wahrscheinlichkeiten kam es nicht an. Es war seine Intuition, die ihm sagte, dass immer derselbe Fahrer hinter dem Steuer gesessen hatte.

Fahrer und Beifahrer könnten natürlich gewechselt haben. Er musste an die Brille des Grauen denken, und er dachte an den Eindruck, den er hatte, als die Limousine vor Ramonas Haus parkte. Er hatte geglaubt, jemanden mit einer Sonnenbrille zu sehen. Könnte es nicht auch eine schwarzumrandete Brille gewesen sein, wie sie der Mann im grauen Anzug getragen hatte?

An der Garderobe im Flur hing eine Handtasche. Das brachte ihn auf den Gedanken, nach Ramonas Handy zu suchen. In der Tasche selbst war keines zu finden. Er schaute sich im Flur um. Nichts. Er betrat das Wohnzimmer.

Der Laptop stand noch auf dem Schreibtisch, und ob der Graue daran herumgespielt hatte, war nicht zu erkennen. Gut möglich, dass er ihn mitgenommen hätte, wenn er ihm durch sein Erscheinen nicht die Tour vermasselt hätte, überlegte Bendis.

Er trat zu der hellen Schrankwand, deren Bücherreihen sich zu beiden Seiten einer Glasvitrine mit Porzellanfiguren erstreckten. Er musterte die Bücher und die Gegenstände, die davor in den Regalen standen; doch es wirkte nichts verändert, alles schien auf seinem Platz zu sein, auch wenn er die Wohnung einfach zu wenig kannte, um Veränderungen sicher bemerken zu können. Falls der Graue Muße gehabt hatte, sich in den Räumen umzusehen, war er jedenfalls vorsichtig zu Werke gegangen, ganz so, als ob er unbedingt hatte verhindern wollen, dass jemand von seiner Anwesenheit Kenntnis bekam.

Ein Handy war auch hier nirgendwo zu entdecken. Hatte der Graue es eingesteckt? Es war ärgerlich. Warum hatte er nicht früher schon an Ramonas Handy gedacht?

Sein Blick fiel auf das verkabelte Telefon, das auf dem Schreibtisch stand. Er rief den Speicher auf, aber dieser war leer. Er hörte die Mailbox ab. Fehlanzeige. Er hob das Telefon hoch und entdeckte ein kleines handschriftliches Verzeichnis, das Telefonnummern mit Namen und Anschriften enthielt, es war von der Art, wie es die Leute in vordigitalen Zeiten besessen hatten und häufig noch immer besaßen.

Ungefähr dreißig oder vierzig Telefonnummern waren in dem Verzeichnis enthalten. Darunter auch ein paar ihm bekannte Namen: Paolo, Rollo, die beiden Sennetts und auch seine eigene Büronummer mit dem Zusatz Micha Bendis.

Sein eigenes Handy befand sich in seiner Aktentasche. Er holte es und wählte dann die Mobilfunknummer von Frank Sennett.

Es tutete ein paar Mal, dann wurde das Gespräch angenommen.

»Ich komme auf dein Angebot von neulich zurück, Frank«, sagte er. »Können wir uns treffen?«

»Sicher«, sagte Frank Sennett, »wenn ich zurück in Hildesheim bin.«

»Wo habe ich dich denn erwischt?«

»In London, Sandra ist auch hier. Wir sind gestern Morgen geflogen. Am Donnerstag kommen wir spät abends wieder. Wie ist es mit Freitagabend? Du weißt ja, wo ich wohne.«

»Okay, Freitagabend.« Bendis zögerte. »Weshalb ich anrufe: Es geht um Ramona – Ramona Renda. Sie war neulich in ›Rollos Bar‹, als wir beide uns getroffen haben. Ich nehme an, du hast es schon gehört?«

»Am Wochenende schon. Ich habe sie noch gesehen, als sie in der Wohnung aufgebahrt war. Es ist schrecklich, einfach furchtbar und so verdammt schade.«

»Warum hat sie es getan?«

»Niemand weiß es«, sagte Frank.

»Könnte es etwas anderes als Selbstmord gewesen sein?«

»Wie? Ich dachte, Selbstmord stünde als Todesursache fest.«

»Ich frage, weil du sie doch kanntest. Ich meinte: Hältst du das für möglich, dass es kein Selbstmord war?«

Eine Zeitlang herrschte Schweigen. »Vieles ist möglich«, erwiderte Frank Sennett. »Was sagt denn die Polizei?«

»Für die ist die Sache schon abgehakt.«

»Dann wird es wohl auch Selbstmord gewesen sein.«

»Ja, wahrscheinlich«, erwiderte Bendis. »Aber noch etwas. Hatte Ramona einen Freund oder engen Bekannten, der eine dunkle Limousine fährt, Mercedes, Audi oder BMW? Welche Marke auch immer, aber eine Limousine, dunkel und groß.«

»Genauer weißt du es nicht?«, fragte Frank.

»Leider nein. Aber wenn ich dunkle Limousine sage, gibt es dann nicht doch jemanden, an den du denkst?«

»Spontan fällt mir niemand ein«, erwiderte Frank Sennett. »Ein Freund? Aus ihrem Bekanntenkreis kommen sicher mehrere Kandidaten für einen solchen Wagen in Betracht. Warum fragst du? Was hat es mit dem Wagen auf sich?«

Sollte er Frank von seiner Begegnung mit dem Grauen erzählen? Es sprach wohl nichts dagegen, aber sein Instinkt riet ihm, vorsichtig zu sein. Frank war zwar ein alter Schulfreund, aber das war lange her. Außerdem hatte es noch bis Freitagabend Zeit.

»Es ist vermutlich nicht wichtig«, sagte er. »Ich habe mit der Wohnungsauflösung zu tun und bin dort jemanden begegnet, der offenbar zu ihr wollte, aber verschwunden ist, als er mich sah. Es hat wohl keine Bedeutung.«

»Warte mal …«, ließ Frank Sennett sich vernehmen, »… Paolo Santini, ihr Partner, ich glaube, den habe ich mal mit einem solchen Wagen gesehen.«

»Paolo Santini? Bist du sicher?«

»Ja. Ziemlich sicher. Sprich mal mit ihm. Seine Telefonnummer haben sie in der Bar. Wir sehen uns am Freitag.«

Sie verabschiedeten sich.

Bendis steckte das Handy weg und nahm das mitgebrachte Diktiergerät zur Hand. Dann begann er, das Inventarverzeichnis über den Inhalt des Mobiliars der Wohnung zu erstellen, wobei er nur die eigentlichen Einrichtungsgegenstände erfasste. Den Inhalt der Schränke, Regale und Kommoden bezeichnete er nur pauschal.

Das Schlafzimmer mit seinen Spiegeln wirkte beklemmend. Er öffnete den Schrank, der voll war mit Kleidern auf Bügeln, außerdem Negligees und Sportsachen. Viele der Kleider waren ausgesprochen reizend, und sich Ramona in ihnen vorzustellen, verursachte ihm ein Gefühl von Pein.

Er stieß auf einen fensterlosen Raum, der sich zwischen Wohn- und Schlafzimmer befand, den er noch nicht betreten hatte. Es war eine Art Ankleidezimmer, wie ein begehbarer Schrank. Hier entdeckte er die Art von Gegenständen, von denen er geahnt hatte, dass sie vorhanden sein mussten.

Er sah mehrere Paare hochhackiger Schuhe, Reizwäsche und Miniröcke auf Bügeln. Als er ein paar von den Schubladen aufzog, fand er Handschellen, Ketten, Lederriemen, Stricke und andere Utensilien, die wohl zum Einsatz kamen, um das Liebesleben interessanter zu gestalten.

Zurück im Wohnzimmer fasste er erneut die Schrankwand ins Auge, und dabei fiel sein Blick auf drei in dunkelrotes Leder gefasste Bände, die in der untersten Reihe standen.

Er legte das Diktiergerät beiseite, nahm einen der Bände aus dem Regal und stellte fest, dass es ein Album mit Kinderfotos war. Ramona war darauf als ein kleines Mädchen im Kreise von Eltern, Verwandten und Spielkameraden zu sehen. Später stand sie mit Freundinnen zusammen, die Schultüten in den Armen hielten. Beim Weiterblättern konnte er sie durch die Jahre heranreifen sehen.

Er studierte das Bild der Frau, die Ramonas Mutter war. Sie war blond und schön wie ihre Tochter, aber das Lächeln, das sie gelegentlich einmal zeigte, wirkte auf den meisten Bildern nicht echt, sondern gestellt. Bei längerer Betrachtung der Fotos, auf denen die Gesichter ernst geblieben waren, konnte er sehen, dass es in diesem Punkt eine bestimmte Art von Ähnlichkeit zwischen Mutter und Tochter gab.

Auch der Mann, der wahrscheinlich Ramonas Vater war, kam gelegentlich ins Bild, etwa vierzig Jahre alt mit dunklem Haar und markanten Gesichtszügen. Ungefähr von Ramonas zehntem Lebensjahr an war er nicht mehr zu sehen.

Er musste an Julia denken, an sein eigenes Kind, das heute so alt war wie Ramona damals. Auch sie war nun mit ihrer Mutter allein, und der Gedanke daran gefiel ihm nicht. Er kannte das Elend von Scheidungskindern. Patchwork hin, Patchwork her, für ihn selbst ging nichts über eine intakte Familie.

Was sagte es eigentlich über ihn selbst, dass er seine Familie nicht bei sich hatte halten können? Wo und wann in seinem Leben hatte er sich verlaufen und war in die falsche Richtung marschiert? Er wusste es nicht. Es stand nur fest, dass es geschehen war.

Er blätterte weiter und stieß auf leere Seiten. Die Reste von Klebestreifen waren deutlich zu erkennen. Es hatten sich hier mehrere Fotos befunden, die jemand herausgerissen hatte. Es sah aus, als wäre es schnell und achtlos passiert. Wahrscheinlich erst vor kurzer Zeit. Vielleicht auch erst heute. Hatte der Graue die Fotos entfernt? War er etwa deshalb in die Wohnung eingedrungen? Was oder wer mochte auf den Fotos zu sehen gewesen sein? Sicher hatte es sich um Personen gehandelt, um Personen aus einer vergangenen Zeit.

Er nahm den nächsten Band zur Hand. Das Album zeigte die üblichen Schulfotos, die sich um Klassenausflüge und Partys drehten und auf denen Ramona mit gleichaltrigen Klassenkameraden und mit Lehrern zu sehen war. Auch da war sie häufig ein sehr ernstes Mädchen, das weniger als die meisten ihrer Mitschüler in die Kamera lachte.

Obwohl sie sehr hübsch war, wirkte sie auf den Fotos aus jener Zeit kaum auffallender als ihre Mitschülerinnen. Die provozierende Schönheit, die ihr später eigen war, hatte sich erst danach entwickelt, als sie schon einiges über zwanzig gewesen war.

Davon legte dann das dritte Album Zeugnis ab, in dem er vorwiegend auf Urlaubsfotos stieß, auf denen Ramona vor den Sehenswürdigkeiten bekannter Touristenziele auf Film gebannt war. Er erkannte sie auf dem Ponte Vecchio in Florenz, in der ländlichen Idylle der Toskana und vor dem Hintergrund einer anderen mittelalterlichen italienischen Stadt. Andere Bilder rührten von einer Englandreise her, die Ramona offenbar mit einer Freundin unternommen hatte. Darauf waren die beiden Frauen vor den Modegeschäften und kleinen Boutiquen der Portobello Road in London zu sehen.

Als Bendis alle Bände zurückgestellt und der Regalwand den Rücken zugedreht hatte, erblickte er auf der Anrichte gegenüber einen Satz Tarotkarten. Er nahm den Stapel zur Hand und zog eine Karte heraus.

Es war der Narr. Treffer, dachte er. Irgendetwas schien am Tarot wohl dran zu sein. Ob es etwas Gutes war, stand auf einem anderen Blatt. Er legte die Karten wieder weg und schüttelte sich, als hätte er Teufelszeug angefasst.

In dem von der Tür aus gesehen linken Teil des Raums standen mannshohe grüne Pflanzen in tönernen Kübeln um einen Schreibtisch gruppiert, Palmen, Stauden und Kakteen, und auch ein Orangenbäumchen war dabei.

Er setzte sich an den Schreibtisch und nahm sich sämtliche Fächer unter der Ablage vor und fand das übliche Allerlei, Rechnungen und diverse persönliche Dokumente. In einer der Schubladen erblickte er eine Mastercard. Er nahm sie zur Hand, wendete sie hin und her und betrachtete sie ratlos, dann legte er sie wieder zurück.

In der nächsten Schublade entdeckte er eine Mappe mit sehr ungewöhnlichem Inhalt. Sein Instinkt sagte ihm sofort, dass die Sache, um die es dabei ging, für Ramona Renda von großer Wichtigkeit gewesen war.

Die Mappe enthielt Zeitungsausschnitte, die ein Verbrechen an einer jungen Frau betrafen oder besser gesagt das mögliche Verbrechen an einer jungen Frau.

Vor etwas mehr als dreißig Jahren war in ihrer Wohnung in Hannover-Döhren die Leiche der dreiundzwanzig Jahre alten E. entdeckt worden. Sie war an Sauerstoffmangel gestorben, der Hals wies Würgemale auf. E. war unbekleidet aufgefunden worden. Verschiedene Utensilien, die bei der Toten entdeckt wurden, deuteten darauf hin, dass sie bei einem Fesselspielchen mit sexuellem Hintergrund gestorben war. Die genauen Tatumstände hatten sich nicht klären lassen, doch gab es Hinweise, dass bei ihrem Tod aller Wahrscheinlichkeit nach ein Partner zugegen gewesen war. Seine Identität konnte jedoch nicht sicher ermittelt werden, zumal die junge Frau nach Berichten aus ihrem Bekanntenkreis sexuelle Kontakte zu mehreren Männern und Frauen unterhalten hatte. Die Staatsanwaltschaft hatte jedenfalls ihre Ermittlungen mit dem Ergebnis beendet, dass ein vorsätzliches Tötungsdelikt zwar nicht sicher ausgeschlossen werden könnte, dass aber auch die naheliegende Möglichkeiten eines Unfalls oder Freitodes bestehen würde.

Bendis fühlte sich von dem, was er gelesen hatte, merkwürdig betroffen. Der alte Fall, über den in der Zeitung berichtet wurde, ähnelte auf beklemmende Weise den Umständen von Ramonas Tod. Als hätte das Ereignis vor drei Jahrzehnten kaum dreißig Kilometer entfernt schon einmal stattgefunden.

Auch Ramona hatte sich auf die Art von Spielchen verstanden, wie sie der jungen Frau aus dem Zeitungsbericht zum Verhängnis geworden waren. Nicht nur die Gegenstände, die er entdeckt hatte, sondern auch ihr professionelles Geschick, überhaupt ihr Beruf wiesen darauf hin. Lag darin ein Hinweis auf ihr eigenes Ende? War sie doch bei einem Sexspiel zu Tode gekommen? Versehentlich? Oder gewollt? Durch eigene Hand – oder durch die Einwirkung eines Dritten? Immer wieder die gleichen Fragen, und eine Antwort gab es nicht.

Warum hatte Ramona diesen Zeitungsausschnitt besessen, der noch ein oder zwei Jahre älter war als sie selbst? Wer auch immer diesen Artikel aus der Zeitung ausgeschnitten hatte, Ramona war es nicht gewesen. Woher hatte sie ihn und warum hatte sie ihn aufbewahrt? War es denkbar, dass trotz der dreißig Jahre, die dazwischen lagen, eine Verbindung zwischen dem Tod von Ramona und dem Tod jener unbekannten jungen Frau existierte?

Was war aus der Sache geworden? War es bei dem Ergebnis, das die Zeitung referierte, geblieben, oder waren die Ermittlungen weitergegangen und hatten die Todesursache herausgefunden? Die DNA-Analyse war Anfang der Achtzigerjahre noch nicht bekannt gewesen. Allerdings hatte man, wie er wusste, später alte ungeklärte

Fälle überprüft. Hatte auch dieser dazu gehört? Genmaterial allein überführte keinen Täter, wenn man passendes Material von mehreren Tatverdächtigen fand. Doch jetzt, nach Ramonas Tod, könnte sich unter Umständen eine ganz und gar neue Situation ergeben. Würde die Staatsanwaltschaft in Ramonas Fall Ermittlungen einleiten und nicht nur genetisches Material von ihm selbst, sondern auch noch von einer dritten Person finden, dann könnte der Vergleich der Genspuren beider Todesfälle ans Tageslicht bringen, ob ein- und dieselbe Person an beiden Ereignissen beteiligt gewesen war. Natürlich nur, wenn der Täter damals zu den Verdächtigen gehört hatte. Auf jeden Fall würde es reichen, ihn selbst von einem falschen Verdacht zu befreien, in den er aufgrund der eigenen Übereinstimmungen geraten könnte.

Er dachte an die aus dem Fotoalbum entfernten Aufnahmen, die möglicherweise aus jener Zeit stammten. Sie fehlten ihm nun, um sich ein vollständiges Bild zu machen. Ein solches Bild hätte ihn wohl auf die Spur desjenigen bringen können, von dem man eventuell weiteres Vergleichsmaterial finden würde. Er brauchte den Grauen. Wenn er den hätte, brächte er wohl auch heraus, wer der andere Mann war.

Wenn – ja, wenn! Es blieb eine Rechnung mit zu vielen Unbekannten. Wenn der Täter gewieft war, verstand er sich darauf, die Spuren zu beseitigen, und dann fände man nichts. Nur er selbst bliebe als Verdächtiger im Fokus der Ermittler zurück. Nein! Er hatte keinen Grund, seine Entscheidung, die Staatsanwaltschaft aus dem Spiel zu lassen, zu revidieren.

Bendis faltete den Zeitungsausschnitt zusammen und steckte ihn mit dem Telefonverzeichnis in seine Aktentasche. Er hatte das Gefühl, dass es in der Wohnung noch Weiteres zu entdecken gab, doch wusste er nicht, wo er suchen sollte.

Er verließ die Wohnung und ging durch die Nachmittagssonne zu seinem Wagen.

Es war der andere, dachte er, während er hinauf zu den hohen Bäumen des Waldes sah, nicht der Graue, sondern derjenige, der vor ein oder zwei Stunden der Fahrer des dunklen Wagens auf der anderen Seite des Waldes gewesen war. Dieser andere war der gefährliche Gegner aus Ramonas Umfeld, und es stand ihm deutlich vor Augen, dass er sich mit seiner Suche nach diesem Mann auf etwas einlassen würde, das auch für ihn selbst nicht ungefährlich war.

16

Ramona Renda schien noch gute Verbindungen in die Stadt gehabt zu haben, die für eine Reihe von Jahren ihre Heimat gewesen war; einige der Autos, die vor dem Friedhof parkten, trugen Berliner Kennzeichen. Auch dunkle Limousinen waren auf dem Gelände geparkt. Ob sich darunter auch der Wagen befand, in den der Graue am Vortag eingestiegen war, hielt er für unwahrscheinlich und aufgrund der Vielzahl der Fahrzeuge auch nicht für ermittelbar.

Ungefähr fünfzig Personen hatten sich in der Friedhofskapelle eingefunden, um von Ramona Abschied zu nehmen. Der Graue war nicht dabei. Jedenfalls konnte Bendis ihn nicht entdecken.

Er beobachtete die Leute, die auf den Holzbänken Platz genommen hatten. Einige Gesichter hatte er schon einmal gesehen, aber die meisten der Anwesenden waren ihm unbekannt. In der ersten Reihe saß Sabine Henze neben einem Mann in den Sechzigern, der ihre Hand hielt. Rollo Richards und Paolo Santini saßen zwei Reihen dahinter. Auch Dieter Sennett war erschienen. Er vertrat nicht nur seinen Bruder, der noch in London war, sondern war wohl selbst mit Ramona bekannt gewesen. Bendis nahm an, dass auch er zu dem Kreis gehörte, der in Franks und Rollos Bar verkehrte.

Sein Blick schweifte weiter und im nächsten Moment wäre er beinahe zusammengezuckt. Zuerst konnte er es nicht glauben und wünschte sich fast, es müsse eine Sinnestäuschung sein, doch beim nochmaligen Hinsehen überzeugte er sich davon, dass er sich keineswegs irrte.

Auf der anderen Seite der Kapelle hatte er seinen Mandanten Rainer Lesius entdeckt, und neben ihm, in trauter Eintracht und als hätte es nie Feindseligkeiten zwischen den beiden gegeben, Sibylle Lesius, seine Frau.

Es war nicht zu fassen. Bendis fühlte sich wie vor den Kopf geschlagen. Es wirkte, als hätten die beiden sich nach der gestrigen

Verhandlung ausgesöhnt und einander alle Fehltritte verziehen. Wo rührte die Verbindung zwischen Rainer und Sibylle Lesius und Ramona Renda her? War Lesius etwa einer von Ramonas Kunden gewesen? Es war nicht auszuschließen. Aber würde er denn, wenn es so war, zusammen mit seiner Ehefrau zu der Beerdigung einer Prostituierten gehen, deren Kunde er gewesen war? Bei den beiden, so schien ihm, war überhaupt nichts auszuschließen.

Lesius schien seine Blicke nicht zu bemerken. Oder er hatte ihn schon gesehen und beschlossen, jeden möglichen Blickkontakt von vornherein zu vermeiden. Seine Miene war unbewegt, starr und wie aus Granit.

Beim weiteren Hinsehen fiel ihm auf, dass Sibylle Lesius weinte. Hatte sie deshalb gestern so blass ausgesehen – aus Trauer über Ramonas Tod? Möglicherweise hatte Ramona die engeren Bande nicht zu Rainer Lesius, sondern zu Sibylle Lesius unterhalten.

Nicht weit von Sibylle Lesius entfernt stand eine Frau, die ihm bekannt vorkam. Bei genauerem Hinsehen gewann er den Eindruck, dass es sich bei ihr um die Frau handelte, die er zusammen mit Ramona auf den Fotos von der London-Reise gesehen hatte.

Ein katholischer Pfarrer segnete den Holzsarg, der vorn im Mittelgang stand, dann sprach er ein paar Worte über die Vergänglichkeit des Fleisches und die Vergeblichkeit alles menschlichen Begehrens und Tuns. Dass Ramona sich das Leben genommen hatte, blieb unerwähnt.

Die ganze Szenerie besaß etwas traumhaft Irreales, und während Bendis auf den Holzsarg mit den Blumenkränzen starrte, hatte er plötzlich das Bild von Ramonas nacktem Körper vor Augen. Es war noch keine Woche her, dass er ihre seidige Haut auf der seinen gespürt hatte, und nun lag sie in dieser Kiste und faulte vor sich hin. So konnte es doch ganz unmöglich enden. Hatte der Pfarrer nicht doch recht, als er von der Wiederauferstehung in körperlicher Herrlichkeit sprach? Es wäre Ramona wirklich zu wünschen, dachte er; sie hätte es wahrlich verdient, nicht für immer aus der Welt zu sein, sondern in ihrer ganzen Schönheit im Fleische wiederaufzuerstehen.

Es war furchtbar, dass Ramona nicht mehr lebte, empfand er mit plötzlichem Schmerz. Er hätte sie so gern wiedergesehen, hätte sie so gern geliebt. Hätte sie sich doch von ihm helfen lassen anstatt sich auf nebulöse Andeutungen zu beschränken. Doch nun war es zu spät.

Der Priester betete das Vaterunser und auch Bendis murmelte es leise mit: »Herr, vergib uns unsere Schuld.«

Als die Andacht vorüber war und die Trauerschar die Kapelle verlassen hatte, kam Dieter Sennett auf ihn zu. »Ich bin überrascht, dich hier zu sehen, Micha. Wie kommt es?«

»Ramona Renda war meine Mandantin«, erklärte Bendis. »Ich hatte das Gefühl, es ihr schuldig zu sein.«

Dieter Sennett nickte. »Es ist wirklich furchtbar.« Er schüttelte den Kopf. »Jammerschade, so eine schöne Frau.«

»Hast du sie gut gekannt?«

»Sie war mit Frank befreundet«, sagte er leise. »Aber ich kannte sie auch. Als ich gestern mit Frank telefonierte, bat er mich, zu der Beerdigung zu gehen. Ich wäre sowieso gegangen. Er selbst ist in London und konnte nicht kommen.«

Sie reihten sich in den Zug der Trauergäste ein, die dem Sarg zu der Grabstätte folgten.

Von der Kapelle aus fiel das Gelände leicht ab, links und rechts lagen durch Buschwerk abgetrennte Gräberfelder unter lauschigen Bäumen. Es war ein angenehmer, friedlicher Ort, der zum Verweilen einlud. In der Ferne war der Höhenzug des Hildesheimer Waldes mehr zu erahnen als zu sehen.

Dieter Sennett seufzte. »Sie hatte alles, Schönheit, Geld. Ja, weiß ich, gutes Aussehen und Geld schützen nicht vor Depressionen, aber sie hat sich nie anmerken lassen, dass mit ihr etwas nicht in Ordnung war. Sie wirkte immer wie das blühende Leben.«

Geld? Bendis empfand Sennetts Hinweis als merkwürdig.

»Geld? Wie kommst du auf Geld?

»Na ja, es war doch bekannt«, sagte Dieter Sennett noch leiser als zuvor, »dass sie sich teuer bezahlen ließ.«

Hatte Dieter Sennett auch zu Ramonas Kunden gehört? »Es passieren auch Unfälle«, sagte Bendis, »gerade in diesem Geschäft.«

Dieter Sennett nickte und sagte leiser: »Ich weiß, woran du denkst, aber sie war ein Profi in Bezug auf pikante Experimente. Dass ihr eine solche Situation entglitten wäre, kann ich mir nur schwer vorstellen.«

Sie erreichten das offene Grab. Sabine Henze weinte, als der Sarg in die Erde gelassen wurde, und auch Bendis saß ein Kloß im Hals.

Nachdem die Sargträger die Stricke gelöst hatten, mit denen der Sarg hinabgelassen worden war, bildete sich eine Reihe vor dem Grab, und man gab einander die kleine Schaufel weiter, um eine Handvoll Erde hinunter auf den Sarg zu werfen. Dann gab jeder der Gäste der trauernden Sabine Henze die Hand.

Bendis vermied es, jemanden von den anderen Trauergästen anzusehen, als er selbst an der Reihe war, doch es war klar, dass in diesem Moment alle ihn beobachteten. Auch Rainer und Sibylle Lesius, von denen Bendis peripher wahrgenommen hatte, dass sie ganz in der Nähe standen.

Sabine Henze weinte nicht mehr. Er nahm ihre Hand und sie nickte ihm freundlich zu.

Einer nach dem anderen trat zu dem Grab, um von Ramona Renda Abschied zu nehmen, und schließlich, nachdem Sabine Henze von allen Anwesenden die Hände geschüttelt hatte, war es vorbei.

Die Schar der Trauergäste verstreute sich schnell. Gemeinsam mit Dieter Sennett verließ Bendis den Friedhof, wo er sich auf dem Parkplatz von seinem Mandanten verabschiedete.

Dieter Sennett ging seiner Wege und Bendis erblickte ganz in der Nähe Rollo Richards, den Eigner des Lokals, der die Fahrertür seines Wagens, eines kleinen Audi, geöffnet hatte. Bei ihm war Paolo Santini, der auf der anderen Seite des Wagens stand. Die beiden waren offenbar zusammen gekommen.

Paolo Santini sah ihn an. »Gut, dass ich Sie sehe. Eben fragte mich Frau Henze, ob ich ein paar Dinge von Ramona haben möchte. Sie meinte, Sie würden das regeln. Na ja, einige Erinnerungstücke hätte ich schon ganz gern, habe ich mir überlegt.«

»Schreiben Sie mir auf, was Sie haben möchten, damit ich die Sachen beiseite legen kann.«

»Es ist nicht viel. Eine der Porzellanfiguren aus der Vitrine und das Bild mit der Strandszene im Wohnzimmer. Mal sehen, ich denke darüber nach. Vielleicht kommt noch etwas dazu.«

»Wir sollten uns noch einmal treffen«, sagte Bendis. »Uns ein wenig unterhalten. Ein paar Dinge liegen mir auf der Seele.«

»Am besten, Sie kommen in ›Rollos Bar‹«, erklärte Santini. »Für heute Abend war eigentlich eine kleine Abschiedsparty geplant. Aber sie findet nicht statt. Die Berliner wollen schon wieder fahren. Dabei hatten die es angeregt, aber nun haben sie es sich wieder anders überlegt. Na ja, ist vielleicht auch besser so.«

»Mir selbst ist auch nicht nach Feiern zumute«, erwiderte Bendis. »Aber ich schaue heute Abend mal rein.«

Santini nickte und stieg in den Audi. Kurz darauf wurde der Motor gestartet und das Fahrzeug fuhr los.

Bendis ging zu seinem eigenen Wagen. Als er eingestiegen war, erblickte er Rainer und Sibylle Lesius, von denen er angenommen hatte, dass sie bereits verschwunden waren. Sie hatten eben das Friedhofsgelände verlassen und gingen zu einem Wagen.

Er ließ den Zündschlüssel los und wartete. Kurz darauf stieß das Auto von Lesius aus einer Parklücke zurück.

Es war ein schwarzer Mercedes.

17

In »Rollos Bar« ging es nicht so lebhaft zu wie bei Bendis' erstem Besuch, aber es war auch erst neun Uhr. Am Tresen saß eine Frau mit Ledermini, blassrosa Lippenstift und Tätowierungen an einem ihrer Arme, die von zwei seriös wirkenden Geschäftsleuten in maßgeschneiderten Anzügen und Schlipsen flankiert wurde. Beide redeten auf sie ein, als stritten sie um ihre Gunst. Unweit davon hatten zwei Althippies mit tiefen Gesichtsfurchen vor ihren Cocktailgläsern Platz genommen.

Rollo Richards, der Miteigner des Lokals, stand ganz in der Nähe an den Tresen gelehnt und musterte die hereinkommenden Gäste. Er erkannte Bendis und nickte ihm zu. Der Barhocker neben ihm war frei.

»Ich würde Sie gern etwas fragen. Darf ich mich zu Ihnen setzen?«

»Bitte sehr«, erwiderte Rollo Richards.

Paolo Santini war hinter der Bar mit dem Mixen von Getränken beschäftigt, und als er Bendis erblickte, rief er: »Hallo! Darf es etwas sein?«

Bendis bestellte einen Cocktail.

»Wenn Ihre Frage Ramona Renda betrifft, würde mich erst einmal interessieren, in welcher Beziehung Sie zu ihr standen«, sagte Rollo Richards.

In seinem Gesicht, dem scharfen Kinn, den vorstehenden Wangenknochen und dem breiten, stets etwas spöttisch verzogenen Mund, lag etwas von einem Falken.

»Ich habe sie anwaltlich vertreten. Es ist noch nicht ganz vorbei. Ich würde gern wissen, was die Leute über ihren Tod denken. Sie war doch hier im Lokal gut bekannt.«

Richards zuckte mit den Achseln. »Alle, die sie kannten, sind sehr betroffen.«

»Bezweifelt niemand, dass sie es freiwillig tat?«

Rollo Richards schaute ihn eine Zeitlang aufmerksam an. »Sie sind der Erste, von dem ich so etwas höre. Glauben Sie das wirklich?«

»Sie hatte so eine starke Ausstrahlung. Sie wirkte auf mich nicht wie jemand, der vorhatte, Selbstmord zu begehen.«

Rollo Richards nickte. »Sie besaß ein zu allem entschlossenes Wesen. Das spricht aber nicht gegen einen Selbstmord. Sie wird einen Grund gehabt haben, diesen Weg zu gehen – das ist es, was die Leute denken –, und sie hat in der Konsequenz gehandelt, die für sie typisch war.«

»Wird über die Umstände ihres Todes geredet?«

Er verzog das Gesicht. »Über die Umstände mehr als über die Gründe. Die Leute denken, dass es ein Tod war, der zu ihr passte.«

»Seit wann kannten Sie Ramona?«

»Sie tauchte irgendwann letztes Jahr hier auf, es war nicht lange, nachdem Frank und ich das Lokal, das es hier früher gab, aus der Insolvenzmasse eines Bekannten übernahmen. Wir haben das alles hier sehr preiswert bekommen.«

»Waren Sie mit ihr befreundet?«

»Befreundet wäre wohl etwas zu viel gesagt.«

Paolo Santini kam mit dem Cocktail, entfernte sich aber gleich wieder, weil von der anderen Seite des Tresens ein Gast nach ihm rief.

»Wer waren ihre Freunde? Gab es jemanden, der ihr besonders nahestand?«, fragte Bendis.

Rollo Richards zuckte mit den Achseln. »Fragen Sie Paolo«, erklärte er und nickte mit dem Kopf in Richtung des Barmixers, »der weiß darüber besser Bescheid. Ich persönlich hatte immer den Eindruck, dass sie nicht will, dass man sich allzu sehr für ihre Angelegenheiten interessiert. Daran habe ich mich gehalten.«

»Was ist eigentlich mit Frank Sennett?«, fragte Bendis den Miteigner der Bar. »In welcher Beziehung stand sie zu ihm?«

»Dem ging es wohl ähnlich wie mir.«

»Vor einer Woche, als ich sie hier traf, ist sie nach dem Verlassen des Lokals in eine dunkle Limousine gestiegen, die draußen auf der Straße auf sie gewartet hat«, sagte Bendis. »Wer könnte der Fahrer des Wagens gewesen sein?«

Richards blickte Bendis skeptisch an. »Welche Farbe hatte der Wagen denn? Schwarz? Dunkelblau? Dunkelgrün?«

»Ich kann es nicht mit Sicherheit sagen. Wahrscheinlich schwarz, aber die beiden anderen Farben sind auch möglich.«

Rollo Richards gab Santini mit der Hand ein Zeichen. Dieser trat näher heran. Er hielt ein gespültes Glas in der Hand, das er mit einem Handtuch polierte.

»Fährst du eigentlich noch den alten Mercedes, Paolo?«

»Welchen meinst du denn?«

»Den dunkelgrünen«, sagte Rollo Richards. »Wieso fragst du? Gibt es noch einen anderen?«

Paolo Santini stellte das polierte Glas weg und griff nach einem neuen. »Es gibt einen silbergrauen«, antwortete er. »Das ist der, den ich im Augenblick fahre. Den dunkelgrünen habe ich vor zwei Monaten schon verkauft.«

Er fuhr fort, das Glas zu polieren. Das Glitzern des blinkenden Kristalls spiegelte sich in seinen Augen und ließ sie dunkel leuchten.

Bendis konnte sich nicht vorstellen, dass Santini der unbekannte Fahrer gewesen war, zu dem der Graue am Nachmittag in den Wagen gestiegen war, einmal wegen des Altersunterschieds der beiden Männer, aber auch, weil er aus einem Gefühl heraus Santini nicht für jemanden hielt, der Böses gegen Ramona im Sinn gehabt hatte. Er schilderte daher auch diesem die kleine Begebenheit vor der Bar und fragte ihn: »Könnte der Fahrer ein Kunde gewesen sein, der sie hier abgeholt hat?«

Paolo Santini hielt das Glas, das er poliert hatte, gegen das Licht und machte ein Gesicht, als liefen vor seinen Augen eine Reihe von Erinnerungen ab, in die er noch Ordnung bringen musste. »Mag sein«, sagte er dann. »Aber ich kenne ihn nicht.«

»Der Fahrer war niemand, der hier verkehrt«, meinte Rollo Richards. »Sonst wäre er hereingekommen und hätte nicht draußen auf sie gewartet.«

»Das ist nicht gewiss«, widersprach ihm Paolo Santini.

Bendis bemerkte, dass Santini ihn beobachtete.

»Warum eigentlich ein Er?«, wollte er nun wissen. »Warum nicht eine Frau?«

»Nein, es war keine Frau – ich bin mir ganz sicher.«

»Was lässt Sie so sicher sein?«

Bendis konnte keine Antwort geben. Zu dem Szenario, das in seinem Kopf Gestalt anzunehmen begonnen hatte, passte keine Frau. Obwohl er es natürlich nicht wirklich ausschließen konnte.

»Es war nur so ein Eindruck«, erwiderte er. »Aber mal zurückgefragt: Warum sollte es eine Frau gewesen sein?«

»Sie ist nicht eingleisig gefahren«, meinte Santini. »Frauen standen ihr sogar näher als Männer, jedenfalls hat sie keine Unterschiede zwischen den Geschlechtern gemacht.«

Rollo Richards nickte. »Sie hat immer nur getan, was sie wollte«, bestätigte er. »Was die Leute über sie dachten, war ihr egal.«

»Hatte sie Feinde?«, fragte Bendis.

»Ach was, das glaube ich nicht.« Richards zuckte die Achseln. »Wenigstens ist mir nichts davon bekannt, aber wenn man so drauf ist, wie sie es war, und obendrein noch so schön, dann sind Neid und Missgunst nicht weit. Den Rest besorgt das Vorurteil gegen Frauen, die ihr Geld mit Sex verdienen. Nicht wahr, Paolo, so ist es doch?«

Der Angesprochene nickte. »Da hast du sicher recht.« Er wandte sich wieder den Cocktailgläsern zu, die vor ihm standen, um sie mit ein paar Früchten zu garnieren.

»Gab es mal Schwierigkeiten?«, fragte Bendis den jungen Mann. »Hatte Ramona mal mit einem ihrer Kunden Probleme?«

»Nein. So viele Kunden waren es auch nicht. Sie hat am liebsten ihre Performance gemacht. Das war ihre Kunst.«

»Kunst?«, lachte Rollo Richards. »Schöne Kunst! Man hat das Vergnügen und kriegt es auch noch gut bezahlt.«

»Es ist eine anstrengende Arbeit«, meinte Santini. »Klar, sie machte auch Spaß. Aber warum soll Arbeit keinen Spaß machen? Ramona hat keine halben Sachen gemacht. Sie sagte, Kunst muss radikal und aufrichtig sein.«

Die Bilder von Ramonas Internetseite standen Bendis wieder deutlich vor Augen. Ganz falsch lag Santini mit seiner Einschätzung wohl nicht, sagte er sich. Nur eines war anders geworden. Der Schönheit und der Lust hatte sich der Tod hinzugesellt.

»Sie nannte ihre Performance den ›kleinen Tod‹, was der französische Begriff für Orgasmus ist«, fuhr Santini fort. »Für Ramona ging es vor allem um Körperbeherrschung und Akrobatik. Sie wollte die intensive künstlerische Erfahrung - in jeder Hinsicht.«

»Die Erfahrung, die sie suchte und fand, ist für mich nicht Kunst, sondern Pornografie«, meinte Rollo Richards.

»Die Grenzen zwischen Kunst und Pornografie waren schon immer fließend«, entgegnete Bendis. »Aber wenn man sich zwischen dem einen und dem anderen nicht entscheiden kann, spricht das eher für Kunst.«

Santini war mit seinen Gläsern beschäftigt, doch dann blickte er auf und sagte zu Bendis: »Es gibt nicht nur die Fotos, die Sie von der Internetseite kennen, ich besitze auch einen Film von ihrer Arbeit. Ich wohne nur ein paar Häuser entfernt. Im Moment ist nicht viel los. Sicher hast du nichts dagegen, Rollo, wenn ich mich für ein Stündchen freimache, um ihm den Film zu zeigen.«

»Ich würde Ramona auch gern in künstlerischer Aktion sehen«, meinte Rollo. »Aber einer muss ja hierbleiben. Meinetwegen, ich übernehme solange die Theke.«

Santini stellte das Glas ab und legte das Handtuch beiseite. »Es dauert nicht lange. Ich bin pünktlich zurück.«

Bendis empfand zwiespältige Gefühle im Hinblick auf die Aussicht, Ramona beim Sex auf einer Leinwand zu bewundern, stimmte aber dennoch zu.

»Mir fiel gerade noch etwas ein«, sagte Santini, als sie draußen auf der Straße waren. »Ich weiß zwar nicht, ob es wichtig ist, aber …«, und er warf einen kurzen Blick in Richtung der Tür, »… vor etwa zwei Monaten habe ich sie ein Stück die Straße hinunter gesehen, wie sie auf der Beifahrerseite eines schwarzen Autos stand, das am Straßenrand parkte. Es war gegen Mitternacht, als ich einmal später als sonst herkam und im Wagen an ihr vorüberfuhr. Ihr

Gesicht habe ich im Laternenlicht deutlich erkannt. Sein Gesicht jedoch nicht, denn er hatte der Fahrbahn den Rücken zugedreht. Auch auf die Marke des Wagens habe ich nicht geachtet, aber es könnte ein Mercedes gewesen sein. Der Mann war groß und trug einen Regenmantel, und ich hatte – ich kann gar nicht mehr sagen, warum – den Eindruck, dass er einiges älter war als sie.«

»Würden Sie ihn wiedererkennen?«

Santini legte die Stirn in Falten. »Wohl kaum. Ich sah ihn nur von hinten.«

Nach kaum fünf Minuten waren sie am Ziel.

Sie stiegen ein paar Treppen hinauf, und Santini führte ihn in ein Wohnzimmer, das mit ein paar dunklen Möbelstücken und einem Regal mit Büchern eher spärlich möbliert war. Der Teppich hatte eine graue Farbe, und auf einem großen Wandbild über dem Ledersofa, auf dem sie Platz nahmen, war ein roter Cadillac zu sehen, der durch eine kalifornische Landschaft auf die Wolkenkratzertürme einer Stadt zufuhr, die noch in weiter Ferne am Horizont lag.

Santini rollte eine Leinwand aus, schob eine DVD in ein Abspielgerät und warf das Bild mittels eines Beamers auf die Wand.

Ramona trug nur einen Lendenschurz, als sie vor schemenhaft zu erkennenden Zuschauern in das grelle Scheinwerferlicht eines Lampenstrahlers trat, wo sie mithilfe einer langen Kette, die von der Decke hing, damit begann, den eigenen Körper zu fesseln. Gelenkig wie sie war, zog sie sich mit sportlicher Verve an der Kette hoch, fesselte die Fußgelenke, warf den Lendenschurz ab und führte die Kette mehrfach um ihren ranken Körper herum, bis sie am Ende auch die Arme eingebunden hatte und scheinbar bewegungsunfähig unter der Decke hing. Man hörte Applaus, dann trat eine Frau ins Bild. Sie war ähnlich gut gebaut wie Ramona und assistierte ihr, als diese es mit Geschick unternahm, sich wieder aus der Fesselung zu befreien.

»So war sie«, kommentierte Santini traurig. »Ramona live. Es wird nicht möglich sein, Ersatz für sie zu finden.«

Es gab einen Schnitt. Die Szenerie wechselte und mit ihr auch der Ort. Wieder war Ramona zusammen mit der anderen Frau zu sehen, dieses Mal bei einer gemeinsamen Akrobatik. Turnerisches Geschick und Körperbeherrschung bildeten die tragenden Elemente eines lustvollen Liebesspiels. Den schlanken Armen der schönen Frauen hätte man nicht zugetraut, dass sie in der Lage waren, ihre biegsamen Körper auf den Händen emporzustemmen, doch es schien eine Leichtigkeit für sie zu sein.

Bendis erschrak. Wer war denn das?

»Halt! Stoppen Sie mal den Film.« Er sprang auf und trat näher an die Leinwand heran. »Die andere Frau … wie heißt sie?«

Santini betätigte die Stopptaste und sah ihn erstaunt an.

»Das ist Sibylle.«

»Sibylle? Etwa Sibylle Lesius?« Er hätte nicht fragen müssen, denn er hatte die Frau längst erkannt.

»Ja, Lesius, so heißen die Leute«, sagte Santini.

Die aparte Frau Lesius, die Unschuld vom Lande. Oh ja, die beiden Frauen passten zueinander. Wie hatte er das übersehen können.

»Leute?«, fragte er.

»Der Mann war auch mit dabei.«

»Wie?« Bendis starrte den Barkeeper an. »Er ist nicht zu sehen. Kommt er noch ins Bild?«

»Nein, er hat die Kamera bedient. Er hat diesen Film gemacht.«

»War Lesius einer von Ramonas Kunden?«

»Die drei kannten sich gut, mehr weiß ich nicht.«

»Sind die beiden Lesius Stammgäste in ›Rollos Bar‹?«

»Gelegentlich lassen sie sich dort blicken.«

»Gehört Rainer Lesius zu den Typen, die es antörnt, wenn die eigene Gattin mit einer anderen Frau Sex hat?«

»Da wäre er kein Einzelfall.«

Bendis kam ein Gedanke. Es könnte um mehr gehen als um das bloße Zuschauen. Konnte es nicht sein, dass die Eheleute Lesius ein Paar waren, bei dem der Mann die Frau für ihre Schamlosigkeit bestrafte, sodass der Seitensprung mit Herrn Sander mit dem Einverständnis des Gatten geschehen war? Die Zeugin Bernotat hätte dann nicht gelogen, aber Frau Lesius hätte auch nichts Ehewidriges getan. Er erinnerte sich an das unerwartet harmonische Bild, dass die beiden auf Ramonas Beerdigung abgegeben hatten. War nicht nur der Vorfall mit Sander, sondern sogar der gesamte Prozess wegen Unterhalts Teil eines bizarren Spiels gewesen, in dem es um Tabubruch und Strafe ging. War alles Täuschung, war alles Lug und Trug? Hatte es gar keine Trennung der Eheleute Lesius gegeben?

»Meistens waren Ramona und ich engagiert«, erklärte Paolo Santini, »aber es gab Kunden, die wollten zwei Frauen, denen sie zusehen konnten.«

Bendis' Gedanken von Bendis rasten. Lesius fuhr einen schwarzen Mercedes und hatte Ramona Renda weit besser gekannt, als er es nach der gestrigen Begegnung auf der Beerdigung für möglich gehalten hätte. Lesius war ein potenzieller Kunde von Ramona gewesen, jedenfalls hatte er pornografische Filme mit ihr gedreht, und obendrein war Ramona eine Partnerin seiner Frau bei ihren Performances gewesen. Konnten all diese Tatsachen wirklich unabhängig voneinander bestehen? Die Hinweise darauf, dass Lesius in der Nacht von Ramonas Tod ihr letzter Besucher gewesen war und in die Geschehnisse, die zu ihrem Tod geführt hatten, verstrickt sein könnte, verdichteten sich so sehr, dass nicht mehr viel fehlte, damit aus einer Vermutung Gewissheit würde.

»Soll ich den Film weiter abspielen?«, fragte Santini.

»Nein«, sagte Bendis. »Ich bin jetzt im Bilde.«

Die Leinwand wurde wieder dunkel, und nun blieb sie es Gott sei Dank auch.

Im Bilde war er wohl, dennoch fühlte er sich ratloser als zuvor. Je mehr er erkannte, umso mehr neue Fragen taten sich für ihn auf. Es war, als ob man in einem dunklen Zimmer das Licht anmachte und anstatt sichtbarer Gegenstände nichts als weitere geschlossene Türen vor sich sah. Die Türen führten in weitere Räume, in denen es einem mutmaßlich genauso erging wie in dem ersten Raum.

»Dieser Lesius«, sagte er, »ich kenne ihn, er ist doch ein ziemlich durchgeknallter Typ. Ist ihm eine Gewaltanwendung gegenüber Frauen zuzutrauen?«

Paolo Santini sah ihn zweifelnd an. »Sie meinen, der Mann ist ausgerastet und hat Ramona erdrosselt?«

»Ich versuche nur, mir vorzustellen, was in jener Nacht gewesen sein könnte, wenn es kein Selbstmord war, und wäge ein paar Möglichkeiten gegeneinander ab. Bevor ich sie an dem Abend verließ, äußerte Ramona, dass sie noch eine Verabredung hätte.«

Santini richtete den Blick seiner dunklen Augen auf ihn.

»Glauben Sie wirklich, die Person, mit der sie sich noch getroffen hat, hätte Ramona umgebracht?«

»Für mich stellt sich die Frage eher so, ob noch jemand in der Wohnung war, als sie starb«, antwortete er ausweichend. »Er könnte für ihren Tod mitverantwortlich geworden oder jedenfalls irgendwie daran beteiligt gewesen sein.«

Santinis Blick zielte direkt auf seine Augen, und sein Gesicht sah aus, als hielte er es nicht für ausgeschlossen, dass Bendis über sich selbst sprach.

»Sie müssen es ja wissen.«

»Wie meinen Sie das?«

»Sie waren doch in ihrer letzten Nacht bei ihr?«, sagte Santini leise. »Wie Sie gerade eben und neulich schon sagten.«

»Ich war für eine Stunde ihr Gast. Aber als ich sie verließ, war sie noch quicklebendig.«

Santini blickte zum Fenster, hinter dem es Nacht geworden war, und eine Zeitlang herrschte fast völlige Stille im Raum. »Mit mir hat sie sich jedenfalls an jenem Abend nicht getroffen«, sagte er schließlich. »Ich habe sie die ganze Woche vor ihrem Tod nicht gesehen. Ich war ein paar Tage bei meiner Schwester in Hamburg und kam erst am Freitag wieder zurück, wo ich Ihren Brief vorfand.«

»Mit wem könnte sie sich denn am Freitag noch getroffen haben, nachdem ich von ihr fort bin?«

Santini schaute ihn mit einem Anflug von Unwillen an. »Mit einer Freundin. Wenn sie sich denn überhaupt mit jemanden getroffen hat.«

»Eine Freundin? Etwa Sibylle Lesius?«

»Zum Beispiel. Eine weitere gute Freundin ist Louise Heid, die in der Nordstadt ein esoterisches Fitnessstudio betreibt. Dort haben sich die Frauen getroffen, um für ihre körperliche Fitness und für eine bessere Sexualität zu trainieren.«

Hatte man schon einmal davon gehört, dass eine Frau ihre Freundin erdrosselte? Nein! Er jedenfalls nicht. Wenn Santini mit seiner Vermutung richtig lag, konnte er daraus nur folgern, dass es keinen Mörder gab und nur Selbstmord oder Unfall als mögliche Todesursachen blieben.

»Könnte der Mann im Regenmantel, den Sie damals sahen, Rainer Lesius gewesen sein?«, fragte er Santini.

»Hätte ich ihn dann nicht erkennen müssen? Nein, wohl eher nicht. Aber was soll diese ganze Raterei? Ich glaube nicht nur, dass es ein Selbstmord gewesen ist, sondern hoffe es auch. Wenn jemand Ramona umgebracht hat, hätte ich nämlich auf ganzer Linie versagt. Ramona war keine Prostituierte, aber na ja, so etwas Ähnliches war sie schon. Und ich war nicht ihr Zuhälter, aber …« Santini führte den angefangenen Satz nicht zu Ende, sondern sagte: »Ich war nicht bei ihr, als sie starb, und ich glaube, Sie waren es auch nicht, und es war auch sonst niemand bei ihr. Sie hat es allein getan.«

Bliebe noch der Graue, dachte Bendis.

»Als ich gestern in Ramonas Wohnung war, ist mir dort jemand begegnet«, sagte er und beschrieb Santini den grauen Mann.

Dieser schüttelte den Kopf. »Kenne ich nicht. Vielleicht war es jemand von der Hausverwaltung.«

»Nein, die gehen nicht in die Wohnungen.«

»Nicht? Was machen die denn sonst?«

»Na, zum Beispiel die Nebenkostenabrechnungen für die Wohnanlage. Oder auch Neuvermietungen, wenn eine Wohnung leer steht. Aber das Mietverhältnis war gestern noch nicht einmal gekündigt. Außerdem ist der Kerl vor mir davongelaufen, das hätte ein Hausverwalter nicht gemacht.«

Santini kratzte sich am Kopf. »Tja, wirklich etwas komisch das Ganze. Aber wie ist der Kerl denn in die Wohnung gekommen?«

»Er muss einen Schlüssel besessen haben.«

»Und woher?«

»Von Ihnen wohl nicht, nehme ich an?«

»Nein, von mir haben nur Sie einen Schlüssel bekommen.«

»Deshalb war mein Gedanke ja, dass er einer von Ramonas Kunden gewesen sein muss.«

»So jemand hat doch auch keinen Schlüssel.«

»Es sei denn, er hätte ihn unbefugterweise in seinen Besitz gebracht.«

»Und wie?«

»Bei einem früheren Besuch zum Beispiel, heimlich, in einem unbeobachteten Moment.«

Paolo Santini zog die Augenbrauen zusammen. »Das hätte Ramona nicht zugelassen. So etwas konnte ihr nicht passieren.«

»Oder er hat sich den Schlüssel nach ihrem Tod angeeignet«, entgegnete Bendis.

»Ach so.« Der junge Mann starrte ihn an. »Jetzt verstehe ich. Sie meinen, weil jemand einen Schlüssel hatte, könnte dieser Jemand sie umgebracht haben?«

»Zum Beispiel.«

Santini schüttelte den Kopf. »Nein, so war es sicher nicht.«

Er muss mich für verrückt halten, dachte Bendis; vielleicht war er es auch; irgendwie wurde alles immer absurder.

»War der Kerl vielleicht ein Gespenst?«, fragte Santini und lächelte versöhnlich, als wollte er es sich mit Bendis nicht verderben.

»Eher der Teufel«, sagte Bendis nachdenklich. »Ja, eher der Teufel.«

Santini sah ihn eine Weile zweifelnd an und blickte dann auf seine Armbanduhr. »Ich muss wieder in die Bar zurück.«

Er wandte sich zur Seite und schaltete den Beamer aus, danach gingen sie zusammen zur Tür und verließen Santinis Wohnung.

»Eine letzte Frage», sagte Bendis.

Santini sah ihn an.

»Was hat Ramona mit den Kondomen gemacht? Ich nehme an, dass sie regelmäßig welche benutzte.«

Santini überlegte einen Moment, erkundigte sich aber nicht nach dem Grund der ungewöhnlichen Frage.

»Sie wollte nicht, dass jemand anderes darauf stoßen könnte«, antwortete er, »deshalb hat sie die Dinger immer gleich runter zum Müllcontainer gebracht oder manchmal einfach ins Klo geschmissen.«

Es war eine ruhige Sommernacht. Auf der Straße gab es nur wenig Verkehr. Am klaren Himmel war der Mond zu sehen.

»Sie sollten es so akzeptieren, wie alle es tun«, sagte Santini, als sie den Eingang der Bar erreichten. »Sie hat es selbst gemacht.«

»Ich gebe mir Mühe, auch dieser Ansicht zu sein.«

Der junge Mann nickte. »Kommen Sie noch mit hinein?«

»Nein, ich fahre nach Haus«, sagte Bendis.

Santini war wahrscheinlich froh darüber. Er reichte Bendis die Hand, dann wandte er sich ab und verschwand durch die Tür.

Bendis schaute zu der Stelle am Straßenrand, an der in jener Nacht der Wagen gehalten und Ramona abgeholt hatte. Er rief sich die nächtliche Szene vor Augen und sah im Geist, wie die halbnackte Schöne durch den Regen auf den Wagen unter der Laterne zuschritt, die Beifahrertür öffnete und in das Innere des Wagens glitt, und da traf ihn unerwartet der Eindruck, dass irgendetwas in seinem Gedächtnisbild fehlte.

Er überquerte die Straße, blickte von der anderen Seite aus zurück auf den Eingang der Bar und versuchte zu erkennen, was es war, das an seinen verborgenen Erinnerungen kratzte. Was hatte er damals gesehen, aber nicht weiter beachtet? Er beobachtete, wie die gläserne Eingangstür des Lokals sich öffnete, um einem Gast Einlass zu gewähren, doch die Erinnerung kehrte nicht zurück.

Es war nicht das fehlende Gesicht jenes Unbekannten, das den Eindruck hervorgerufen hatte, sondern etwas, das ihm bei jener Gelegenheit nicht bedeutend genug erschienen war, um im

Gedächtnis behalten zu werden, das aber aufgrund eines späteren Ereignisses einen Wert erlangt hatte.

Während er nach Hause fuhr, dachte er darüber nach, was es gewesen war. Manchmal schien es sich ihm zu nähern, und er versuchte, danach zu greifen, aber zu fassen bekam er es nicht, so sehr er sich auch bemühte.

18

Das Fitnessstudio von Louise Heid lag im Erdgeschoss eines Gründerzeitgebäudes in der Nähe des Hauptbahnhofs. Die Eingangstür zu dem Studio war angelehnt, eine Ledermanschette verhinderte, dass sie ins Schloss schnappen konnte.

Dahinter betrat Bendis einen Gang, dessen rechte Wand fast bis zur Decke aus Pflanzen bestand, durch die ein Gemisch aus grünem und gelbem Licht schimmerte.

Ein paar Meter weiter sah er eine Öffnung, die zu einer Bar hinführte, vor der einige Frauen mittleren Alters im Sportdress auf Barhockern saßen, während eine jüngere Frau im rosafarbenen Trikot sie mit frisch gepressten Obstsäften bediente. Als die junge Frau ihn bemerkte, blickte sie auf und sah ihn fragend an.

Er nannte Louise Heids Namen, worauf die junge Frau nickte und sagte: »Ein Stück weiter den Gang entlang, die nächste Tür links.«

Es war ein sehr kleiner Raum, dessen Tür gegenüber der grün leuchtenden Pflanzenwand offen stand, eine Art Büro, in dem Louise Heid mit dem Rücken zum Fenster hinter einem kleinen Schreibtisch aus rötlich schwarzem Teakbaumholz saß und in einer Zeitschrift las. Sie blickte auf, als sie ihn gewahrte.

»Mein Name ist Michael Bendis«, sagte er. »Entschuldigen Sie, dass ich so hereinplatze, hätten Sie einen Moment Zeit für mich?«

Sie betrachtete ihn eine Weile stumm. Ihr Blick war nicht unfreundlich, aber reserviert. Sie sah genauso aus wie auf den Urlaubsfotos in Ramonas Album.

»Haben wir uns nicht schon einmal gesehen?«, fragte sie. »Ich bin mir fast sicher.«

Die Haut ihres schmalen Gesichts war so glatt und rosig wie bei einem Kind. Er wusste nicht genau, wovon sie sich ernährte, aber er hätte eine ganze Menge Sachen aufzählen können, die sie mit Sicherheit nicht zu sich nahm. Die Hohlwangigkeit, ein untrügliches Merkmal häufiger Ekstasen, verlieh ihr eine verführerische

Ausstrahlung, und trotz der langen graden Nase, den ein wenig zu schmalen Lippen und dem etwas zu stark hervorspringenden Kinn, wirkte sie mit ihren großen graublauen Augen und ihrer fein gewölbten Stirn, in die rostfarbene Locken wie scheinbar hereingerutscht fielen, sehr hübsch. Bereits vom äußeren Eindruck her schien ihm ihre Persönlichkeit eng mit der von Ramona Renda verwandt zu sein.

»Das war gestern auf der Beerdigung von Ramona Renda«, sagte er.

Ihr Gesicht nahm von einem Augenblick zum anderen einen bestürzten Gesichtsausdruck an.

»Ramona«, sagte sie und schluckte. »Es ist so furchtbar. Ich stehe noch unter Schock. Woher kannten Sie Ramona?«

»Ich war ihr Anwalt.«

Sie wies mit der Hand auf den Stuhl, der auf der anderen Seite ihres Schreibtischs stand. »Bitte, nehmen Sie Platz.«

»Wie ich hörte, waren Sie eng mit Ramona Renda befreundet?«, sagte er. »Ich möchte mir Klarheit über die Umstände ihres Todes verschaffen.«

Sie sah ihn aufmerksam an. »Wer hat Ihnen von mir erzählt?«

»Paolo Santini. Sie werden ihn kennen. Er meinte, Sie könnten mir vielleicht helfen.«

Eine Weile betrachtete sie ihn schweigend.

»Wobei soll ich Ihnen helfen? Ramona hat sich das Leben genommen. Wussten Sie das noch nicht?«

»Doch, ich wusste es. Nur verstehe ich nicht, weshalb.«

Sie seufzte. »Wem geht es anders? Eine Spontanhandlung nennt man das wohl, was sie tat. Ich habe auch keine Erklärung dafür.«

»Vielleicht eine Vermutung?«

»Wenn ich eine hätte, wäre ich froh. Es würde mir helfen, mit diesem furchtbaren Ereignis fertigzuwerden. Aber niemand, von denen, die ich fragte, konnte mir eine überzeugende Antwort geben.«

»Sind Sie denn sicher, dass es eine freiwillige Handlung war?«

»Woran denken Sie?«, wollte sie wissen. »An einen Unfall?«

»Ein Unfall, ja, auch das ist denkbar. Halten Sie einen Unfall für möglich?«

Louise Heid antwortete nicht sogleich und ihr Blick schweifte von ihm ab.

»Ich habe in den vergangenen Tagen immer wieder darüber nachgedacht, ob sie bei einem sexuellen Experiment die Kontrolle verloren haben könnte«, sagte sie dann. »Aber sie war ein Profi. Es würde nicht zu ihr passen. Trotzdem kann ich es nicht ausschließen. Auch Topartisten sind schon vom Trapez gestürzt.«

»Wann haben Sie Ramona zuletzt gesehen?«

»Das war drei oder vier Tage vor ihrem Tod, als sie zur Gymnastik kam.«

»Halten Sie es für möglich, dass jemand anderer die Kontrolle verlor?«, fragte er vorsichtig. »Zum Beispiel einer ihrer Partner oder Kunden? Es ist auch für die Polizei und die Gerichtsmedizin nicht immer ganz einfach, einen vorgetäuschten Selbstmord aufzudecken.«

Sie blickte ihn skeptisch an.

»Sie hat sich nicht mit Leuten eingelassen, die sich nicht im Griff hatten«, entgegnete sie, »sie war kein Callgirl, das jeden betuchten Kunden nahm.«

»Ein Missgriff kann immer einmal passieren.«

Louise Heid warf ihm einen Blick zu, der nichts Gutes zu bedeuten schien. »Haben Sie einen konkreten Verdacht?«

Er spürte, dass er bei dieser Frau nicht weiterkommen würde, wenn er nicht einen gewissen Grad von Offenheit wagte.

»Kennen Sie einen Rainer Lesius?«

»Rainer? Ja, natürlich. Er ist der Mann einer Freundin.«

Er zögerte. »Sie kennen ihn gut?«

»Ich kenne Sibylle, seine Frau, ihn weniger. Warum fragen Sie?«

»Er könnte zu Ramonas Kunden gehört haben. Ich selbst habe ihn als einen sehr unbeherrschten Menschen erlebt. Was halten Sie von ihm?«

Sie sah ihm direkt ins Gesicht. »Denken Sie etwa, Rainer könne etwas mit Ramonas Tod zu tun haben?« Sie schüttelte den Kopf.

»Das schließe ich aus. Egal, wie unbeherrscht er sein mag, er würde doch einer Freundin seiner Frau nichts antun.«

»Die meisten Tötungsdelikte passieren innerhalb enger Beziehungen«, wandte Bendis ein.

Sie hob die Schultern und ließ sie wieder fallen.

»Dass Rainer zu unbeherrschtem Verhalten neigt, ist wohl kein hinreichender Grund, um solch einen Verdacht gegen ihn zu hegen.«

»Ramona hat kurz vor ihrem Tod mir gegenüber geäußert, dass sie sich bedroht fühlte.«

Louise Heid zog die Augenbrauen hoch, als könne sie das nicht recht glauben. »Bestimmt wurde sie nicht von Rainer bedroht. Ramona und ich hatten engen Kontakt. Mir gegenüber hat sie nie geäußert, dass jemand sie bedroht.«

»Ich hatte den Eindruck, dass sie nicht gern darüber sprach«, erwiderte Bendis. »Es mag auch noch nicht lange her sein, dass sie in Gefahr geraten ist. Jemand, der ihr feindlich gesinnt war, könnte ihre Bereitschaft, sich auf sexuelle Experimente einzulassen, ausgenutzt und sie in eine Falle gelockt haben.«

»Also nicht unbeherrscht, sondern planmäßig. Oh je! Was haben Sie nur für Gedanken!«

Sie blickte ihn eine Weile stumm an. Das Sonnenlicht, das durch das Fenster fiel, ließ ihr rostfarbenes Haar leuchten und schuf in den bunten Glastüren eines antiken Schränkchens an der Wand ein glitzerndes Farbenspiel. Er fühlte sich unter ihrem Blick fast selbst wie der Täter, an den er dachte.

»Woran genau denken Sie?«, fügte sie hinzu. »An einen teuflischen Verführer, einen dämonischen Liebhaber, etwas in dieser Art?«

»Könnte man der Wahrheit ihres Lebens nicht ein Stück näher kommen, wenn man ein solches Szenario nicht für ausgeschlossen hält? Ramona war jemand, der nach sexuellen Herausforderungen gesucht hat, jemand, der auch einmal ein Wagnis einging.«

Anstatt ihm eine Antwort zu geben, erhob sich Louise Heid plötzlich aus ihrem Stuhl.

»Ich möchte Ihnen gern mein Studio zeigen«, sagte sie. »Möchten Sie es sehen?«

Bendis stimmte zu, zumal ihm kaum etwas anderes übrig blieb. Er stand auf und sie kam um den Schreibtisch herum.

Sie war fast so groß wie er, die schlanke Figur bestens durchtrainiert, und ihr Haar war hinter dem Kopf mit einem Gummiband zusammengefasst. Sie trug über weißen Strumpfhosen ein rotes Dress mit halblangen Ärmeln, und ihre aufrechte Haltung drückte vom Kopf bis zu den Zehenspitzen Entspannung aus.

»Kommen Sie.«

Sie schritt vor ihm in den Flur hinaus, und zusammen gingen sie dann um den Wall aus Grünpflanzen herum, der sich als ein Raumteiler erwies, hinter dem silbern blitzende Sportgeräte standen, an denen sich einige Frauen um ihre ohnehin schon schlanken Körper bemühten. »In diesem Bereich stehen die Geräte mit den leichteren Gewichten«, erklärte Louise Heid, »meine männlichen Studiomitglieder benutzen ihn kaum.«

Durch einen Bogen gelangten sie in den nächsten Raum, in dem sich die stählernen Streben der Fitnessmaschinen und das saftige künstliche Pflanzengrün in den Spiegelwänden verdoppelten, und Louise brauchte nicht zu erklären, dass dies der Teil des Studios mit den schwereren Gewichten war. »Die Männer sind unter meinen Mitgliedern in der Minderheit«, sagte sie. »Ihr Anteil beträgt weniger als zwanzig Prozent.«

Sie gingen weiter und kamen in einen Ruheraum, in dem mehrere Liegen standen.

»Ramona kam regelmäßig hierher?«, fragte er.

»Sie kam zum Fitnesstraining und zur Gymnastik hierher, aber sie gehörte auch zu meinem spirituellen Frauenkreis. Sie nahm regelmäßig an meinem Kurs teil.«

An der Stelle, an der sie standen, hatten sie den Ruheraum bis fast an sein Ende durchquert, und an der hintersten Wand gab es eine weitere Tür, die geschlossen war.

»Dahinter befindet sich der Gymnastikraum«, griff sie die Frage auf, die in der Bewegung seiner Augen lag. »Und dort finden auch unsere Zusammenkünfte statt.« Sie zögerte kurz, machte dann aber zwei Schritte in Richtung der Tür und schob sie auf. Sie trat ein paar Schritte vor, und er folgte ihr über die Schwelle in den Raum hinein, welcher der äußerste des Studios war; an seinem Ende schlossen keine weiteren Durchgänge mehr an.

Verglichen mit dem Rest des Studios war der Raum ziemlich leer, doch wenn man genau hinsah, merkte man, dass nichts fehlte, um die Art von Gymnastik zu betreiben, die Louise lehrte, und obwohl es ein so leerer Raum war, übertraf er die anderen Abteilungen des Studios an Behaglichkeit. Ein weißes Sofa links an der Wand war das einzige größere Möbelstück, und der Kamin, der ein Stück weiter an der Stirnwand gemauert war, der einzige Gegenstand, der auf die frühere Nutzung der Räume als eine großbürgerliche Wohnung hinwies. Der Fußboden war mit weichem blaugrauem Teppich ausgelegt, und die weißen Gardinen und die dezenten Vorhänge an dem Fenster reichten vom Boden bis zur Decke hinauf. Daneben lagen Kissen und Matten und hölzerne Stäbe übereinander und nebeneinander an der Wand, und hinten in der Ecke stand auf einem kleinen Tischchen eine Lampe mit silbernem Sockel und apricotfarbenem Schirm.

»Ein spiritueller Frauenkreis also«, sagte er.

»Wir pflegen eine alte Tradition, die bereits vor Jahrtausenden geübt worden ist«, erklärte Louise Heid. »Im Westen ist diese Tradition als sexuelle Alchimie bekannt. Sie sagt uns, dass wir wieder lernen müssen, unsere sexuellen Kräfte als etwas Spirituelles und Heiliges zu verstehen, und dass wir über die Möglichkeit verfügen, unsere körperlichen Energien in den geistigen Bereich zu transzendieren. Werden diese Methoden richtig angewandt, geschieht etwas völlig Unerwartetes. Die Begrenztheit des eigenen Körpers wird überwunden. Man hat das Gefühl, in einem grenzenlosen Raum voller Licht zu treiben, den eine tiefe Freude erfüllt.«

Sie blickte zu dem Kamin, auf dessen Sims Blumen, Kerzen und Räucherwerk standen. Darüber an der Wand hingen zwei großformatige Aquarelle, die den zarten Pinselstrich und das fein angedeutete Detail der östlichen Malerei zeigten. Auf einem der Bilder hoben sich Bäume, Sträucher und Flussufer aus einem wallenden Bodennebel, auf dem sie genauso sanft dahin zu treiben schienen wie die Dschunke im Vordergrund auf dem frühmorgendlich leuchtenden Wasser. Auf dem anderen Bild drängten sich drei Frauen in zartfarbenen Gewändern auf der Veranda eines Häuschens am Fluss zusammen, um dort vor einem Regenschauer Schutz zu suchen.

Es hatte schon seinen Grund, dass Menschen mit starker sexueller Ausstrahlung weniger exponierten Zeitgenossen zuweilen Angst einjagten, dachte Bendis. Unter gewöhnlichen Menschen, unter denen die erotischen Fähigkeiten nicht so ausgeprägt waren wie bei Ramona Renda, Sibylle Lesius und Louise Heid, ging es entspannter zu. Es war wohl ein ziemlich irres Unterfangen, durch Sex zur Erleuchtung kommen zu wollen, doch vielleicht war es ja möglich, und wenn es überhaupt jemandem gelingen könnte, dann sicher am ehesten Frauen wie denen in diesem Kreis.

»Um nicht Opfer zu werden, praktizieren wir unser sexuelles Tantra«, erklärte Louise Heid. »Eine gute Ausbildung auf diesem Gebiet ist der beste Schutz gegen böswillige Angriffe sowohl auf sexuellem wie auf spirituellem Terrain. Bevor die Männer kamen, waren die Frauen mächtig. Wir suchen die Polarität der Geschlechter zu überwinden, nicht durch Unterwerfung, sondern durch Gleichberechtigung. Man hält uns für schamlos, doch das sind wir nicht. Der Gott, den wir verehren, liebt das Leben, die irdische Schönheit und die fleischliche Lust. Er lehrt die Frauen die Kunst der Verführung und verbietet sie ihnen nicht, er hält sie an, die eigene Schönheit zu zeigen, und mag es nicht, wenn man sie versteckt. Er will Frauen, die in der Lage sind, ihrem Partner entschlossen und aggressiv entgegenzutreten, wenn es sich als notwendig erweist.«

»Wenn man sich mit jemandem einlässt, der vor keinem Mittel zurückschreckt, so kann man auch deshalb unterliegen, weil man die gleichen bösen Mittel nicht benutzt.«

Ein Anflug von Unwillen zeigte sich auf ihren aparten Zügen. »Es fällt mir schwer, daran zu glauben, dass Ramona sich mit so jemandem eingelassen hätte. Noch schwerer fällt mir die Vorstellung, dass sie das Opfer eines solchen Teufels geworden sein könnte. Sie war viel zu erfahren, sie konnte sich wehren. Die Männer sollten sich nicht täuschen, auch wir Frauen schlagen zurück.«

Eine Zeitlang schwiegen sie beide.

»Der Teufel segelt unter vielen Flaggen«, äußerte Bendis.

»Ja, die Zeit der Hexenverfolgungen ist noch nicht ganz vorbei«, sagte Louise Heid. »Schon immer wurden Frauen, die eine freie und lebendige Sexualität übten, verfolgt und bedroht. Trotzdem glaube ich nicht, dass so ein teuflischer Verführer Ramonas Problem gewesen ist. Sie hatte kein Interesse an einer dunklen Lichtgestalt, sondern sie hat nach einem ganz normalen und netten Mann gesucht, der zu ihr passt. Sex hatte sie reichlich, aber eine Familie – die hat ihr gefehlt!«

»Mir gegenüber hat sie geäußert, dass sie keine Familie haben wollte, jedenfalls keine Kinder.«

Sie sah eine Weile stumm vor sich hin. »Ja, so dachte sie darüber, aber ich glaube, dass das keine endgültige Entscheidung war. Ein Leben, wie sie es führte, lässt sich nicht bis ins Rentenalter fortsetzen. Wenn sie den passenden Mann fände, könnte sie sich sogar vorstellen, ein Kind zu haben, hat sie mal geäußert. Nicht, dass sie es unbedingt wollte, aber wirklich ausgeschlossen hat sie es nicht.« Sie seufzte. »Es sollte wohl nicht sein.«

Bendis fühlte unerwartet einen schmerzlichen Stich.

»Ein Kind bräuchte richtige Eltern, hat sie gemeint«, sagte Louise Heid, »einen Mann und eine Frau. Es hängt wohl mit ihren eigenen Kindheitserfahrungen zusammen, weshalb sie so dachte.«

Sie blickte zur Tür, als von dort ein Geräusch ertönte; die junge blonde Frau im rosafarbenen Trikot, die vorn an der Bar die Gäste bediente, hatte den Raum betreten.

Jemand wollte Louise am Telefon in ihrem Büro sprechen.

»Danke, Britta«, sagte Louise. »Ich komme sofort.«

Die junge Frau entfernte sich und sie verließen den Gymnastikraum.

Louise Heid schloss hinter ihm die Tür.

»Wir werden nie erfahren, was genau geschehen ist. Ich möchte es auch nicht genauer wissen. Ich werde sie so in Erinnerung behalten, wie ich sie kannte. Diese Erinnerungen kann mir niemand nehmen.«

Sie kamen an der grünen Pflanzenwand vorbei und blieben vor der Tür zu Louises kleinem Büro stehen. Offen schaute sie ihn an, und ein aufmunterndes Lächeln glitt durch ihr Gesicht. »Da, wo Ramona jetzt ist, geht es ihr gut«, sagte sie, »dessen bin ich mir gewiss. Machen Sie sich keine Sorgen.«

Sie gab Bendis die Hand und entschwand mit einer geschmeidigen Bewegung zurück in ihr Büro.

19

Am nächsten Morgen erschien Silvia Christians in seiner Kanzlei. Sie kam unangemeldet, ohne Termin. Als Kirsten die alte Dame hereinführte, brachte sie auch die Akte mit.

»Haben Sie etwas erreicht, Herr Rechtsanwalt?«, fragte Frau Christians, während sie Platz nahm. Ihre Augen leuchteten, sie hatte Rouge aufgelegt und wirkte auch heute putzmunter und gesund.

Bendis schlug die Akte auf. »Ich hatte es Ihnen vorgestern geschrieben. Die Kündigung wurde zum 30. September akzeptiert. Wir hatten Erfolg. Die Schlussrechnung kommt im Oktober.«

Dass mehr nicht zu machen war, bräuchte er ihr nicht zu erklären. Es würde nur endlose Diskussionen heraufbeschwören, und wie sich zeigte, war sie auch so zufrieden.

»Oh, vielen, vielen Dank, Herr Rechtsanwalt. Ich bin erleichtert. Muss ich noch etwas an diese Leute bezahlen?«

»Wenn Sie die Jahresgebühr bis Ende Oktober bezahlt haben, gibt es noch etwas zurück. Das steht auch in dem Schreiben drin.«

Sie nickte ein paar Mal mit dem Kopf, dann blickte sie auf. »Ich habe das Schreiben gar nicht bekommen«, sagte sie. »Haben Sie eigentlich meine Telefonnummer, Herr Rechtsanwalt?«

»Ist es noch die alte?« Er blätterte das Datenblatt vorne in der Akte auf und las ihr die Nummer vor.

»Die ist es, ja, die habe ich schon seit vielen Jahren. Wenn noch etwas ist, rufen Sie mich am besten an, das geht schneller als das Geschreibe. Meine Post wird mir immerzu aus dem Briefkasten geklaut. Nichts ist mehr sicher. Ist das nicht schrecklich?«

»Es wird immer schlimmer, Sie haben recht. Ich rufe an, wenn noch etwas ist. Spätestens im Oktober, wenn die Abrechnung kommt.«

»Man ist noch von Gaunern umgeben, wohin man auch kommt«, fuhr sie fort. »Jeder versucht rauszuholen, was er kann. Die Leute schrecken vor nichts mehr zurück.«

Manche alte und einsame Menschen gingen zum Arzt, um Kontakt zu haben, dachte Bendis; Silvia Christians suchte lieber ihren Anwalt auf.

»Man muss wirklich sehr aufpassen. Aber das tun Sie ja.«

Silvia Christians schüttelte den Kopf. »Wohin soll das noch führen? Ich habe das neulich schon zu meinem … ach, lassen wir das. Was täte ich nur, wenn ich Sie nicht hätte, Herr Rechtsanwalt.«

So ging es noch zehn Minuten weiter, dann gelang es Bendis endlich, seine alte Mandantin freundlich aber bestimmt hinauszubefördern.

Die alte Mandantin war noch keine fünf Minuten draußen, da steckte Kirsten erneut den Kopf durch die Tür.

»Heute kommen sie alle unangemeldet«, sagte sie. »Herr Lesius ist gerade hereingekommen und möchte Sie sprechen. Seine Frau hat er auch mitgebracht.«

»Seine Frau!« Bendis war entsetzt und starrte seine Mitarbeiterin eine Weile stumm an.

Kirsten lachte. »Die müssen Sie sich anschauen. Oder kennen Sie die schon? Sieht echt toll aus.«

»Mit Ihnen kann sie nicht mithalten, Kirsten. Gut, sagen Sie ihnen, dass ich gleich komme.«

Ein paar Minuten ließ er verstreichen, dann stand er auf und trat in den Flur.

Die beiden standen dicht beieinander im Wartebereich und lächelten ihm entgegen, als ob sie die besten Freunde wären, fast wirkten sie wie ein verliebtes Paar.

»Freut mich, dass Sie einen Moment Zeit für uns haben«, sagte Lesius. »Wir haben heute in der Stadt ein paar Besorgungen zu machen, und ich sagte zu Sibylle: Komm, probieren wir es mal, schauen wir zuvor mal bei Herrn Bendis herein, vielleicht passt es ihm gerade.«

Neulich so böse und heute so nett, dachte Bendis. Er hatte den Zwischenfall mit Lesius bei dessen letzten Besuch in seiner Kanzlei nicht vergessen und sagte sich, dass er gut daran tat, vorsichtig zu sein.

»Meine Frau kennen Sie ja schon«, ergänzte Lesius.

»Ja, ich hatte schon einmal das Vergnügen«, erwiderte Bendis und dachte dabei nicht nur an die Gerichtsverhandlung, sondern auch an den Film, in dem er sie mit Ramona zusammen gesehen hatte.

Er gab beiden die Hand.

Sibylle Lesius hatte ihr Haar hochtoupiert, sodass der lange Hals gut zur Geltung kam. Ihr Teint war frisch und makellos, sie wirkte wie das blühende Leben und nicht wie ein Mensch, der den Verlust einer engen Freundin betrauerte. Aber wie sollte so jemand auch wirken, damit es einem angemessen erschien?

»Ich hoffe, Sie nehmen mir nicht übel, dass ich mitgekommen bin«, meinte Sibylle Lesius und warf ihm einen aufmunternden Blick zu.

»Warum sollte ich? Kommen Sie herein.«

Rainer und Sibylle Lesius folgten ihm in sein Büro, und kurz darauf saß ihm das Paar an seinem Schreibtisch gegenüber.

Lesius lächelte. »Wie Sie sehen, haben meine Frau und ich uns miteinander arrangiert.«

Als Anwalt war man manchmal wirklich der Depp, dachte Bendis. Wie ein Soldat wurde man ins Feuer geschickt und musste allerlei Unbill ertragen, doch dann änderten die Beteiligten unerwartet ihre Meinung, als hätte es nichts gegeben, um das zu streiten sich lohnte, und man selbst kam sich vor wie ein Idiot.

»Ich bin überrascht«, sagte er. »Wie kam es?«

»Wir sind selbst kaum weniger überrascht als Sie«, erklärte Rainer Lesius. »Die Einsicht, dass wir wohl doch zusammengehören, kam so plötzlich wie unerwartet über uns. Möglicherweise hat es mit dem Tod unserer Freundin Ramona Renda zu tun. Schon am Sonntag haben wir über eine Zukunft unserer Beziehung gesprochen beziehungsweise gestritten, dann aber beschlossen, die

Gerichtsverhandlung, nachdem sie nun terminiert war, erst einmal so hinter uns zu bringen, als hätte sich nichts geändert. Nachdem die Geschichte aber am Dienstag über die Bühne war, haben wir alles, was zwischen uns stand, begraben. Ich denke, wir tun recht daran, beieinanderzubleiben.«

Einen Moment lang war Bendis irritiert, dass Lesius Ramona ihm gegenüber erwähnte, aber dann fiel ihm ein, dass sie sich auf der Beerdigung begegnet waren, sodass Lesius davon ausgehen konnte, dass er selbst Ramona auch gekannt hatte.

»Wir sind noch einen Schritt weitergegangen«, sagte die schöne Frau Lesius und lächelte zart mit den sinnlichen Lippen. »Wir wollen zusammen ein Kind haben.«

»Und weil gestern Abend der richtige Zeitpunkt dafür war, haben wir das dafür Erforderliche getan«, ergänzte ihr Mann und strahlte über das ganze Gesicht, als wäre es das erste Mal mit seiner Frau gewesen.

»Mein Gefühl sagt mir, dass es geklappt hat«, fügte Sibylle Lesius hinzu. »In ein paar Wochen werde ich ganz sicher sein.«

Bendis sagte nichts, sondern blickte auf das Bild von Dalis weichen Uhren am Strand, das an der Wand hinter den Köpfen seiner Besucher hing. Was sollte er auch sagen!

»Zuweilen entwickeln sich die Dinge ganz ungeplant«, meinte Lesius. »Das Leben folgt seinem eigenen Rhythmus. Der Mensch tut gut daran, sich dem zu fügen.«

Hatte er das endlich auch begriffen, dachte Bendis, oder war es nur ein Lippenbekenntnis?

»Sie haben Ramona Renda auch gekannt, nicht wahr?«, fragte Frau Lesius nach einigen Momenten des Schweigens. »Glauben Sie wirklich, dass es kein Selbstmord gewesen ist?«

Bendis versuchte, sich sein Erschrecken nicht anmerken zu lassen. Dass ihm selbst jemand einmal eine solche Frage stellen würde, war an sich nicht verwunderlich, aber trotzdem fühlte er sich überrumpelt. Anscheinend wandten sich seine Nachforschungen inzwischen gegen ihn selbst, und das behagte ihm nicht.

Lesius warf seiner Ehefrau einen Blick zu, der wohl bedeuten mochte, dass sie das Thema besser nicht angeschnitten hätte, aber Frau Lesius ignorierte ihren Mann.

»Ich erwähne es nur, weil Paolo Santini, mit dem ich gestern telefonierte, so etwas angedeutet hat«, fügte sie hinzu.

»Herr Santini und ich haben uns darüber ausgetauscht«, antwortete Bendis mit fester Stimme. »Aber am Ende spricht wohl mehr für als gegen einen Freitod.«

Die schönen Augen der Sibylle Lesius umschatteten sich. »Ramona wird nicht unschuldig an allem gewesen sein«, erklärte sie leise. »Es fällt mir schwer, das zu sagen, aber ich fürchte, dass sie ihren Teil dazu beigetragen hat.«

»Was ist ihr Teil denn gewesen?«, fragte er.

»Ramona hat kein Risiko gescheut, wenn es um sexuelle Abenteuer ging«, gab Sibylle Lesius freimütig zur Antwort, senkte dann aber schamhaft den Blick, als spräche man über so etwas eigentlich nicht.

»So sehr, dass sie sogar ihren Tod dabei in Kauf genommen hätte?«, fragte Bendis.

Die schöne Sibylle Lesius lächelte mit gesenktem Blick. »Ich weiß, es hört sich wirklich schlimm an, aber Ramona hatte ihr Leben über ihren Tod hinaus entworfen. Anders als die meisten Menschen hat sie in sehr großen und weiten Zusammenhängen gedacht.«

Als ob man eben mal so starb, dachte Bendis und fragte sich, ob es eigentlich normal war, dass eine Frau so über ihre tote Freundin sprach. Oder handelte es sich um eine Abwehrreaktion, mit der sie die nachwirkende Erschütterung über den Tod ihrer Freundin zu bewältigen suchte? Es mochte so sein, aber trotzdem kam es ihm merkwürdig vor.

»Sie kannte keine Kompromisse«, stimmte Rainer Lesius seiner Frau zu. »Es war so ihre Art, um mit den eigenen Ängsten umzugehen.«

Einige Momente lang war es still.

»Wir wünschen uns, dass Ramona zu uns kommen wird«, sagte Sibylle Lesius und schlug die lang bewimperten grünen Augen zu ihm auf. »Ich hoffe auf ihre Wiedergeburt in meinem Leib.«

Bendis verzog keine Miene.

»Ich hoffe, es geht Ramona gut«, sagte er. »Wo auch immer sie jetzt ist.«

Sibylle Lesius strich zärtlich mit der rechten Hand über ihren Bauch. »Ja, das hoffe ich auch.«

Bendis dachte an die Gerichtsverhandlung zurück. Obwohl die beiden Kontrahenten heute nicht mehr gegeneinander stritten, hatte er den Eindruck, dass sich zwischen ihnen nicht wirklich etwas geändert hatte. Was er sah, waren zwei Gesichter derselben Medaille; der Unterschied war bloß äußerlich. Sie hatten ihm und dem Gericht etwas vorgespielt, und er fragte sich, was für ein Spiel die beiden heute mit ihm spielten. Mit Ramona Rendas Tod hatte dieses Spiel seiner Überzeugung nach nichts zu tun, entgegen der Beteuerungen der beiden. Der Hass, mit dem Lesius ihn verfolgt hatte, als er von dem von Bendis geschlossenen Unterhaltsvergleich erfuhr, blieb ihm unheimlich.

»Sie sollen einen Vertrag für uns aufsetzen, Herr Bendis«, sagte Rainer Lesius. »Wir haben uns zwar wieder versöhnt, aber man weiß ja nie. Besonders wegen der Häuser wollen wir Klarheit schaffen. Wir haben uns darauf geeinigt, dass meine Frau das Grundstück in der Leibnizstraße behalten soll und mir das Grundstück in Ochtersum zum Alleineigentum verbleibt.«

Bendis war froh, dass es endlich etwas Sinnvolles für ihn zu tun gab, und so griff er sich ein Blatt Papier und notierte die Einzelheiten, die Lesius ihm berichtete.

»Auch wegen der Autos wollen wir eine Vereinbarung treffen«, sagte Lesius. »Sibylle soll den Mercedes bekommen, und mir sollen der Rover und der Porsche gehören. Auch alles andere soll geregelt werden, sodass es keine gegenseitigen Ansprüche mehr zwischen uns beiden gibt, wenn es doch schiefgehen sollte.«

Warum eigentlich ein Mann *oder* eine Frau, fragte sich Bendis, während er auf seine handschriftlichen Notizen starrte und so tat, als dächte er über etwas Juristisches nach; warum nicht ein Mann *und* eine Frau?

Warum nicht eine Verabredung zu dritt?

Mochte es nicht sein, dass Ramona mit einem Pärchen verabredet gewesen war? In der dunklen Limousine könnte tatsächlich eine Frau gesessen haben, Frau Lesius zum Beispiel, aber eben nicht allein, sondern zusammen mit ihrem Mann, und wer am Steuer und wer auf dem Rücksitz gesessen hatte, war dabei letztlich egal. War das reizende Paar ein Mörderpärchen, das sein Gewissen mit der okkulten Vorstellung beruhigte, ihrem Opfer zu neuem Leben zu verhelfen?

»Ein solcher Vertrag ist sinnvoll«, erwiderte er. »Wir nehmen dann einen Verzicht auf etwaige Zugewinnausgleichansprüche im Falle einer Scheidung mit in den Vertrag auf. Was ist denn noch vorhanden? Gibt es Lebensversicherungen, Bausparverträge, Aktiendepots?«

Bendis schrieb alles auf, was die beiden ihm erzählten, während er im Geiste die Vermögenswerte addierte, wonach sich auch seine Gebühren berechneten. Es kam ein ganz erklecklicher Gegenstandswert zusammen, und er fragte sich, ob die beiden ihn mit einem lukrativen Mandat betrauten, um sich seine Verschwiegenheit zu sichern, und damit er auch seine letzten Zweifel an der offiziellen Todesursache Selbstmord überwand.

Es war schwer vorstellbar, dass Sibylle Lesius ihrer Freundin etwas Böses angetan hatte, sagte sich Bendis, doch vielleicht deckte sie die Tat ihres Gatten. Hatte sie etwas gegen ihren Mann in der Hand, das diesen dazu zwang, großzügig zu sein? Eines stand fest: Sie machte bei der Vereinbarung, die er aufsetzen sollte, keinen schlechten Schnitt. Mit so einem Vertrag hätte Frau Lesius das Haus sicher, sodass eine Rückforderung wegen ehelicher Untreue ausgeschlossen war.

»Da Grundeigentum übertragen wird, ist die Vereinbarung beurkundungspflichtig«, sagte er, nachdem sie bezüglich aller Vermögensgegenstände eine Regelung gefunden hatten, »der Notar kostet extra.«

Rainer Lesius winkte ab. »Formulieren Sie das alles so aus, dass der Notar es nur noch vorlesen muss. Ich vertraue Ihnen und möchte, dass Sie Ihr Geld bekommen.«

Es war wie eine Aufforderung an Bendis, sich bei der Berechnung seiner Gebühren keine falsche Bescheidenheit oder Zurückhaltung aufzuerlegen.

»Wenn Sie alles ausformuliert haben, schicken Sie mir einen Vertragsentwurf«, sagte Lesius. »Und vergessen Sie Ihre Vorschussrechnung nicht. Für mich zu arbeiten, soll Ihr Schaden nicht sein.«

»Ich schicke Ihnen den Entwurf in den nächsten Tagen zu«, erklärte Bendis. »Wenn es etwas zu ändern oder zu ergänzen gibt, geben Sie mir Bescheid. Danach ist Ihr Steuerberater dran, und wenn er den Vertrag auch für gut befunden hat, kann ein befreundeter Notar ihn beurkunden.«

»Sie können sich Zeit lassen«, sagte Rainer Lesius. »Morgen früh geht es erst einmal für zwei Wochen nach Sylt.«

»Den Urlaub haben wir dringend nötig«, seufzte Sibylle Lesius. »Nach all dem, was in den letzten Wochen geschehen ist.«

Die beiden wirkten eigentlich gut erholt, dachte Bendis, und sie schienen auch von nichts angekränkelt zu sein, vor allem nicht von einem schlechten Gewissen. Doch das musste nichts heißen. Es gab bekanntlich Menschen, die überhaupt kein Gewissen besaßen, weder ein gutes noch ein schlechtes.

Kurz darauf standen Herr und Frau Lesius auf, um sich zu verabschieden.

»Es hat mich gefreut, Sie kennenzulernen«, sagte Sibylle Lesius honigsüß, und während sie ihre warme Hand einen Moment lang in der seinen ruhen ließ, konnte Bendis nicht verhindern, dass ihn ein heißes Gefühl ergriff.

»Wir hören voneinander«, sagte ihr Mann, als er mit dem Händeschütteln an der Reihe war. »Ich denke, dass wir uns in allen Punkten verstanden haben.«

Bendis nickte nur, sagte aber weiter nichts.

In der Tür blieb Rainer Lesius noch einmal stehen. »Ach, und nichts für ungut, Herr Bendis. Die Sache von neulich hier tut mir leid. Manchmal kann ich mich nicht beherrschen, dann geht mein Temperament mit mir durch. Verzeihen Sie mir diese Rüpelei?«

»Keine Ursache«, sagte Bendis. »Ich setze es mit auf die Rechnung.«

20

Hinter den dichtbelaubten Bäumen des Vorgartens verschwand die Sennett'sche Villa wie ein verwunschenes Schloss. Eine Schar junger Stare flatterte mit sirrendem Flügelschlag an Bendis vorüber und flog zu einer der beiden Buchen hinauf, die wie Wächter zu beiden Seiten der Auffahrt standen. Die Pforte, die sich daneben zu einem Plattenweg hin öffnete, quietschte beim Aufschieben in den Angeln, was ein lautes Geräusch in der Feierabendstille hinterließ, in der sonst nur das leise Rauschen des Windes in den Blättern und der Singsang der Vögel zu vernehmen war.

Bendis' Blick fiel auf die Doppelgarage, die an das Haus grenzte. Vor einem der geschlossenen Tore war Frank Sennetts roter Audi geparkt. Frank schied aus, dachte er, was die Person des unbekannten Mercedesfahrers anging, aber gegen seinen alten Schulfreund hegte er sowieso keinen ernsthaften Verdacht.

Er drückte die Klingel, und als der Türsummer ertönte, betrat er einen Eingangsbereich, der eine gewisse Weitläufigkeit besaß. Das Sonnenlicht fiel durch kreisrunde Fenster herein und verlor sich auf den schwarzen stählernen Streben des Treppengeländers. Vorbei an der im Hochparterre gelegenen Wohnung von Dieter Sennett stieg er die rundläufige Treppe in das Obergeschoss hinauf, wo sich das Zuhause seines Bruders Frank befand.

Die junge Frau, die ihm die Tür öffnete, trug eng sitzende Fahrradleggins und eine weiße Bluse. Hätte er nicht gewusst, dass sie schwanger war, hätte er es nicht gesehen.

»Sie sind Micha Bendis, nehme ich an.«

Ihr Gesicht war braun gebrannt, und ihr Begrüßungslächeln ließ zwei Reihen blendend weißer Zähne sehen. Sie sah frisch aus, ohne Make-up, die blauen Augen auffallend klar.

»Wenn Sie mögen, können Sie Micha zu mir sagen«, erwiderte er. »Ich bin schließlich ein alter Freund von Frank.«

»Ja, prima, ist mir recht. Ich bin Sandra.«

»Freut mich sehr. Frank hat mir bereits von Ihnen erzählt.«

»Was hat er denn erzählt? Aber kommen Sie erst einmal herein.«

Sie dirigierte ihn in ein Wohnzimmer, in dessen Eingangsbereich eine kniehohe weiße Mauer, auf der Grünpflanzen und bunte Gewächse standen, die weiteren Schritte vorgab.

Frank Sennett erhob sich aus einem weißen Sofa, das linkerhand stand, und kam auf ihn zu. Der Sommer hatte seinem ebenmäßig geschnittenen Gesicht ebenfalls einen feinen kupferfarbenen Stich gegeben und sein blondes Haar noch zusätzlich erhellt.

»Ihr seht aus, als hättet ihr zwei Wochen am Mittelmeer verbracht«, sagte Michael Bendis.

»Wir sind nur an der Themse spazieren gegangen«, erwiderte Frank. »Ich hatte nicht so viel zu tun, konnte aber trotzdem bis gestern nicht fort.«

Sein Gesicht wurde ernst und er sah für einen Moment zur Seite. »Schlimm, das mit Ramona. Wir wären gern bei ihrer Beerdigung dabei gewesen. Dieter erzählte mir, dass es ein recht würdiges Begräbnis gewesen ist.«

»So war es«, sagte Bendis.

Auf dem Tisch standen Gläser. Eine Karaffe mit Orangensaft und außerdem zwei Flaschen Bier.

Sie setzten sich an den Tisch und Frank machte die Bierflaschen auf. Sandra setzte sich zu ihnen und schenkte sich Saft aus der Karaffe ein.

»Sie war meine Mandantin«, sagte Bendis. »Ich konnte es zuerst gar nicht glauben, als ich von ihrem Freitod erfuhr.«

Frank seufzte. »So ging es wohl jedem von uns.«

»Wie ich hörte, hat Ramona längere Zeit in Berlin gewohnt und kam nur auf Zeit hierher, weil es ihrer Mutter schlecht ging«, sagte Bendis und nahm einen Schluck Bier. »Hat sie mal darüber gesprochen, weshalb sie nach dem Tod der Mutter nicht nach Berlin zurückgegangen ist?«

»Ist doch häufig so«, erwiderte Frank Sennett. »Man geht für eine Weile irgendwohin, und dann bleibt man dort hängen, obwohl es ganz anders geplant war.«

Sandra stieß einen Seufzer aus. »Mir ist es auch so ergangen. Ich komme aus Kassel, und eigentlich wollte ich gleich nach dem Studium wieder von hier weg, aber jetzt bin ich immer noch hier.« Sie blickte zu Bendis. »Nein, nicht wegen Frank. Als wir uns kennenlernten, hatte ich mein Studium schon seit mehr als einem Jahr beendet. Ich hatte eine Anstellung gefunden, deshalb blieb ich.«

»Bei mir war es ähnlich wie bei Ramona«, sagte Frank. »Jahrelang habe ich in Frankfurt gelebt, und inzwischen hat mich die Heimat an den häuslichen Herd geholt.«

»Der Grund ist Dieter, oder?«

»Dieter war immer hier, na ja, er hat auch nicht studiert. Dafür ist er in seinem Geschäft umso erfolgreicher gewesen, er schwamm irgendwann regelrecht in Geld, was ja kein Geheimnis ist, und da machte er mir ein Angebot, das ich nicht ablehnen konnte. Es war ein Glücksfall, dass ich meine Zelte in Frankfurt abgebrochen habe, denn ein halbes Jahr später traf ich Sandra.«

Er sah zu seiner Freundin und diese strahlte ihn an.

»Jetzt musst du aber noch erzählen, wie es bei dir gewesen ist«, meinte Frank.

»Ich hatte ein Angebot, in die Kanzlei eines Freundes meines Vaters einzusteigen«, sagte Michael Bendis. »Das ist zwar alles längst Geschichte, aber damals war es der Grund, weshalb ich die Heimreise antrat. Ob es richtig war, weiß ich bis heute nicht.«

»Wenn man erst einmal Frau und Kind hat, so wie du, ist der Zug abgefahren, noch mal neu anzufangen.«

»Jetzt könnte ich den Zug wieder nehmen«, seufzte Bendis. »Aber er scheint nicht mehr da zu sein oder falls doch, ist kein Platz mehr frei.«

»Es ist nie zu spät«, erwiderte Frank. »Aber wer weiß. Vielleicht ist man sowieso da am besten aufgehoben, wo man seine Wurzeln hat. Es zieht einen in die Ferne, aber es gibt da ein unsichtbares

Band, und oft hält es einen fest oder zieht einen wieder zurück. Bei Ramona wird es nicht anders gewesen sein.«

»Ramona hatte auch Wurzeln in Berlin, wie ich von ihrer Tante erfuhr«, sagte Bendis. »Ihr Vater stammte von dort, der lebt allerdings auch nicht mehr.«

Frank nickte. »Aber hauptsächlich kam sie von hier, wo sie aufgewachsen ist.«

»Sie war noch nicht fertig mit dieser Stadt«, meinte Sandra. »Sie habe noch etwas zu erledigen, hat sie mal zu mir gesagt. Aber was es war – keine Ahnung, dazu hat sie sich nicht erklärt.«

Ob es mit dem alten Verbrechen an der jungen Frau in Hannover-Döhren zusammenhing, überlegte Bendis.

»Hat sie mal etwas von einem ungeklärten Mordfall erzählt?«, fragte er.

Sandra hob die Brauen. »Mordfall?«

»Ich habe in ihrer Wohnung einen alten Zeitungsausschnitt entdeckt, in dem es um einen ungeklärten Mordfall geht«, sagte er, wiegelte dann aber ab. »Aber ich bin da wohl auf einem Holzweg.«

»Was auch immer sie noch in Hildesheim zu erledigen hatte, sie hat bestimmt keinen alten Mordfall zu klären versucht«, meinte Frank.

»Nein, wohl nicht«, sagte Bendis. »Aber weshalb hat sie sich umgebracht? Gibt es dafür eine Erklärung?«

Eine Weile schwiegen sie alle drei, dann meinte Frank: »Keine Erklärung, aber manchmal denke ich, wahrscheinlich musste es so kommen.«

»Wie meinst du das?«

»Man soll ja über niemanden schlecht reden, wenn er gegangen ist«, sagte Frank. »Aber ist es schlecht, was ich sagen will? Was ich meinte, ist nur: Sie hat ihr Leben am Rande des Abgrunds geführt.«

Bendis' Augen verharrten für eine Weile auf den hellen Möbeln im Bauhausdesign, auf die das Blattwerk einer hochgewachsenen Kastanie, die draußen vor dem Fenster wuchs, geschwungene Schatten warf.

»Ich ahne nur ganz ungefähr, was du meinst«, sagte er.

»Sie hat Tabus gebrochen und ist über Grenzen gegangen«, sagte Frank Sennett. »Sie liebte den Kitzel der Gefahr. Im Nachhinein scheint es mir, als hätte eine Todessehnsucht sie angetrieben. Sie tastete sich bewusst an die Grenze zwischen Leben und Tod heran, und Sex war die Welle, die sie über die Grenze trug.«

»Ist es Todessehnsucht, wenn sie sich beim Ausleben ihrer Sexualität keinerlei Beschränkungen auferlegte?«

»Hm, na ja! Sie war schon etwas ungewöhnlich. Wenn Extremsportler sich auf gefährliche Touren begeben, spielen sie auch mit ihrem Leben, und bei ihr ist es nicht anders gewesen. Sie hat sich offen dazu bekannt. Ob man nun auf hohe Berge steigt oder an abgefahrenen sexuellen Praktiken Gefallen findet; wer sich in solchen Extremen bewegt, begibt sich immer in Gefahr.«

Irgendwie hatte er ja recht, dachte Bendis. Ein bewusst eingegangenes Risiko war etwas, das besser zu Ramona passte als ein bloßes Versehen. Es wäre dann etwas passiert, das auf der Grenze zwischen Unfall und Freitod lag und absichtlich von ihr angesteuert und in Kauf genommen worden war, auch wenn sie das Ergebnis, das dann eingetreten war, nicht gewollt hatte. Sollte noch jemand dabei gewesen sein, würde es nicht um eine Tötung auf Verlangen gegangen sein, aber das Verlangen hatte die entscheidende Rolle gespielt, weil sie um seiner Erfüllung willen ein Risiko auf sich genommen hatte, das ihr zum Verhängnis geworden war. Auch Sibylle Lesius und Louise Heid hatten in diese Richtung gedacht.

Und spürten nicht alle, die sie gekannt hatten, dass irgendetwas in dieser Art ihren Tod verursacht hatte?

Bendis dachte wieder an den Grauen.

»Mir ist neulich etwas Komisches passiert«, sagte er. »Ich ging in ihre Wohnung, nachdem Ramonas Tante mich mit deren Auflösung beauftragt hat, und hatte dort eine seltsame Begegnung.«

Beide Augenpaare richteten sich auf ihn, und Michael Bendis erzählte ausführlich von seinem Zusammentreffen mit dem Grauen und wie er dem Mann in den Galgenbergwald gefolgt war.

»Ich habe ihn aus den Augen verloren, als er ein Stück unterhalb des Berges in eine dunkle Limousine stieg, die dort auf ihn gewartet hatte. Er stieg auf der Beifahrerseite ein. Er war nicht allein gekommen.«

»Kannst du den Mann noch genauer beschreiben?«, fragte Frank.

Bendis versuchte es, aber auch sein neuerlicher Beschreibungsversuch half den beiden nicht weiter.

»Es hört sich nicht so an, als ob es jemand war, mit dem sie befreundet gewesen wäre«, meinte Frank.

»Oder sie war mit dem anderen befreundet, der auf den Grauen wartete und den Wagen fuhr«, meinte Bendis.

Frank Sennett zuckte die Achseln, sagte aber nichts, und Sandra blieb ebenfalls still.

»Ich habe absolut keine Erklärung für seinen mysteriösen Auftritt«, sagte Bendis.

»Das muss nichts heißen«, meinte Frank. »Warst du bei der Polizei?«

»Natürlich nicht. Es käme sowieso nichts dabei heraus.«

»Der Mann wird ein Freund des Hauses gewesen sein, der gekommen ist, um die Blumen zu gießen oder aus einem ähnlichen Grund.« Frank Sennett lachte. »Und als er dich gesehen hat, war er genauso erschrocken wie du und hat ebenso falsch reagiert. Ramona wäre amüsiert, wenn sie noch erfahren könnte, wie euer Treffen verlaufen ist. Was soll der Besuch des Mannes schon bedeuten? Woran denkst du denn?«

»Der Graue sah beim besten Willen nicht aus wie jemand, den man eingeladen hat«, entgegnete Michael Bendis. »Ich habe keine Vorstellung, in welcher Beziehung er zu Ramona stand, aber es ist mir unverständlich, weshalb er davongelaufen ist, wenn er ein Freund des Hauses gewesen ist, was auch immer du darunter verstehst.«

»So blöd es sich auch anhört, aber vielleicht war es ein Kunde, der nicht wusste, dass sie einen mit ihm vereinbarten Termin nicht mehr wahrnehmen konnte. Als er dich gesehen hat, bekam er Angst und ist abgehauen.«

»Sie wird doch ihren Kunden keine Schlüssel gegeben haben?«, sagte er.

»Wer weiß? Sie hatte ja immer noch das Sicherheitsschloss, das sie einschalten konnte.«

Auch Frank kannte sich in ihrer Wohnung offenbar gut aus.

»Nein, so was macht man nicht«, sagte Bendis. »Man gibt einem Fremden keinen Schlüssel für die eigene Wohnung.«

»Fremd! Na ja, wer weiß!«

»Könnte man nicht ein neues Schloss einbauen?«, fragte Sandra.

»Das Haus hat eine zentrale Schließanlage. Es wäre ziemlich aufwendig. Bald ist es nicht mehr mein Problem, aber ich muss der Hausverwaltung mitteilen, dass ein Unbefugter einen Schlüssel besitzt.«

Sandra nickte. »Ramona war vorletzten Sonntag auf ein Stündchen hier zu Besuch, und auf mich hat sie einen komischen Eindruck gemacht.« Sie blickte ihren Freund von der Seite an. »Erinnerst du dich?«

Frank wandte sich herum und erwiderte ungerührt ihren Blick. »Tatsächlich? Mir ist nichts aufgefallen.«

»Ich glaube, sie hatte vor irgendjemandem Angst«, erwiderte Sandra.

»Wie kommst du denn darauf?«, entgegnete Frank beinahe schroff. »Vor wem sollte sie Angst gehabt haben?«

Sandra gab keine Antwort. Sie wusste es nicht.

»Weshalb kam sie her?«, fragte Bendis. »Gab es einen besonderen Grund?«

Frank blickte ihn an. »Du warst der Grund. Sie suchte nach einem Anwalt, und wir hatten irgendwann schon einmal über dich gesprochen. Sie fragte, ob du jemand bist, der auch mal über seinen Schatten springen kann.«

»Und was hast du ihr geantwortet?«

»Ich habe ihr gesagt, dass du nicht der klassische Typ des trockenen Juristen bist, und außerdem …« Er lächelte, ohne weiterzusprechen.

»Außerdem?«

Das Lächeln seines alten Schulfreunds wurde breiter. »Außerdem habe ich zu ihr gesagt: Ramona, du weißt doch am besten, wie man es hinbekommt, dass Männer über ihren Schatten springen. Micha ist kein hässlicher Kerl. Probier dein Glück mal bei ihm.«

Michael Bendis wurde es ganz anders – nicht schlecht, aber anders. Hatte er es nur Frank zu verdanken, dass Ramona ihn zum Sex in ihre Wohnung gebeten hatte? Diese Erkenntnis hatte ihm zu seinem Glück noch gefehlt! Sein Selbstwertgefühl bekam einen kleinen Riss. Noch eine Illusion, die zerplatzte. Es war wohl am besten, er hörte auf zu fragen und stellte endlich seine Nachforschungen ein, bevor ihm weitere Überzeugungen verlustig gingen.

»Ich erinnere mich noch gut, dass du ihre Fragen ins Lächerliche gezogen hast, Frank«, meinte Sandra, »aber ich glaube, dass sie wirklich ein Anliegen hatte, mit dem es ihr ernst gewesen ist. Sie ist aber nicht damit herausgerückt, weil du so herumgeflachst hast.«

»Sie wollte mit gar nichts herausrücken«, widersprach ihr Frank. »Sie hatte etwas, weshalb sie sich an einen Anwalt wenden wollte, aber mit uns wollte sie nicht darüber sprechen.«

Sandra zuckte die Achseln. »Wenn du es so empfunden hast, meinetwegen. Mein Eindruck war ein anderer.«

Frank nickte, als hätten seine Freundin und er einen Kompromiss gefunden, und wandte sein Gesicht zu Bendis. »Wie war es denn?«, fragte er. »Bist du über deinen Schatten gesprungen.«

Michael Bendis schaute zum Fenster. Die Kraft der Sonne dahinter war ungebrochen und kein einziges Wölkchen war draußen an dem dunkelblauen Himmel zu sehen, und für ein paar Augenblicke verspürte er den dringenden Wunsch hinauszugehen. Es wurde alles immer schlimmer. Am liebsten würde er in einen Biergarten gehen und sich betrinken.

»Ich habe es versucht, weiß aber nicht, ob mir der Sprung gelungen ist«, antwortete er ausweichend. »Vielleicht hätte ich ein Stück weiter springen müssen.«

In diesem Moment klingelte es an der Tür.

»Das ist wahrscheinlich Dieter«, sagte Frank. »Als ich ihn vorhin traf, erwähnte ich, dass du uns besuchen kommst. Das lässt er sich nicht entgehen.«

Sandra stand auf, um die Tür zu öffnen, und kurz darauf erschien Dieter Sennett im Zimmer. Er schüttelte Bendis die Hand und setzte sich in einen freien Sessel.

»Wie geht's?«, fragte er Bendis.

»Na ja, geht so, und selbst?«

»Oh, großartig«, gab Dieter Sennett zurück und lächelte gut gelaunt, wobei in seinem Mund zwei erstklassige Kronen sichtbar wurden, aber der Rest seiner graden weißen Zähne schien gesund zu sein.

»Ich habe dich vorhin draußen aus dem Wagen steigen sehen und dachte mir, ich schaue mal rein«, sagte er. »Das Wetter macht durstig. Wir haben schon lange kein Bier mehr zusammen getrunken.«

»Du weißt ja, wo das Bier steht«, sagte Frank zu seinem Bruder. »Bring gleich ein paar Flaschen mehr mit.«

Als die Biere auf dem Tisch standen und geöffnet waren, stießen sie mit den Flaschen an.

»Hast du schon etwas von der Staatsanwaltschaft gehört?«, fragte Dieter Sennett. »Hält das Urteil?«

Michael Bendis hätte die Geschichte von Dieter Sennetts Unfallflucht im Allerlei der vergangenen Tage beinahe vergessen. Am Morgen bei der Aktenvorlage war sie ihm wieder eingefallen, und er hatte einen Anruf bei der Staatsanwaltschaft gemacht.

»Du hast wirklich Glück, Dieter«, sagte er. »Die Woche ist um und es ist kein Rechtsmittel eingegangen. Die Staatsanwaltschaft hat deinen Freispruch geschluckt.«

»Das ist denen bestimmt sehr schwergefallen ist«, warf Frank amüsiert ein. »Gib es zu, Dieter, du bist es doch gewesen, du warst der Fahrer, der den Opel des Mannes beschädigt hat.«

»Das Datum, das der Zeuge angegeben hat, stimmte nicht«, wich Dieter Sennett einer Antwort aus.

»Halt!«, sagte Bendis, bevor Frank weiterbohren konnte. »Ich will nicht hören, wie es wirklich war. Das geht mich als Anwalt nichts an.«

Er hatte auch keine Lust, Dieter Sennett auf den Denkfehler hinzuweisen, in dessen Folge der Richter zu seinem Freispruch gelangt war. Ohnehin gehörte sich für einen Anwalt nicht, in der Gegenwart von Dritten, auch wenn sie Verwandte oder Bekannte waren, über Mandantenfälle zu diskutieren.

»In anderen Fällen bist du doch auch erpicht darauf, die Wahrheit herauszufinden«, sagte Frank. »Interessiert es dich wirklich nicht?«

»Mein Interesse an der Wahrheit betrifft nur Fälle, an denen ich nicht anwaltlich beteiligt bin. In eigenen Fällen will ich sie auch im Nachhinein nicht erfahren. Es ist einfach besser für mich.«

Dieter Sennett lächelte. »Micha hat recht. Man sollte sich an die Regeln halten. Das Verhältnis des Anwalts zu seinem Mandanten ist ein Vertrauensverhältnis, dem allzu große Vertraulichkeiten schädlich sein können.«

»Ich hätte es nicht besser sagen können«, erklärte Bendis.

Sie kamen auf andere Themen, auf Fußball, Urlaub und Politik, und Bendis war froh, dass nicht mehr über Ramona gesprochen wurde. Er sehnte sich nach Normalität und wollte den Fall seiner toten Mandantin wenigstens für den Rest des Tages vergessen.

Mit dem Bier ging es weiter, wie es begonnen hatte, schon bald kam die nächste Runde auf den Tisch. Bendis dachte daran, dass er mit dem Wagen gekommen war, aber dann fiel ihm ein, dass er am nächsten Vormittag wegen eines kurzen Termins sowieso in sein Büro musste. Bei der Gelegenheit könnte er den Wagen holen und heute Abend den Bus nehmen.

Sandra verließ irgendwann unter einem Vorwand das Zimmer, aber später, als Bendis zur Toilette ging, sah er sie wieder, sie stand in der geöffneten Tür eines kleinen Arbeitszimmers und blickte ihn nachdenklich an.

»Ich wollte noch loswerden, was Ramona bei ihrem letzten Besuch zu mir sagte«, meinte sie, »die beiden da drin müssen es nicht unbedingt hören.«

Sie trat in das Arbeitszimmer zurück und Bendis folgte ihr.

Sandra blickte ihn an. »Es war nicht viel. Ramona sagte nur: ›Vielleicht habe ich mich in einer Sache, in der ich finanzielle Forderungen gegen jemand habe, zu weit vorgewagt, ich glaube, ich muss in nächster Zeit sehr vorsichtig sein.‹ Mehr war es gar nicht – und doch macht mir ihre Bemerkung jetzt zu schaffen. Ich hätte nachfragen sollen, wovon sie sprach. Aber man denkt ja nicht gleich an etwas Ernstes.«

Es passte zusammen. Am Tag nach dem Besuch bei Sandra und Frank war Ramona Renda in sein Büro gekommen und hatte ihn mit ihren Fotos auf sich scharf gemacht. Sie hatte ihn durch ihre Reize bestricken, ihn wohl auch testen wollen, bevor sie mit ihrem eigentlichen Anliegen herausrückte. Welchen Grund hatte sie für ihr Vorgehen gehabt?

»Ich habe den gleichen Fehler gemacht«, erwiderte Bendis. »Sie hatte irgendein Problem, schien sich aber noch unsicher zu sein, ob sie darüber sprechen sollte. Leider habe ich ihr Anliegen ebenfalls nicht recht ernst genommen. Ich hätte nachfragen müssen, was sie bedrückte. Möglicherweise wäre dann alles anders gekommen. Weil ich es nicht tat, fühle ich mich jetzt wie Parzival in der Gralsburg.«

Sandra senkte die Augen. »Parzival, der den Gralskönig nicht fragt, woran er krankt?«

»Genau das meine ich.«

»Es ist unser aller Problem«, erwiderte Sandra leise. »Wir leben gedankenlos in den Tag hinein, und wenn es mal drauf ankommt zu handeln und das Rechte zu tun, vermögen wir nicht, uns dazu aufzuraffen, und oft bemerken wir nicht einmal, dass wir gefordert sind.«

»Und wenn wir es endlich erkennen, ist es zu spät und die Chance ist vertan«, erwiderte Bendis. »Darin besteht unsre Schuld, dass wir die rettende Chance nicht zu sehen vermögen. Dass wir zu träge sind oder uns selbst nicht trauen. Wir verraten uns und andere und können den Fehler nicht wiedergutmachen.«

»So endgültig ist es nicht, wer seine Schuld im Rückblick erkennt, muss anschließend auch wieder nach vorne schauen!« Sie lächelte ihm zu, als ob sie ihm Mut machen wollte. »Auch für Parzival gab es bekanntlich eine zweite Chance.«

21

Der Mandant war von der Ostsee angereist, um sich mit Michael Bendis zu treffen. Er kam aus der Umgebung von Hildesheim, aber nach der Trennung von seiner Frau hatte es ihn in sein Ferienhaus an der Küste verschlagen. Richtiger gesagt, war er nach dort geflohen. Da er in seinem neuen Domizil unter der Woche angeblich unabkömmlich war, hatte Bendis zugestimmt, ihn am frühen Sonnabendnachmittag in seiner Kanzlei zu empfangen.

Es war das übliche Scheidungsallerlei; Trennung und Unterhalt, Regelung des Güterstands und Auseinandersetzung des Vermögens, Versorgungsausgleich sowie Erb- und Pflichtteilsverzicht; einen Punkt nach dem anderen hakten sie ab; wenigstens gab es keine gemeinsamen Kinder.

Das Gespräch dauert eine gute Stunde, dann war der Mandant zufrieden und ausreichend präpariert, um in die nächste Streitrunde mit seiner Frau gehen zu können. Sie plauderten noch eine Weile über Gott und die Welt, dann war Bendis wieder allein.

An Samstagen wurde man zum Glück nicht durch unangemeldete Besucher gestört, und es rief einen auch niemand an. Das passte ihm gerade recht. Die Akten mit den neuen Posteingängen, die er in den letzten Tagen arg vernachlässigt hatte, harrten dringend der Erledigung.

Mit der Arbeit an den Akten strich die Zeit dahin, er arbeitete emsig und konzentriert und schaffte es, an nichts anderes zu denken; doch als mehr als zwei Stunden vergangen waren, beschloss er, dass er genug getan hatte. Halbwegs zufrieden mit sich lehnte er sich in seinem Sessel zurück.

Aus der Ablage mit der Eingangspost blickte ihn das neue Anwaltsmagazin an. Er nahm es zur Hand und blätterte darin herum. Das meiste interessierte ihn nicht, und auf rechtliche Dogmatik mochte er sich an diesem Morgen schon gar nicht einlassen.

Er wollte das Heft schon aus der Hand legen, als sein Blick auf ein Bild von René Magritte fiel, das einen juristischen Artikel illustrierte. Es war ein Bild von der Pfeife, die keine war. »*Ceci n'est pas une pipe*« – »Dies ist keine Pfeife« hatte Magritte unter das Bild gesetzt, um den Betrachter mit der Nase darauf zu stoßen, dass er keine Pfeife, sondern nur das Bild einer Pfeife sah.

Weder Magritte noch dem Verfasser des Artikels ging es um die Selbstverständlichkeit, dass ein Gegenstand nicht das Gleiche war wie sein Name oder sein Bild. Das Problem lag für beide darin, dass es verschiedene Bilder von ein- und derselben Sache oder Wirklichkeit gab.

Was machte den guten Anwalt, die gute Anwältin aus, wollte der Verfasser des Artikels, ein Kölner Anwaltskollege, wissen. Was galt dem Anwalt die Erkenntnis, dass jeder Mensch eine andere Wahrnehmung von der Wirklichkeit besaß? Führte sie ihn dazu, im Interesse des Mandanten Bilder von der Wirklichkeit zu erschaffen, die sich von der Wahrheit entfernten oder sie gar verwirrten, oder brachte sie ihn dahin, die Bilder, die sich andere von der scheinbar feststehenden Wirklichkeit gemacht hatten, mit Erfolg zu hinterfragen?

Michael Bendis stand auf und trat zum Fenster. Der Sommer hatte eine Pause eingelegt. Seit ungefähr einer halben Stunde regnete es, und von vielen Passanten, die unter ihren Schirmen vorüberflanierten, waren kaum mehr als die Einkaufstüten zu sehen. Schirme mit Einkaufstüten, die im Regen spazieren gingen. So wirkte es auf ihn. Wie bei Magritte.

Gab es denn nur eine Wirklichkeit? Nur eine Wahrheit, die sich jedem zu erkennen gab, der mit Geschick und den rechten Mitteln nach ihr suchte? Oder war diese Vorstellung eine Illusion?

Gegenüber unter dem Vordach des Bekleidungsgeschäfts stand eine junge Frau und winkte mit der Hand jemandem zu, und als er mit den Augen der Richtung folgte, in die die junge Frau schaute, sah er eine andere Frau, die den Gruß der ersten erwiderte. Sie war im Regen stehen geblieben und hatte ein Köfferchen auf die Erde gestellt. Der Hauptbahnhof lag ganz in der Nähe.

Während er die unwirkliche Szenerie betrachtete, ließ der Regen etwas nach. Er entschloss sich, nicht länger zu warten. Sein eigener Schirm lag im Kofferraum seines Wagens. Es galt, die Regenpause zu nutzen.

Er verließ das Büro und wanderte unter dem grauen Himmel durch die Stadt. Er ging durch die Almsstraße und den Hohen Weg, die gemeinsam eine langgestreckte Fußgängerzone bildeten, und bog von dort zum »Umgestülpten Zuckerhut« ab. Letzterer war ein Fachwerkhaus aus dem 16. Jahrhundert, das seinen Namen seiner kuriosen Form verdankte, die an einen auf den Kopf gestellten Zuckerhut erinnerte. Im Krieg zerstört, war das seltsame Haus unlängst am Andreasplatz wieder errichtet worden.

Bendis blickte zu dem Turm der Andreaskirche, die den Platz überragte. Der Turm wirkte fast lebendig; wie ein über der Stadt thronender Wächter, der stumm die Zeiten beobachtete, die an ihm vorübereilten; doch auch ihn hatten im Krieg die britischen Bomber erwischt.

Er ging den Alten Markt entlang, als die nächste große Kirche in Sichtweite kam, die Michaeliskirche, die aus frühromanischer Zeit stammte und von dem Hildesheimer Bischof Bernward errichtet worden war. Die breite Basilika mit Ostflügel und Westflügel erhob sich auf einem kleinen, von grünen Rasenflächen umgebenen Hügel und verströmte den Charme einer mittelalterlichen Zeit, die noch nicht von den in den Himmel ragenden Türmen dominiert worden war. Die Burgstraße hinunter führte sein Weg am Pelizaeusmuseum vorüber zur Kleinen Venedig, ein an die Lagunenstadt erinnerndes Gässchen, das den Mühlengraben, ein Seitengewässer der Innerste, überquerte. Von dort war es nicht mehr weit bis zur Sennett'schen Villa, in deren Nähe seit dem gestrigen Abend sein Auto stand.

Nachdem er den Schirm aus dem Kofferraum genommen und auf dem Beifahrersitz deponiert hatte, startete Bendis den Wagen und fuhr über die Dammstraße und die Schuhstraße nach Osten.

Der Regen wurde wieder stärker, ein hartnäckiger Juliregen, der gegen die Windschutzscheibe prasselte. Er zog über die östlichen Ränder der Stadt und färbte den Himmel in ein noch dunkleres Grau. Als er die Goslarsche Landstraße erreichte, riss die dunkle Wolkendecke für einen Augenblick auf, und er sah ein schwaches grünliches Licht, als habe sich das bewusstlose Auge des Himmels ein letztes Mal geöffnet; aber nur kurz, dann war das Licht wieder in dem einheitlichen Grau verschwunden, aus dem der Regen auf die Straßen und Häuser niederfiel.

In den Straßen am Galgenberg ging es ruhig zu, und ganz anders war dort auch sein Eindruck als bei seinem vorangegangenen Besuch. Die Bäume und Pflanzen des Waldhangs, die sich tief vor dem Regen gebeugt hatten, leuchteten und glänzten in Braun und Grün. Es war, als erwartete die Pflanzenwelt, die dort am Hang im Regen verharrte, geduldig die Wiederkehr der für sie bestimmten Zeit, als wüsste sie genau, dass sie eines Tages die ganze Stadt zurückerobern, überwuchern und verschlingen würde, und dass sie einen längeren Atem hätte als die Straßen, die Häuser und der Beton.

Der Regen spritzte von seinen Schuhen, während er mit geöffnetem Schirm unter dem steinernen baldachinartigen Vorsprung stand, von dem der Regen in Bächen herunterlief.

Er benutzte seinen Schlüssel und stand kurz darauf in der Halle aus rotem Granit, in der es schattig, fast düster war. Einen Augenblick blieb er stehen und lauschte fernen Stimmen, die von irgendwoher um seine Aufmerksamkeit buhlten, dann stieg er die Treppen hinauf und öffnete mit dem Schlüssel die Wohnungstür.

Alles war still in den Räumen, die er zügig durchschritt. Die Wohnung war leer, und seit seinem letzten Besuch schien auch niemand hier gewesen zu sein.

Am Ende des Flurs öffnete er die Tür zum Badezimmer, das eine geräumig utopische Landschaft aus weißgrauen Kacheln und silbern blitzendem Chrom war. Nur der Vorhang vor dem Duschbad, der die Muster von roten, blauen und grünen Regenschirmen trug, bildete Farbtupfer in dem Raum. Nichts wies darauf hin, dass es der Ort war, an dem Ramona wahrscheinlich gestorben war.

Er spannte den Schirm zum Trocknen auseinander, blickte auf und starrte über dem marmornen Waschbecken in sein Spiegelbild, in das Gesicht, das Zeit seines Lebens ein weitgehendes Geheimnis für ihn geblieben war.

Als er den Blick auf seine Augen konzentrierte, nahm er ein dunkles Leuchten darin wahr; ein Leuchten, das ihm unbekannt war und das sich gegen den Ausdruck einer ahnungsvollen Verzweiflung in seinen Gesichtszügen zu behaupten suchte.

Der Spiegel war groß und golden umrandet, und hinter sich sah er die stabilen weißen Streben des Heizkörpers, an denen Ramona gestorben war. Man konnte sich gut im Spiegel zusehen, während man sich allein oder zu zweit davor vergnügte, überlegte er, und man konnte sich auch selber zusehen, wie man an dem Gestänge hing und daran starb.

Im Wohnzimmer rahmten die Vorhänge den grauen Himmel hinter dem Fenster wie ein Passepartout, und unaufhörlich prasselte der Regen gegen die Scheiben.

Was mochte es sein, das der Entdeckung durch den Grauen entgangen war, fragte sich Bendis, während er lange Zeit die Regalwand musterte. Er wollte nicht mehr gezielt danach suchen, hoffte aber auf eine Eingebung. Wenn er Glück hatte, würde er beim Ausräumen der Schubladen und Schränke zufällig auf etwas stoßen, das ihm weiterhalf.

Es war an der Zeit, mit dem Ausräumen von Ramonas persönlichen Sachen zu beginnen, bevor die Diakonie das Mobiliar abholte. Er hatte in der Abstellkammer einige größere, stabile Kartons gesehen, mit denen wollte er den Anfang machen. Es war ein ganzes Stück Arbeit, das er sich aufbürdete, merkte er, nachdem er die Kartons zusammengebaut und neben dem Schreibtisch aufgestellt hatte. Aber es gab auch einen positiven Aspekt. Immerhin hätte er sich dann seinen Vorschuss verdient und bräuchte guten Gewissens nichts davon zurückzuzahlen. Was man als Anwalt tat, war ja letztlich egal. Auch wenn man Kisten schleppte, besaß man Anspruch auf sein Honorar.

Er nahm sich die Schreibtischfächer vor. Anfänglich blätterte er in den Unterlagen, auf die er stieß, noch neugierig herum, aber bald ließ er es sein, da es zu zeitaufwendig war und er selbst nicht wusste, wonach er suchte. Nachdem er den Schreibtisch leer geräumt hatte, war er zufrieden. Ein Anfang war nun gemacht.

Er wandte sich wieder der Regalwand zu. An manchen von den Büchern war er selbst interessiert, auch an einigen anderen Dingen, die dort standen, wie etwa den Porzellanfiguren. Auf einem der Regalbretter stand eine Ballerina mit schön gestalteten Gliedern, solchen, wie Ramona sie besessen hatte. Die Figur sah ihr tatsächlich ähnlich, er hätte sie gern als Erinnerungsstück gehabt. Falls Sabine Henze tatsächlich nichts von den Sachen haben wollte, würde er sie mitnehmen. Alles in allem machte er mit den Mühen, die er auf sich genommen hatte, bestimmt kein schlechtes Geschäft.

Am besten war es wohl, wenn er die Bücher, die ihn persönlich interessierten, gesondert verpackte. Die anderen konnte er sowieso nicht gebrauchen, da er in seiner Wohnung keinen Platz für deren Unterbringung hatte. Im Moment besaß er noch nicht einmal ein Bücherregal. Es würde ihm wohl nicht erspart bleiben, sich bald mit Sonja wegen der Aufteilung des Hausrats in Verbindung zu setzen, sagte er sich; so wie es jetzt war, konnte es nicht bleiben.

Ihm fiel ein, dass er jemanden kannte, der mit gebrauchten Büchern im Internet handelte und dem er die Bücher, an denen er kein Interesse hatte, für einen Pauschalpreis anbieten könnte. Zuvor musste er mit Sabine Henze klären, ob sie ihm wirklich sämtliche Bücher aus der Wohnung überlassen wollte. Wahrscheinlich war es das Beste, er riefe sie gleich an.

Er hatte ihre Telefonnummer in seinem Handy gespeichert und tippte sie an. Nach mehrmaligem Tuten ging eine Mailbox ans Netz, und er hörte Sabine Henzes Stimme, die dem Anrufer mitteilte, dass sie wegen eines Kurzurlaubs für ein paar Tage nicht erreichbar sei.

Nun gut. Also musste das noch warten.

Er schaute sich um.

Wenn man in seiner Wohnung etwas verstecken wollte, gab es unendlich viele Möglichkeiten dafür. Es hing natürlich davon ab, wie groß und wie schwer der Gegenstand war, den man verbergen wollte. Angenommen, es war etwas Schmales und Kleines, so schmal und klein wie ein Dokument? Wo tat man es hin?

Während er darüber noch nachgrübelte, kam ihm ein neuer Gedanke. Warum versteckte man solche Gegenstände überhaupt?

Für gewöhnliche Einbrecher waren sie wertlos. Man legte sie nicht gerade an Orte, wo sie sofort ins Auge fielen, aber das war auch alles. Wenn man etwas versteckte, tat man das nicht aus Angst vor Fremden, sondern aus Angst vor Freunden, Familienangehörigen oder Bekannten, von denen man nicht wollte, dass sie mit geringem Aufwand ein solches Dokument entdecken könnten.

Am ehesten tat man es aus Angst vor dem Partner oder dem Geliebten. In diesem Augenblick überfiel ihn eine Erkenntnis, eigentlich war es mehr ein Gedanke, aber dieser kam so jäh und vehement, dass es ihn regelrecht zusammenschrecken ließ, und er spürte sogleich, dass er auf etwas gestoßen war.

Abrupt wandte Bendis sich um. An der Wand hing das Gemälde von den beiden Frauen an dem mittäglichen Strand, das wie der stilisierte Ausdruck der Szene war, die er eine Stunde zuvor vom Fenster seiner Kanzlei aus beobachtet hatte.

Vor seinem Blick schienen sich die Gestalten auf dem Bild zu bewegen, so lange, bis die Frau im roten Kleid mit der Frau im gelben Kleid verschmolzen war. Aber er sah auch den Mann mit dem Regenschirm und den schwarzen Pudel, den er an der Leine führte und von dem er plötzlich wusste, dass er ein Sinnbild des Teufels war. Er hatte Goethes »Faust« nicht vergessen, erst jetzt fiel ihm der Pudel wieder ein.

Bendis setzte sich in den Sessel gegenüber. »Auf der Suche nach der vergessenen Zeit«, so hatte Ramona das Bild genannt. Er schaute es eindringlich an. Die Fülle der Farben in dieser Momentaufnahme eines Meeresstrandes war bestechend; es war, als ob der Maler nicht nur einen bestimmten Augenblick in Raum und Zeit hatte festhalten wollen, sondern eine Vielzahl von Momenten oder gar alle Momente, als sei die ewige Gegenwart in dieser friedlichen Szene zur Darstellung gelangt. Ja, es war eine vergessene Zeit, die er vor sich sah. Nur Ramona hatte sie nicht vergessen.

Er stand auf, trat zu dem Bild und nahm es von der Wand, legte es mit der Rückseite nach oben auf den Schreibtisch, löste die Zugringe und nahm die Rückplatte hoch. Da entdeckte er am oberen Rand der Innenseite der Platte, an der Stelle, wo sonst ein Passepartout die Bildfläche umrahmte, ein zusammengefaltetes Stück Papier, das in einen kleinen Briefumschlag gepasst hätte.

Genau das war es auch, wie er feststellte, nachdem er die Klebestreifen gelöst hatte, mit denen das Schriftstück an der Holzplatte befestigt war – ein Brief ohne Briefumschlag. Bendis war nicht einmal überrascht von seinem Fund, so sicher hatte er auf einmal gewusst, dass nur hinter diesem Bild und nirgendwo sonst in dieser Wohnung etwas verborgen sein könnte.

Das Papierstück, das er auseinanderfaltete, bestand aus zwei voll beschriebenen Briefseiten. Die Worte waren mit blauer Tinte verfasst, in einer sauberen, schwungvollen Schrift. Unter dem Datum las er den nachfolgenden Text:

»Liebe Ramona,

ich habe lange über unser Gespräch vom vergangenen Wochenende nachgedacht. Ich bin auch nach dreißig Jahren davon überzeugt, dass Stan für Ellens Tod verantwortlich war. Sicher war es nicht geplant, denn sonst wäre er an jenem Abend allein zu ihr gegangen, ohne mich und Kalle, sein Faktotum, der in einem Nebenraum schlief, als es passierte.

Ellen hatte die Trennung von Stan nicht überwunden, und auf ihr Bitten hin hatten Stan und ich eingewilligt, sie zu treffen. Wir nahmen Drogen, hatten Sex, Ellen ließ sich von Stan fesseln. Er war sehr aggressiv und Ellen provozierte ihn, sprach über einen Drogendeal, bei dem er eine Menge Geld verdient hatte. Ich sah, wie er eine Schnur um ihren Hals legte, dachte mir aber nichts weiter dabei. An Ellens Reaktionen war zunächst kaum etwas Besonderes zu bemer-

ken. Es dauerte eine Weile, bis ich begriff, was geschehen war. Ich hatte keine direkte Möglichkeit, Stans Tun zu verhindern, trotzdem habe ich mir mein Leben lang Vorwürfe wegen Ellens Tod gemacht.

Natürlich war Ellen nicht ganz unschuldig an dem, was passierte. Sie wusste um Stans bösen Charakter und machte seine Mutter verantwortlich dafür. Sie hatte mit ihr gesprochen und ihr Vorhaltungen gemacht und Stan erfuhr davon. Sie ist eine schreckliche Frau. Mitschuldig an dem Hass, den er zuletzt auf Ellen empfand und der auch ein Auslöser für seine Tat gewesen sein wird. Mach bitte keinen Gebrauch von deinem Wissen, Ramona! Lass die alten Sachen ruhen. Wenn man daran rührt, kommt nichts Gutes dabei heraus. Vermeide die furchtbaren Fehler, wie ich sie beging. Ich werde nun bald gehen. Siehe du aber nach vorn!

Deine Dich liebende Mutter.«

Bendis blickte zum Fenster. Ohne Unterlass fiel der Regen aus einem Himmel herab, der ihm noch dunkler als vor einer halben Stunde erschien. Ein Helikopter, der zwischen dem Häusermeer in die Lüfte stieg und ein rotes Blinksignal aussandte, beschrieb einen Bogen auf dem grauen Himmelshintergrund, bevor er irgendwo über der Stadt aus seinem Blickfeld entschwand.

Er schaute wieder auf das Dokument. Er hatte gefunden, was der Suche des Grauen entgangen war.

Eine schreckliche Frau!

Und Stan war ihr Sohn!

Ob es diesen Stan noch gab?

Er kannte niemanden, der Stan hieß. In Deutschland war es ein seltener Name. Stan und Kalle. Ob nicht auch Stan ein Spitzname war?

Hatte Ramona ihn mit seinem richtigen Namen gekannt? Das war mit ziemlicher Sicherheit anzunehmen. Lag es also fern, sich vorzustellen, dass Ramona den Rat ihrer Mutter in den Wind geschlagen und ihr Wissen dazu benutzt hatte, um diesen Stan zu erpressen?

Er starrte in den regenverhangenen Spätnachmittag. Das mulmige Gefühl, das ihn beschlichen hatte, war so dunkel und schwer wie das Wolkengebilde am Himmel über der Stadt.

Er war kurz davor gewesen, seine Suche nach der Wahrheit aufzugeben und darauf zu verzichten, Licht in die undurchsichtige Gemengelage von Ursachen zu bringen, die zu Ramonas Tod geführt hatten. Doch nun plötzlich war alles anders. Der Graubereich zwischen Freiwilligkeit und Zwang, Todessehnsucht und Mord hatte nicht nur Konturen, sondern schwarze Töne bekommen. Sein Verdacht, der bis dahin vage und kaum mehr als ein Versuchsballon gewesen war, fand einen unerwartet sicheren Halt.

War das Dokument ein Beweis dafür, dass Stan ein Mörder war? Für eine gerichtliche Verurteilung würde es natürlich nicht ausreichen. Der Graubereich, in den er Licht gebracht hatte, soweit es Ramonas Tod betraf, lag auch über dem Geschehen von damals und ließ dort noch mancherlei Deutungen und Auslegungen zu. Aber das mochte gar nicht das Entscheidende sein. Auch ohne eine Verurteilung konnte es böse Folgen haben, mit einer solchen Vergangenheit konfrontiert zu werden. Dass Stan erpicht darauf gewesen war, dieses Schriftstück, von dessen Existenz er offenbar erfahren hatte, im Original in seinen Besitz zu bringen, lag jedenfalls auf der Hand.

Und nun? Nun besaß er das Schriftstück. Der Schwarze Peter war auf ihn, den Anwalt Michael Bendis, übergegangen.

Wie sollte er mit seinem Wissen umgehen, was mit dem Dokument beginnen? Es an die Staatsanwaltschaft weiterreichen? Das kam kaum in Betracht! Es war alles zu dünn, zu ungewiss, und seine eigene Verwobenheit in das Todesgeschehen bestand mit den ungewissen Folgen, die sich daraus ergeben könnten, ebenfalls fort.

Wer war Stan? Wo war dieser Mann zu finden? Wo sollte er nach ihm suchen? Solange er nicht wusste, wer der Mann war, kam er nicht weiter, sagte er sich. Sabine Henze würde ihm vielleicht helfen können, aber die Frau war im Moment nicht für ihn greifbar.

Er faltete das alte Dokument vorsichtig zusammen und steckte es ein. Nachdem er das Bild von der »vergessenen Zeit« wieder in seinen ursprünglichen Zustand versetzt und an die Wand zurückgehängt hatte, verließ er die Wohnung. Er hatte keine Ruhe mehr. Die Bücherkisten mussten warten.

22

In Ramonas Adressbüchlein war niemand mit dem Namen Stan verzeichnet. Immerhin mochte es jemanden aus Ramonas Umfeld geben, der mit dem Namen etwas anzufangen wusste. Aber wen sollte er anrufen? Er blätterte im Telefonverzeichnis vor und zurück. Auf gut Glück all ihre Bekannten zu kontaktieren, erschien ihm nicht sinnvoll, jedenfalls im Augenblick nicht. Die drei Jahrzehnte, die seit dem makabren Geschehen vergangen waren, machten es schwierig, unter den eigenen Zeitgenossen jemanden zu finden, der eine hilfreiche Antwort kannte. Es stand kaum zu erwarten, dass Ramona mit ihrem Wissen um Stans Person oder seine Tat in ihrem Freundes- und Bekanntenkreis hausieren gegangen war. Nur Personen, die ihn damals schon gekannt hatten, würden heute noch wissen, wer Stan war.

Noch etwas anderes musste er bedenken. Sollte Stan Ramona wirklich getötet haben, war er kaltblütig und planmäßig vorgegangen, und dann musste er damit rechnen, dass Stan nicht davor zurückschrecken würde, einen weiteren kaltblütigen Plan zu schmieden, der ihn selbst betraf. Es war nicht ungefährlich, sich diesem Stan zu nähern.

Er faltete das alte Schreiben auseinander. Ramonas Mutter räumte in ihrem Brief ein, dass sie in jener Nacht unter Drogeneinfluss gestanden hatte. Würde ein Mann wie Stan sich mit so etwas erpressen lassen? Kein Staatsanwalt könnte eine Tötungsanklage auf die Behauptungen einer Frau stützen, die während des Tatgeschehens unter Drogeneinfluss gestanden hatte und von der es heute nur noch selbstverfasste schriftliche Erinnerungen gab.

Es war nicht das Dokument an sich, das Stan erbost hatte, ahnte Bendis, sondern es musste um Ramonas Vorpreschen gegangen sein, um die Tatsache, dass sie sich diesem Mann in den Weg gestellt hatte, in welcher Weise auch immer. Das Dokument hatte nicht mehr die Bedeutung, die es in Ramonas Händen besessen hatte. Er selbst war kein Erpresser und für Stan nicht so gefährlich, wie es Ramona gewesen war.

Er öffnete eine Schublade und nahm den alten Zeitungsausschnitt zur Hand. September 1981, vergewisserte er sich. Wenn Stan damals ein ganz junger Mann gewesen war, müsste er heute die Fünfzig überschritten haben.

Er trat auf den Balkon seiner Wohnung, sah in der Ferne die Kirchtürme der Stadt, und oberhalb davon den waldigen Höhenzug, zu dem der Galgenberg gehörte. Für eine Weile betrachtete er den Regen, der ruhig und gleichmäßig auf die Stadt niederfiel.

Rainer Lesius! Wenn Stan ein Spitzname war, dann war es wahrscheinlich einer, der sich von keinem Vor- oder Familiennamen ableitete. Dann konnte jeder diesen Namen tragen. Wie alt war Lesius? Hatte er nicht irgendwo in seiner Büroakte das Geburtsdatum des Mannes stehen? Im Moment konnte er sein Alter nur schätzen. Lesius war sicher ein paar Jahre älter als er selbst und deutlich älter als seine Frau Sibylle, aber wohl nicht viel älter als Mitte vierzig oder etwas mehr. Im Jahr 1981 war er dem Jugendalter kaum entwachsen gewesen, falls er nicht erheblich jünger aussah, als er tatsächlich war.

Immerhin gab es noch den zweiten Mann, den Grauen, der mit dem unbekannten Fahrer in Verbindung stand. Bei dem käme es vom Alter her auch dem äußeren Eindruck nach ungefähr hin. Wenn auch der Name Stan nicht so gut zu ihm passte. Aber das mochte vor dreißig Jahren anders gewesen sein.

Der Abend kam voran. Bendis öffnete einen Rotwein und setzte sich mit dem Glas auf den Balkon. Er blickte zu den dunkel bewaldeten Hügeln im Osten. Auch vor zehn Tagen, als er Ramona in »Rollos Bar« begegnet war, hatte es geregnet. Es war ein seltsamer Abend gewesen, dachte er jetzt. Während er auf den nassen Vorhang vor seinen Augen starrte, der ihn von der Stadt und dem fernen Waldhügel trennte, spulten sich die Szenen des Erlebten vor seinem geistigen Auge ab. Mit wem hatte Ramona telefoniert, bevor sie mit ihm die Verabredung für den Freitagabend traf? War es der Mensch gewesen, den Ramonas Mutter vor dreißig Jahren Stan nannte? War er der unbekannte Fahrer, zu dem sie nicht lange danach in den Wagen gestiegen war? Falls Rainer Lesius hinter dem Steuer des Wagens gesessen hatte, könnte Ramona Renda von dem Mandatsverhältnis zwischen Lesius und ihm gewusst haben. Sie hatte sich bei Frank Sennett nach ihm erkundigt, wusste er inzwischen, aber so wie Frank es dargestellt hatte, war sein Name ihr da längst bekannt gewesen. War sie gerade deshalb zu ihm gekommen, weil Lesius, von dem sie sich bedroht fühlte, für ihn, Bendis, kein Unbekannter gewesen war?

Etwas war schon dagewesen, dämmerte ihm, während er eindringlich auf den silbrig glitzernden Regen starrte, etwas, das ein zukünftiges Verhängnis bereits in sich getragen hatte. Bisher war er davon ausgegangen, dass er nur zufällig in die Rolle eines Sündenbocks geraten war, als jener Unbekannte in Ramonas Umfeld, von dessen Existenz er bis zu diesem Nachmittag mehr geahnt als gewusst hatte, sich die Tatsache seines Besuchs in ihrer Wohnung zunutze machte, um sein finsteres Vorhaben noch in derselben Nacht durchzuführen.

Aber stimmte das wirklich? War es nicht wahrscheinlicher, dass es einen geheimen Kontext gab, ein Komplott, das sich gezielt auch gegen ihn selbst richtete? Ein Komplott, das sowohl größer als auch subtiler war, als er bis jetzt für möglich gehalten hatte?

Die Begegnung mit Ramona wäre dann nur das Offensichtliche gewesen, nur das, was auf der Bühne geschah, während das geheime Vorspiel, die Ouvertüre zu dem Reigen von Geschehnissen, in die er inzwischen verstrickt war, anderswo begonnen hatte.

Womit aber hatte es begonnen, wenn es nicht die Begegnung mit Ramona Renda gewesen war? Oder anders gefragt: Wie fand man eigentlich einen Sündenbock? Man konnte dafür schließlich nicht jeden nehmen.

Ein Anwalt war schon einmal nicht schlecht, dachte er. Ein Anwalt war von Berufs wegen dafür geeignet, benutzt zu werden. Noch besser eignete sich ein Anwalt, der gerade von seiner Frau verlassen worden war und sich gewissermaßen in einer psychischen Ausnahmesituation befand. So jemand war anfällig dafür, verführt zu werden, und auch dafür, in etwas hineingezogen zu werden, auf das er sich normalerweise nicht eingelassen hätte. Obendrein hatte ein Anwalt immer seine Schweigepflicht im Hinterkopf. Es war eine Pflicht, die er seinen Mandanten schuldete! Seine Schweigepflicht war auch für Ramona ein Thema gewesen.

Gab es jemanden in Ramonas Hintergrund, der entschlossen war, ihn unter Einsatz von Polizei, Staatsanwaltschaft und Justiz zu vernichten? Hatte dieser Jemand sich für sein perfides Vorhaben ganz bewusst die Nacht ausgesucht, in der er selbst bei Ramona Gast gewesen war, damit die Tat auf ihn abgewälzt werden könnte, falls herauskam, dass sie durch Fremdverschulden gestorben war?

Sollte es sich so verhalten, und er zweifelte immer weniger daran, dann lag es auf der Hand, dass Stan alle Karten in der Hand gehabt hatte, um einen todsicheren Plan zu entwerfen. Einen Plan, der Ramona das Leben kosten und ihn selbst, wenn es sich als notwendig erwies, zum Sündenbock machen sollte.

Jemand hatte im Hintergrund die Fäden gezogen. Jemand, für den er selbst nur eine Puppe war, die an mehreren Fäden hing, die in der Hand eines Puppenspielers zusammenliefen, der sein böses Spiel mit ihm trieb. So wie jemand, mit dem man spielte, hatte er sich in den vergangenen Wochen auch gefühlt. Seine erste Begegnung mit Ramona war nicht zufällig geschehen. Man hatte ihn eine Falle gelockt!

Er trat in die Wohnung und ging eine Weile umher. Schließlich nahm er Ramonas Adressbüchlein noch einmal in die Hand. Wahllos blätterte er darin herum, vor und zurück, ohne zu wissen, was er zu finden hoffte.

Nach einer Weile fiel ihm auf, dass es ein paar Telefonnummern in dem Büchlein gab, die ganz allein für sich standen, ohne einen Namenszusatz dahinter. Drei der Nummern hatten die Vorwahl von Berlin, eine einzige, eine mit sieben Ziffern, stand ganz ohne Vorwahl da. Das musste eine Hildesheimer Nummer sein.

Er betrachtete die Zahlenfolge, und plötzlich hatte er das Gefühl, die Telefonnummer zu kennen. Es war, als hätte er die Nummer schon das ein oder andere Mal gewählt.

Hatte das etwas zu bedeuten?

Ihm kam ein Gedanke. Er hatte ein beständig aktualisiertes Telefonverzeichnis in seinem Handy, darunter befanden sich alle Mandantennummern, damit er von überall einen Mandanten kontaktieren konnte, wenn es sich als notwendig erwies. Er rief das Verzeichnis auf und ging die infrage kommenden Namen alphabetisch der Reihe nach durch. Doch als er am Ende angekommen war, hatte er die Nummer aus dem Adressbüchlein nicht zu Gesicht bekommen.

Er hatte allerdings nur die männlichen Mandanten durchgesehen, weil er davon ausgegangen war, sein unheimlicher Gegner müsste männlich sein, aber eingedenk der Hinweise auf die Frauen in Ramonas Umgebung, sagte er sich nun, es sei besser, nichts unversucht zu lassen. Daher wiederholte er den Vorgang, wobei er ohne Auslassungen einfach der Reihe nach vorging und dieses Mal hinten im Alphabet bei dem Buchstaben W begann.

Das wird wohl leider auch nichts, dachte er, als er beim Buchstaben C angekommen war, zu dem als einziger Name der von Louise Christians, seiner ältesten Mandantin, gehörte. Bei ihr bräuchte er nicht nachzusehen, aber aus einer gewissen Pedanterie heraus tat er es dann doch.

Er fuhr zusammen. Das konnte doch nicht sein!

Ungläubig starrte er auf die Nummern, wie gebannt, als würden die Zahlen ein Geheimnis bergen, dass sich durch eindringliche Betrachtung entschlüsseln ließ. Dann verglich er die Zahlen ein weiteres Mal.

Seine Nackenhaare stellten sich auf. Er hatte sich nicht getäuscht. Die Nummer auf dem Display stimmte mit der Telefonnummer aus dem Adressbüchlein überein. Ramona hatte die Telefonnummer von Silvia Christians ohne einen Namenshinweis darin notiert.

23

Lange Zeit saß er da und versuchte, sich darüber klar zu werden, was das bedeutete. Hatte es überhaupt etwas zu bedeuten? Zunächst einmal besagte es nur, dass Ramona Renda die alte Louise Christians gekannt hatte. Aber warum hatte Ramona die Telefonnummer der alten Dame notiert, ohne ihren Namen dazuzusetzen, als hätte sie nicht gewollt, dass jemand darauf stoßen könnte, dass sie Silvia Christians kannte?

Man musste nicht gleich einen dubiosen oder unheimlichen Zusammenhang dahinter vermuten. Trotzdem war er sicher, dass es kein Zufall war, sondern etwas bedeutete; dass es einen gewichtigen Grund dafür gegeben hatte. Er dachte an das alte Dokument und an den Satz »Sie ist eine schreckliche Frau.«

Er griff nach dem Telefonbuch und schlug unter dem Namen Christians nach. Es war niemand darin verzeichnet, dessen Eintrag zu dem Namen Stan oder einem Namen ähnlicher Art gepasst hätte.

Er blickte zur Uhr. Es war halb zehn. Draußen war es noch hell. Kurz entschlossen tippte er die Nummer von Silvia Christians in sein Handy.

Es tutete fünfmal, sechsmal, dann hörte er die Stimme seiner alten Mandantin am anderen Ende der Leitung.

»Wie schön, dass Sie mich anrufen, Herr Rechtsanwalt«, erwiderte die alte Dame, nachdem Michael Bendis seinen Namen genannt hatte. »Gibt es etwas Neues von den Fernsehmenschen?«

»Entschuldigen Sie die späte Störung, Frau Christians. Ich habe ein Anliegen.«

»Ach ja? Was ist es denn?«

»Ich wollte Sie fragen, ob Sie eine junge Frau namens Ramona Renda kennen?«

Er spürte ein Zögern.

»Wie? Nein, so jemanden kenne ich nicht.«

»Wirklich nicht?«

Die Leitung blieb stumm.

»Eine sehr gut aussehende Frau, halblanges blondes Haar, sehr schlank und sportlich«, setzte er hinzu. »Sicher ist sie Ihnen bekannt. Frau Renda wusste auch von Ihnen.«

»So, ja, wenn Sie es sagen, mag es sein. Im Moment kann ich mich aber nicht erinnern.«

Bendis überlegte. So kam er nicht weiter.

»Es gibt noch etwas anderes, was ich gern gewusst hätte«, sagte er.

Sie reagierte nicht.

»Haben Sie schon immer Christians geheißen?«

Sie lachte. »Ich hatte schon mehrere Namen, meinen Geburtsnamen und die meines jeweiligen Gatten, ich war dreimal verheiratet.«

Er hatte gehofft, dass sie die Namen nennen würde, aber sie tat es nicht.

»Darf ich fragen, wie Sie früher hießen?«

Sie antwortete nicht.

»Frau Christians?«

Sie murmelte etwas, dann sagte sie: »Jetzt erinnere ich mich an die Frau, von der Sie eben sprachen, so ein ganz reizendes Mädchen, ja. Ich hatte den Namen bloß vergessen. Es ist schon etwas her, dass sie mich besuchte.«

»Was wollte sie von Ihnen?«

Wieder wurde es still. Sie ließ sich alles aus der Nase ziehen oder gab keine Antwort.

»Sie hat mich nach meinem Leben befragt«, kam es schließlich durch die Leitung.

»Hat sie mit Ihnen über Ihre Kinder gesprochen?«

Die Stille, die nun folgte, fühlte sich wie ein betroffenes Schweigen an.

»Kinder?«, sagte sie dann in einem Tonfall, als hätte er eine ganz absurde Frage gestellt.

»Haben Sie nicht einen Sohn?«

Sie antwortete wieder nicht. Es war wirklich schwierig.

»Frau Christians, sind Sie noch dran?«

»Ja, ich habe einen Sohn«, sagte sie endlich.

»Was ist aus ihm geworden?«

»Etwas Anständiges«, sagte sie.

»Haben Sie Kontakt zu ihm?«

»Manchmal besucht er mich.«

»Heißt er nicht Stan?«

Sie murmelte wieder etwas, das er nicht verstand, aber dann wurde sie deutlicher, als hätte sie den ersten Schreck, die erste Irritation, oder was auch immer durch seine Frage ausgelöst worden war, überwunden.

»Stan?« Es hörte sich an, als hätte er etwas Ungehöriges gefragt. »Nein, so heißt er nicht.«

»Wie ist denn sein Name?«

Sie seufzte. »Herr Rechtsanwalt! Sie sollen meine Interessen vertreten.« Ihre Stimme war plötzlich ganz fest. »Aber Sie sollen mir keine Fragen stellen. Was stellen Sie mir für merkwürdige Fragen! Mein Sohn geht Sie doch gar nichts an.«

Sie sprach in einem ganz anderen Ton als sonst und glich plötzlich nicht mehr dem Bild, das er von ihr hatte, dem Bild einer harmlosen alten, etwas verschrobenen Frau, die nicht mehr ganz ernst zu nehmen war. Er begriff, dass dieses Bild nichts als eine Täuschung war, hinter dem sie ihr wahres Wesen oder wenigstens einen Teil davon verbarg. Menschen waren nicht deshalb harmlos, weil sie alt waren. Sie kamen den jüngeren nur so vor. Dabei hatten sie eine lange Vergangenheit.

»Ich bin nur ein wenig neugierig«, sagte er.

»Nein, nein«, erklang es recht scharf. »Solche Fragen sollen Sie mir nicht stellen. Darüber spreche ich mit Ihnen nicht.«

»Warum nicht? Die meisten Menschen sprechen gerne über ihre Kinder.«

»Ich bin nicht die meisten«, erwiderte sie in energischem Ton. »Also hören Sie auf, mich über meinen Sohn zu befragen. Gibt es noch etwas anderes, weshalb Sie anrufen, ich meine wegen dem Fernsehen?«

Zu dumm, dachte er. Mit diesem Widerstand hatte er nicht gerechnet.

»Sagen Sie mir, wie Ihr Sohn mit vollem Namen heißt«, fuhr er fort. »Damit ich selbst mit ihm sprechen kann.«

Auch das zog nicht. »Was wollen Sie mit ihm besprechen«, wollte Silvia Christians wissen.

»Keine Sorge, es hat mit Ihnen nichts zu tun.«

»Dann sage ich ihm, dass er Sie anrufen soll.«

Bendis bekam ein unbehagliches Gefühl. Unversehens hatte sie den Spieß umgedreht. Was sie ihm anbot, war gerade das, was er nicht wollte.

»Nein, lassen Sie nur«, sagte er. »Geben Sie mir doch einfach seine Telefonnummer.«

»Er möchte nicht, dass ich über ihn spreche«, erwiderte sie. »So ist er nun einmal. Es ist jetzt gut. Einen schönen Abend noch, Herr Rechtsanwalt.«

Es machte Klick. Sie hatte die Verbindung beendet.

Bendis legte das Handy zur Seite und kratzte sich am Kopf.

Wie man sich doch irren konnte!

Sein Vorgehen war ungeschickt gewesen. Sein Wissen, dass Menschen im mittleren Alter dazu neigten, alte Menschen nicht für voll zu nehmen, hatte ihn nicht vor der Torheit bewahrt, die alte Dame zu unterschätzen.

Das Telefongespräch mit Silvia Christians war ein Fehler gewesen, ein schlimmer Fehler. Der jungen Frau, die Ellen geheißen hatte, war es nicht gut bekommen, dass sie sich damals mit Stans Mutter in Verbindung gesetzt hatte. Aber nicht nur ihr, sondern auch Ramona Renda mochte dieser Kontakt zum Verhängnis geworden sein: Nicht das Dokument, sondern ihr Verhalten hatte ihren Gegner erzürnt. Stan, der vor dreißig Jahren mit Ramonas Mutter befreundet gewesen war, wusste nicht nur von ihm, sondern wenn er Pech hatte – und er hielt es sogar für wahrscheinlich –, würde die alte Dame Stan von seinem Telefonanruf erzählen.

Kalter Schweiß trat ihm auf die Stirn. Der Gedanke entsetzte ihn mehr als alles andere, und so sehr er hoffte, nur einer irrationalen Angst ausgesetzt zu sein, gelang es ihm nur unter Anstrengungen, sich mit der neuerlichen Überlegung zu beruhigen, dass er für Stan kein Erpresser, sondern ein Sündenbock war, und er diese Rolle verlöre, wenn ihm etwas Böses geschah. Seine Sorge war übertrieben, machte er sich Mut, aber ganz sicher wurde er sich nicht.

Er kehrte auf den Balkon zurück und trank ein weiteres Glas Wein, während er zusah, wie sich die Dunkelheit über den Galgenberg auf der anderen Seite der Stadt heruntersenkte.

Vor zwei Wochen hatte dort hinten unter einem der Dächer der Stadt eine schöne junge Frau namens Ramona Renda gelebt, doch nun war sie nicht mehr dort. Nicht mehr lange, dann würde irgendjemand anderes in ihre Wohnung einziehen, nicht wissend, was dort mit der Vormieterin geschehen war. Irgendwann, und auch bis dahin würde es nicht sehr lange dauern, wüsste niemand mehr, dass sie einst dort gelebt hatte, und was für ein liebreizender Mensch sie gewesen war. Dann war sie vergessen, auch sie ein Kind der vergessenen Zeit.

Erst als die Weinflasche leer war, verließ er den Balkon. Er verriegelte alles von innen und ging mit seinem Handy zu Bett.

Selten nur drang ein Lichtschein, der von einem Flackern irgendwo über der Stadt herrührte, in die Dunkelheit seines Schlafzimmers herein. Alles um ihn herum war steil aufragend wie die Wände eines Brunnens, nur ganz oben war ein Stück Himmel, nicht größer als der Mond, und davor der Schattenriss eines Mannes, der stumm zu ihm herab in die Tiefe sah. Wer aber war er? Kam ihm die Bedeutung zu, die Bendis geneigt war, ihm beizumessen?

Der letzte Gedanke, bevor Bendis in Schlaf fiel, war der, dass es absolut nichts Helles, nichts Tröstendes im düsteren unbekannten Gegenüber gab, absolut nichts, das ein freundliches oder versöhnliches Licht auf eine Begegnung mit ihm hätte werfen können.

24

Am nächsten Morgen schien wieder die Sonne. Kein Wölkchen war mehr am Himmel zu sehen. Ein leichter, bisweilen lebhafter Wind hatte alles davongeweht. Er packte ein paar leere Kartons, die er besorgt hatte, in den Kofferraum seines Wagens, dann fuhr er in sein Büro, um in seiner Akte nach Lesius' Geburtsdatum zu sehen.

Sein Mandant war 1981 siebzehn Jahre alt gewesen, stellte er fest. Mit dem mysteriösen Stan war er wohl nicht identisch. Aber gänzlich sicher war es nicht.

In einem griechischen Restaurant in der Dammstraße aß er zu Mittag, danach fuhr er über den Hindenburgplatz und die Marienburger Straße zum Galgenberg.

Er war sich noch nicht darüber im Klaren, was er als nächstes unternehmen sollte. Während des Essens hatte er überlegt, ob er Rainer Lesius anrufen und um ein Gespräch bitten sollte, aber da die gefundenen Daten nicht so recht zu ihm passten, nahm er Abstand davon.

Irgendetwas bohrte am Rande seines Bewusstseins, das Gefühl, dass er etwas Naheliegendes übersehen hatte, aber er kam nicht dahinter, was es war.

Da er in Ramonas Wohnung noch genug zu tun hatte, könnte er die Zeit nutzen und seine Arbeit dort fortsetzen, um sie möglichst bald zum Abschluss zu bringen.

Die Bäume am Galgenberg hoben sich scharf vom Himmel ab, als er den Wagen vor dem Haus an den Straßenrand fuhr. Die Schatten der Buchen und Eichen schienen sich tief in den Boden gegraben zu haben, als hätte jemand ihre dunklen Umrisse mit der Präzision von Skalpellen dort hineingeritzt, und der Himmel über allem war blau, sonnig und klar.

Im Treppenhaus herrschte das große Schweigen. Kein anderer Bewohner war zu sehen, während er die leeren Packkartons nach oben trug. Man konnte hier ein und aus gehen, ohne jemandem zu begegnen. Von Ausnahmen abgesehen.

In der Wohnung hatte sich seit gestern nichts verändert. Einzig das Licht war anders, die Sonne schien wieder hell durch die Fenster herein.

Er blickte auf das Bild von den beiden Frauen am nachmittäglichen Strand, bis die Szene vor seinem Auge verschwamm. Plötzlich sah er alles vor sich, sah, wie dieser Mann mit Namen Stan Ramonas Wohnung betrat, wie er auf sie zuging und sie lächelnd betrachtete. Sie hatte ihn angesehen, mit einem Lächeln und gewiss nicht mit Abscheu, denn wenn sie ihm auch misstraut haben mochte, so hatte sie ihn doch körperlich gemocht.

Er schüttelte den Eindruck ab und wandte sich den Packkisten zu. Heute waren die Bücher dran; sie mussten fort, bevor das Räumkommando kam.

Nach einer Stunde war das Regal im Wohnzimmer leer geräumt und sein Inhalt bis auf ein paar wertlose Dinge in den Kisten verstaut. Ein paar von den Kisten wollte er mit nach Hause nehmen, den Rest würde er in den Keller räumen.

Er griff sich die erste Kiste und verließ die Wohnung, schleppte sie die Treppe hinunter zu seinem Wagen und packte sie in den Kofferraum. Dann holte er zwei weitere Kisten, die er im Wagen verstaute. Als er wieder oben in der Wohnung war und überlegte, mit welcher Kiste er weitermachen sollte, hörte er ein Geräusch.

Er stand still, ganz starr, aber die Ohren gespitzt.

Nein, da war nichts, er hatte sich getäuscht.

Er packte sich die nächste Kiste. Sie war größer als die drei anderen Kisten und ziemlich schwer. Zu schwer, um die Treppen damit zu nehmen. Er öffnete die Kiste und packte ein paar von den dicken oben liegenden Büchern wieder aus.

»Hallo«, hörte er hinter sich eine dunkle Stimme, »ich hoffe, ich störe nicht.«

Bendis fuhr herum, sprang auf die Füße und stand vor Schreck wie erstarrt.

Nicht, weil er den Grauen vor sich hatte. Dass der finstere Mann still und heimlich in die Wohnung eindringen könnte, hatte nicht außerhalb seiner Vorstellungskraft gelegen. Nichts aber hatte Bendis auf das vorbereitet, das er nun erblickte – etwas schwarz Schimmerndes, das der Eindringling in seiner Rechten hielt. Es war die Mündung einer Pistole, in die der Graue ihn blicken ließ.

»Ich wusste, dass Sie hier sind, Herr Bendis«, sagte der Eindringling mit dunkler Stimme. »Ich habe Sie eben in das Haus gehen sehen. Die Tür war offen. Deshalb kam ich herein.«

Bendis hatte sich gefasst und nickte in Richtung der Waffe. »Was soll das? Was wollen Sie?«

»Ich bin gekommen, weil Sie hier anzutreffen sind. Ich war bei Ihnen am Steinberg, und da niemand geöffnet hat, hatte ich den Gedanken, hier nach Ihnen zu sehen.«

»Das beantwortet meine Frage nicht. Was wollen Sie von mir?«

Der Graue warf einen Blick auf den Bücherkarton. »Sie machen hier ein wenig Ordnung, wie ich sehe.«

»Ganz recht«, sagte Bendis. »Ich nehme an, Sie sind nicht gekommen, um mir dabei zu helfen.«

Das Gesicht über der Pistole verzog sich zu einem breiten Lächeln. »Ganz der gewiefte Anwalt, nie um eine Bemerkung verlegen«, sagte er, »Sie sollten sich Ihren Scharfsinn unbedingt bewahren.«

»Legen Sie endlich das Ding da weg!«, erwiderte Bendis. »Denken Sie wirklich, dass Sie so etwas bei mir brauchen?«

Er tat zwar souverän, aber in Wahrheit war ihm ziemlich unwohl.

Das Grinsen unter der schwarzumrandeten Brille wurde fast fratzenhaft breit. Der Mann war nicht so alt, wie er Bendis bei ihrer ersten Begegnung erschienen war. Höchstens sechzig oder auch irgendwo in den Fünfzigern.

»Keine Angst, Herr Anwalt«, sagte der Mann mit der Pistole. »Ich will Sie nicht bedrohen. Die Pistole dient nur zu meiner eigenen Verteidigung.«

»Von mir haben Sie nichts zu befürchten«, entgegnete Bendis.

»Schön, dass Sie das sagen«, sagte der Graue mit einem Unterton von Spott. »Ich bin direkt erleichtert. Man weiß bloß nie, ob nicht doch jemand auf dumme Gedanken kommt, und nur um das zu verhindern, ist die Pistole da.«

Vielleicht war die Waffe gar nicht echt, sondern nur eine Gas- oder Schreckschusspistole, überlegte Bendis, aber er wollte es lieber nicht darauf ankommen lassen.

»Wie heißen Sie?«, fragte er.

Der Graue schüttelte den Kopf. »Mein Name tut nichts zur Sache.«

»Sind Sie Stan?«

Der Graue wirkte einen kurzen Augenblick irritiert. »Nein. Sie verwechseln mich.«

Bendis musterte den Mann. Obgleich er mit einer hellen Windjacke und einer dunkelblauen Jeanshose etwas freundlicher als bei ihrer letzten Begegnung gekleidet war, wirkte seine Aura nicht wesentlich anders als vor ein paar Tagen, vor seiner Flucht durch den Wald.

»Also sind Sie in Stans Auftrag hier?«

Der Graue nickte. »Ganz recht.«

»Und warum kommt Stan nicht selbst?«

»Weil ich ihm gelegentlich einen Gefallen tue.«

»Was für einen Gefallen?«

Der Graue ließ die Hand mit der Pistole sinken und Bendis spürte eine erste, zarte Anwandlung von Erleichterung.

»Ach, nur einen ganz kleinen Gefallen. Etwas abholen. Ein Dokument. Er sagte mir, dass Sie es hätten.«

»Welches Dokument? Ich habe kein Dokument.«

Die dunklen Augen des Grauen musterten Bendis, und diesen befiel plötzlich die Vorstellung, dass es eine dunkle Vision gab, die sie beide miteinander teilten. Als ob nicht nur der Graue eine Verbindung zu Stan hätte, sondern auch er selbst. Und er ahnte, dass die Verbindung eine Art von Teufelspakt war.

»Sie sollten Stan nicht unterschätzen, Herr Bendis«, sagte der Graue, »er ist ein wohl meinender Mann, aber nicht ungefährlich, wenn man ihn zu übertölpeln sucht. Seien Sie vernünftig und geben Sie ihm das Schriftstück, das Sie gefunden haben.«

Der Lauf der Waffe hob sich wieder und zielte nun direkt auf den Bauch von Bendis. Bloß keine Angst zeigen, dachte dieser.

»Im Gegenzug wird Stan Ihnen die Fragen beantworten, die Sie bedrängen«, fügte der Graue hinzu. »Eine positive Eigenschaft von ihm ist, dass man sich auf seine Versprechungen verlassen kann.«

Silvia Christians, dachte Bendis. Sie hatte sich gleich nach dem Telefonat an ihren Sohn gewandt. Er hatte gewusst, dass es ein Fehler gewesen war, sie anzurufen. Na ja: oder auch nicht. Immerhin hatte es Bewegung in seine Nachforschungen gebracht.

»Wollen wir Stan nicht bei seinem vollständigen Namen nennen?«, erwiderte er.

»Er wird sich Ihnen selbst vorstellen, wenn er es für richtig hält«, entgegnete der Graue. »Er schlägt Ihnen ein kurzfristiges Treffen vor. Er will, dass diese Sache erledigt ist, und ist unter bestimmten Bedingungen bereit, ein Arrangement mit Ihnen zu treffen.«

»Was sind die Bedingungen?«

»Stan weiß, dass dieses Dokument existiert. Seine frühere Besitzerin hat ihn damit erpresst. Gestern erhielt er einen Anruf, durch den er erfuhr, dass es sich in Ihrem Besitz befindet. Sie werden es mir geben. Danach erzähle ich Ihnen, was Sie wissen möchten, soweit ich dazu in der Lage bin. Nach unserem Gespräch vergessen Sie mich. Alles Weitere können Sie mit Stan besprechen. Sind Sie mit diesem Angebot einverstanden?«

»Wie kann ich sicher sein, dass ich noch die Gegenleistung erhalte, nachdem ich Ihnen das Schriftstück gegeben habe?«, fragte Bendis.

»Gar nicht. Mehr als mein Wort kann ich Ihnen nicht geben.«

Blieb ihm etwas anderes übrig, als mit dem Vorschlag des Grauen einverstanden zu sein? Wenn er es recht bedachte, war der Vorschlag gar nicht einmal so schlecht. Warum sollte Stan das Dokument nicht bekommen? Wenn er im Gegenzug die Wahrheit über Ramona Rendas Tod erfuhr, war das ein lohnendes Geschäft.

»Das Dokument befindet sich in meinem Wagen«, sagte er und blickte zur Seite. »Die Kisten müssen runter in den Keller. Ich nehme eine mit. Das wäre dann ein Weg, wenn ich es hole.«

Der Graue bewegte die Hand mit der Pistole, als wollte er genauer auf Bendis zielen, doch dann ließ er sie mit einer schnellen und saloppen Bewegung in seine Tasche gleiten. Bendis, der etwas Ähnliches schon einmal auf der Leinwand gesehen hatte, fühlte sich für den Moment wie in einem Wildwestfilm.

»Ich werde die Pistole hoffentlich nicht mehr brauchen«, fügte der Graue seiner filmreifen Geste hinzu. »Okay, dann gehen wir hinunter.«

Sie marschierten die Treppen in den Keller hinab, Bendis vorweg mit einer Kiste, der Graue mit freien Händen hinter ihm her, dann ging es weiter auf die Straße.

Während Bendis das Dokument aus dem Handschuhfach seines Wagens holte, blieb der Graue vor dem Haus stehen und beobachtete ihn von der anderen Straßenseite aus.

»Was war eigentlich auf den Fotos zu sehen, die Sie neulich mitgenommen haben?«, fragte er den Grauen, als sie wieder oben in der Wohnung waren.

Der Graue winkte ab. »Stan, Petra und meine Wenigkeit. Aber das tut nichts zur Sache.«

Bendis zog das Papier aus der Tasche und reichte es dem Mann. Dieser faltete es auseinander, dann warf er einen Blick darauf und überflog kurz den Text. Er nickte mit dem Kopf, als er fertig war, faltete er das Papier wieder zusammen und steckte es in die Tasche.

»Sie werden nicht nur über alles Stillschweigen bewahren, weil Sie es versprochen haben, sondern auch, weil Ihnen anwaltlich eine Schweigepflicht obliegt«, sagte der Graue

Bendis nickte. »Was bleibt mir anderes übrig.«

Der Graue trat zur Seite und setzte sich in einen der Sessel. Bendis selbst nahm auf dem Sofa Platz.

»Ja, was sie schreibt, ist richtig; ich war nur sein Faktotum; aber auf seine Weise ist er mir zeitlebens treu gewesen. Er unterstützt mich bis zum heutigen Tag, indem er mir Aufträge vermittelt. Ohne ihn wäre ich längst pleite. Nein, was man auch über ihn sagen mag, ein illoyaler Mensch ist er nicht.«

Er richtete den Blick zum Fenster und seine dunklen Augen hinter den Gläsern bekamen etwas Trübes.

»Stan war ein schöner Junge und die Frauen liebten ihn sehr«, sagte er. »Von mir wollten die Frauen nichts, sie haben beide um Stan konkurriert. Es war mein Glück, denn so war ich nicht dabei, als es passierte, und habe mich nicht mitschuldig gemacht. Auch ich hatte Drogen genommen und war im Wohnzimmer eingeschlafen. Mitten in den Nacht, es war aber schon gegen Morgen, wurde ich von Stan geweckt. Ich sollte ihm nach nebenan folgen, was ich auch tat. Dann sah ich sie. Ellen sah schrecklich aus und rührte sich nicht, während Petra neben ihr saß, mit weißem, verstörtem Gesicht. Heulend starrte sie mich an. ›Ich kann doch nichts dafür‹, sagte sie immer wieder, wie in einer Litanei. Nach meinem Eindruck stand sie unter Schock. ›Ellen ist tot‹, sagte Stan zu mir. ›Es ist etwas schiefgegangen, es war ein Versehen, aber sie hat es selbst getan. Sie hat sich stranguliert, hat nicht aufgepasst, aber wir selbst müssen nun aufpassen, dass man uns aus der Geschichte hier keinen Strick drehen kann. Ich habe schon darüber nachgedacht, wie wir es machen, damit klar wird, dass es ein Unfall war. Niemand hat uns gesehen, als wir kamen, also verschwinden wir jetzt, solange es noch dunkel ist. Was die Spuren angeht, überlasst alles mir, ich bekomme das schon hin.‹ Wir haben es dann gemacht, wie Stan wollte, ich hatte zwar kein gutes Gefühl, aber es klappte alles, wie er es sich vorgestellt hatte. Stan war schon immer ein recht cleverer Bursche.«

Er seufzte. »Es gab nie ein Problem – bis vor ein paar Monaten, als die Tochter von Petra anfing, ihm das Leben schwer zu machen. Durch ihre Mutter wusste sie von der Sache und hatte nach deren Tod nichts Besseres zu tun, als Stan mit dieser alten Geschichte zu erpressen.«

Der Graue verstummte und starrte mit müden Augen vor sich hin.

»Und das hat Stan sich nicht gefallen lassen?«, sagte Bendis, und es klang weniger wie eine Frage, mehr wie ein Resümee. »Er hat es sich nicht gefallen lassen, erpresst zu werden.«

»Warum sagen Sie das?«

»Die Umstände von Ramona Rendas Tod unterscheiden sich nicht so sehr von denen der jungen Frau mit Namen Ellen.«

Der Graue nickte. »Genauso ist es, sie unterscheiden sich nicht – sie hat sich wie Ellen selbst erdrosselt, es war nicht Stans Schuld.«

Bendis verkniff sich einen Kommentar.

»Wie kann ich mit Stan in Verbindung treten?«

»Durch mich«, antwortete der Graue. »Da ich nun dieses Testament von Petra habe, um es einmal so zu nennen, kann es weitergehen. Stan erwartet Sie heute Abend um acht Uhr nahe der Lichtung beim Bismarckturm. Wenn Sie von der Mozartstraße in Richtung des Turms gehen, gibt es linker Hand eine Erhebung, zu der ein paar Treppenstufen führen und die von einer kniehohen Mauer eingefriedet ist. Dort werden Sie ihn antreffen.«

»Warum gerade dort?«

»Sie müssen nicht hingehen, wenn Sie nicht wollen. Es ist Ihre Entscheidung. Haben Sie etwa Befürchtungen?«

»Müsste ich welche haben?«

»Natürlich nicht. Stan ist kein Narr. Es geschieht Ihnen nichts. Im Übrigen ist der Ort sicher, nicht unsicherer als anderswo, die Mozartstraße ist nicht weit entfernt.«

Bendis sagte sich, dass für jemanden, der etwas nicht Alltägliches zu erzählen hatte, ein Treffen unter freiem Himmel wohl den besten Schutz gegen Abhörgeräte und geheime Lauscher bot. Solange es hell war, traf man rund um den Turm Spaziergänger an, und vor zehn Uhr würde die Sonne nicht untergehen.

»Gut, sagen Sie ihm, dass ich pünktlich dort sein werde«, sagte er. »Und noch etwas: Falls er eine Pistole besitzt, soll er sie zu Hause lassen.«

Der Graue lächelte. »Er teilt meine Marotten nicht. Eine Pistole mitzubringen, hat jemand wie Stan nicht nötig.«

25

Die Trauerkränze auf Ramonas Rendas Grab begannen bereits zu verwelken. Bendis las die Namen der Spender auf den Schleifen. Einige Namen kannte er nicht, aber diejenigen, von denen er wusste, dass sie Ramona nahegestanden hatten, waren praktisch sämtlich vertreten. »In Liebe« hieß es da und dahinter dann »Deine Tante Sabine Henze« oder »Dein Paolo« und »Frank Sennett und Rollo Richards«.

Schade, dass sein eigener Name auf keiner von den Schleifen stand. Tote Freundin, dachte er mit einem Anflug von Verzweiflung, warum bist du nicht mehr da? Wir wollten noch zusammen ins Grüne fahren, um in der freien Natur miteinander zu vögeln. Heute wäre der richtige Tag dafür gewesen. Stattdessen muss ich dich auf dem Friedhof besuchen.

Er schaute sich um. Im goldenen Abendlicht erschien alles sanft, mild und friedlich, doch die Stimmung, die das Bild verbreiten konnte, schaffte es nicht, sich ihm mitzuteilen. Wenn er später einmal wiederkäme, würde es sicher anders sein, aber zu dieser Stunde war ihm in der Erwartung dessen, was der Sommerabend noch mit sich bringen mochte, unbehaglich zumute, und das Gefühl der Beklemmung wuchs mit jeder Minute, mit der die vereinbarte Begegnung näher rückte.

Es war halb acht, Zeit aufzubrechen. Er sprach ein stilles Gebet für Ramona, ein weiteres für sich selbst, dann verließ er den Friedhof und machte sich auf den Weg zum Galgenbergwald.

Er nahm den Weg über die Silberfundstraße, die unterhalb des Berges in eine Sackgasse mündete. Von der Mozartstraße her kam man schneller zum Turm, aber er wollte sein Ziel nicht auf dem direkten Wege angehen. Von der Silberfundstraße aus war es zwar weiter und man musste ein Stück durch den Wald gehen, aber ihm war es lieber, seinen Weg selbst zu bestimmen. Er fuhr ganz langsam, und als das obere Ende der Straße in sein Sichtfeld kam, erblickte er einen schwarzen Audi, der einsam vor dem Hintergrund des nahen Waldes stand.

Bendis fuhr an den Straßenrand und stieg aus dem Wagen.

Die Straße lag still. Er schien weit und breit der einzige Mensch zu sein. Auch zu hören war nichts. Das Vogelgezwitscher war bereits verstummt. Langsam ging er zu dem Audi.

Der Wagen war leer.

Bendis hatte keinen Zweifel, dass es die Limousine war, in die Ramona in der Nacht seines ersten Besuchs in »Rollos Bar« eingestiegen war. Ihr Eigner hatte denselben Weg genommen wie er selbst. Sein unheimlicher Gegner, der Mann, den sie einst Stan nannten, war schon am Turm oder auf dem Weg durch den Wald. Er starrte auf den schwarzen Audi, und es war dies der Moment, in dem er einen Blick auf das große Ganze erhaschte und sich ihm eine bis dahin verborgen gebliebene Struktur zu erkennen gab.

Er wusste nicht, ob bereits seine Begegnung mit Ramona in jener Nacht in »Rollos Bar« Bestandteil von Stans finsterem Plan gewesen war, doch eines stand fest: Dieser Abend hatte alles Weitere vorbereitet. Sein Zusammentreffen mit Ramona hatte ihren unheimlichen Gegner auf den Plan gerufen und ihn den Entschluss fassen lassen, in die Tat umzusetzen, was wohl schon seit längerem als vorgestellte Wirklichkeit in ihm vorhanden gewesen war. Plötzlich war die Gelegenheit dagewesen und Stan hatte seine Chance genutzt.

Vor seinem inneren Auge sah er den schwarzen Wagen, neben dem er stand, durch den Regen rollen, sah wieder, wie Ramona zu der Beifahrertür schritt und wie sie gleich darauf auf dem Beifahrersitz Platz nahm. Und da blitzte etwas gedanklich in ihm auf.

Bendis schüttelte sich. Es war fast, als wollte er die Erinnerung an jenen Abend abwehren. Die Begegnung mit Frank Sennett, die Begegnung mit Ramona Renda und alles andere, was danach geschehen war. Doch das Eigentliche war etwas anderes, eine ganz kleine Erinnerung, die ihn in Gedanken gewissermaßen zurücktreten ließ, sodass sich ein Film innerer Bilder rückwärts in seinem Geiste abzuspulen begann.

In seiner Vorstellung bewegte sich Ramona Renda über die Straße in das Lokal zurück, und auch der schwarze Wagen rollte entgegen der Fahrtrichtung wie im Rückwärtsgang. Aber als er sich selbst zurück zum Eingang der Bar bewegte, fühlte er plötzlich ein Kribbeln, das ihn in der Rückbewegung verharren ließ – und da sah er den roten Audi auf der regenglitzernden Straße davonbrausen, den Wagen, mit dem Frank Sennett nach Hause gefahren war.

Und aus dem Kribbeln wurde eine Gänsehaut.

Nein, dachte er, nicht Frank Sennett fuhr eine schwarze Limousine. Seine Nackenhaare stellten sich auf, als ihn ein eiskalter Schauer packte, ein Schauer, der ihn wachrütteln wollte, und der so heftig war, dass er nicht in der Lage war, sich zu bewegen. Stattdessen stand er still, allein auf weiter Flur, und das Grauen hielt ihn wie mit eisernen Krallen gepackt.

Nicht von Rainer Lesius hatte Ramona Renda seinen Namen erfahren; die geheime Verbindung zwischen ihm und ihr hatte jemand anderer vermittelt. Doch scheinbare Fakten und Zusammenhänge hatten ihm den Blick auf die Wahrheit verstellt.

Er wusste nun, wer der unheimliche Gegner war, mit dem er sich eingelassen hatte, der unbekannte Fahrer, zu dem Ramona in jener Nacht in den Wagen gestiegen war.

Es dauerte ein paar Minuten, bis Bendis sich wieder halbwegs im Griff hatte und seinen Weg fortsetzen konnte. Er lenkte seine Schritte auf die Bäume zu, auf denen das Licht des Sommerabends lag. Es war ein ansteigender einsamer Pfad, ein bitterer Weg, den er am Rande des schattigen Waldes ging, ein Wegstück, das den Wald durchquerte und die Silberfundstraße mit der Mozartstraße verband. Er gelangte nach rund hundert Metern auf den breiteren Weg, der sich zu der Wiese hin schlängelte, auf deren höchstem Punkt sich der Bismarckturm erhob.

Als er aus dem Schatten der Bäume auf die Lichtung trat, blieb er stehen und starrte hinüber zu dem steinernen Turm.

Der graue, rund zwanzig Meter hohe Kalksteinturm stand einsam und verlassen im späten Licht. Zu der oben befindlichen Aussichtsplattform führte eine Wendeltreppe, aber die Tür nach innen, das wusste er, würde verschlossen sein.

Doch er erschrak aus einem anderen Grund: Kein Sonntagsspaziergänger war mehr auf der Wiese zu sehen.

Die Bäume, die den Turm im Hintergrund umgaben, glichen hohen schweigenden Gestalten, die etwas Trauriges besaßen, und er dachte daran, dass sie gezwungen waren, Tag um Tag, Jahr um Jahr, unparteiisch und stumm dem Treiben der Menschen zuzusehen. Konnten die Bäume wirklich nichts tun, um ihn zu beschützen?

Was, wenn Stan entgegen der Beteuerung seines dubiosen Vertrauten nicht nur eine Pistole mit sich führte, sondern auch vorhatte, sie zu benutzen, um jemanden, der ihm auf die Schliche gekommen war, aus dem Weg zu räumen? Hatte man ihn deshalb in die Nähe des Waldes bestellt? Vielleicht plante Stan einen weiteren vorgetäuschten Selbstmord, auf welche Weise auch immer.

Ganz in der Nähe des Bismarckdenkmals hatte einst ein Galgengerüst gestanden, es hatte dem Hügel den Namen gegeben, der Umstand schien ihm plötzlich ein schlechtes Omen zu sein. Wenn sie zu zweit kämen, könnte es ihnen wohl gelingen, ihn zu überwältigen, ihn tiefer in den Wald zu verschleppen und ihn im Schutz der einbrechenden Dunkelheit an einen der Bäume zu hängen.

Selbstmord! Hat die Trennung von seiner Frau nicht verwunden. Oder noch schlimmer: Hat anschließend etwas mit einer Frau gehabt, bei deren Tod nicht alles mit rechten Dingen zugegangen ist.

So sah das Verhängnis aus, das ihm blühen mochte, und obwohl es ihm so klar vor Augen stand, war es ausgeschlossen, dass er kehrt machte. Es war ihm, als hätte er keine Chance, dem ihm bestimmten Geschick zu entgehen. So war es wohl immer, dachte er. Ein Mensch musste seinen Weg bis zum Ende gehen, egal wohin er führte und wie bitter das Ende auch war.

Er wischte den Gedanken beiseite. Es war Unsinn, sich in abstrusen Ängsten zu ergehen. Er war kein Erpresser, sondern hatte sich des alten Schriftstücks begeben und stellte für Ramonas Widersacher keine ernstliche Gefahr mehr da. Unten auf der kleinen Anhöhe war er nahe an der Mozartstraße und vor überfallartigen Attacken geschützt. Es war noch hell und würde noch eine ganze Weile dauern, bis die Sonne verschwand. Vor allem kannte er nun seinen Gegner. Sollte dieser mörderische Absichten gegen ihn hegen, war er nicht darauf angewiesen, ihn zum Galgenberg zu locken. Nein, sein Gegner wollte ihn nicht umbringen, sondern er wollte einen Vergleich mit ihm. Er würde den Weg gehen, den er gehen musste, aber wenn es doch gefährlich werden würde, bestand die Möglichkeit, sich zu wehren, und das würde er auch tun.

Langsam schritt Michael Bendis am Bismarckturm vorbei auf seinem Weg voran, der wieder hinunter zur Straße führte und nun auf der linken Seite die kleine Anhöhe berührte, von der der Graue gesprochen hatte.

Ein paar Treppenstufen führten zu der kleinen Einfriedung hinauf, sein Blick schweifte nach oben – und dann sah er ihn.

Der Mann, den sie einst Stan nannten, stand am oberen Ende der Treppe und schaute Bendis entgegen. Er schien ganz allein zu sein. Er lächelte, ohne etwas zu sagen, dann wandte er sich ab und trat ein paar Schritte zurück, was wie eine Einladung an Bendis wirkte, ihm Gesellschaft zu leisten.

Michael Bendis stieg die Stufen zu der kleinen Erhebung hinauf.

Der Mann, der ihn erwartete, war in den Fünfzigern, hätte aber auch gut als ein Vierziger durchgehen können; ein Mann, von dem Bendis ahnte, dass die Frauen ihn mochten, ein nicht unattraktiver, hochgewachsener und schlanker Mann mit vollem Haar, das noch ganz ohne Grau war. Seine Augen waren blau, und es war ein kaltes Blau, das Bendis früher nie aufgefallen war, ein leuchtend kaltes Blau, und die Augen blieben kalt, auch wenn sie lächelten, so wie jetzt.

Der Mann war fast wie ein Gegenbild seines Freundes, des Grauen.

»Micha«, sagte der Mann und trat einen Schritt auf ihn zu. »Schön, dass du kommen konntest. Ich wusste, du würdest pünktlich sein. Ich kenne es ja nicht anders von dir.«

Er streckte Bendis die Hand entgegen, und dieser ergriff sie, da ihm nichts anderes übrig blieb. Es war, als ob sie nach wie vor die dicksten Freunde wären, und Bendis wurde klar, dass es sich aus der Sicht des anderen Mannes auch geradeso verhielt.

»Ich hoffe, mein alter Freund, der mich ein wenig bei meinen Bemühungen unterstützte, hat dich mit seinen Auftritten nicht zu sehr erschreckt«, sagte Dieter Sennett, der in seiner Jugend für viele, die ihn kannten, Stan gewesen war.

»Bist du allein gekommen?«, fragte Bendis. Zum Glück schien der Graue nicht vor Ort zu sein.

»Siehst du hier noch jemanden?«, gab Dieter Sennett zurück. »Nur wir beide haben etwas miteinander zu schaffen. Verschwiegenheit ist Pflicht. Das gilt nicht nur für dich, sondern auch für mich.«

Er betrachtete Bendis, musterte ihn prüfend und trat dann einen Schritt zurück.

»Nicht, dass ich dir misstraue, aber offenbar bin ich derjenige, der Erklärungen abgeben soll, deshalb muss ich sicher sein, dass du auch keinen heimlichen Helfer mit dir führst, Micha«, sagte er. »Lass mich für einen Moment deinen gut gebauten Oberkörper sehen.«

Bendis tat Dieter Sennett den Gefallen. Er fühlte sich selbst sicherer dadurch. »Ich bin wirklich ganz allein gekommen, Dieter«, sagte er, »und auch ohne ein Aufnahmegerät.«

Er hätte früher dahinter kommen können, dachte er. Der rote Audi, den Dieter Sennett im Frühjahr zusammen mit einem Autoanhänger benutzt hatte, als er mit seinem eigenen Wagen liegen geblieben war, gehörte nicht ihm, sondern Frank. Erst an diesem Abend hatte er sich an den schwarzen Audi erinnert, den Dieter Sennett für gewöhnlich fuhr.

Dieter Sennett lächelte. »Wenn uns einer heimlich beobachten sollte, hält er uns noch für warme Brüder.«

Bendis zog das Hemd wieder an.

»Worüber wollen wir uns unterhalten?«, fragte Dieter Sennett. »Was möchtest du von mir wissen?«

Michael Bendis überlegte einen Moment.

»Wer bist du?«, fragte er dann. »Was treibt dich an? Bist du mit dir im Reinen?«

Der andere sah nachdenklich zur sich neigenden Sonne. »Ich bin ich selbst und habe mir nichts vorzuwerfen«, sagte er.

»War das immer so?«

Dieter Sennett nickte in einer Geste, die wohl verständnisvoll wirken sollte. »Du möchtest wissen, was mich geprägt hat?«

»Ja, so ungefähr.«

Er lachte. »Es sind die Frauen. Sie haben mich zu dem gemacht, der ich geworden bin.«

»Es klingt, als ob du nicht recht glücklich darüber wärst.«

»Es hat nicht nur positive Aspekte, wenn die Frauen einen mögen. Schon als Junge waren sie hinter mir her, die Schlimmste von allen war meine eigene Mutter, du hast sie kennengelernt. Ich war ihr einziges Kind. Sie war älter als mein Vater, ein Engländer, der sich einer jüngeren Frau zuwandte, als ich acht war. Meine Mutter hat es verstanden, jeden Kontakt zwischen ihm und mir zu unterbinden, sodass er mich nicht vor ihr beschützen konnte, als sie ihren Wünschen in Bezug auf mich Taten folgen ließ. Aber gut. Ich will ihr keine Vorwürfe machen. Die Menschen sind so wie sie sind.«

Dieter Sennett machte ein paar Schritte in Richtung der Mauer, die zur Stadt hin lag, und Bendis folgte ihm.

»Es gibt keine Rechtfertigung für das Verhalten einer Mutter, wie du es schilderst!«

Dieter Sennett wandte ihm die leuchtend blauen Augen zu. »Vielleicht doch«, erwiderte er. »Denn diese Frau hat sozusagen die Dinge zum Sieden gebracht. Eines Tages brach etwas aus mir heraus, eine Art dunkler Hass, und dieser Hass hat mich befreit. Es gibt Frauen, die mich als böse bezeichnet haben. Was für ein Unsinn! Anstatt mich zu nehmen, wie ich war, haben sie versucht, mich zu einem besseren Menschen zu machen, indem sie erklärten, ich hätte kein Gewissen, und das wäre nicht gut für mich. Sie hätten es besser gelassen, mich bekehren zu wollen, dann wäre manches wohl anders gekommen. Wie auch immer: Die Schuldgefühle, von denen andere Leute geplagt werden, sind mir fremd.«

Bendis sah zu den schattigen Bäumen. »Der Tod von Ramona Renda scheint auch spurlos an dir vorübergegangen zu sein«, sagte er.

»Es ist schade, dass sie gestorben ist«, erklärte Dieter Sennett. »Aber in ihrem Fall gibt es nicht einmal einen kleinen Anlass für ein Schuldgefühl. Ich habe ihr nichts getan.«

»Warum ist sie gestorben?«

Er zuckte mich den Schultern, und es wirkte, als sei es ihm tatsächlich egal. »Der Tod eines Menschen ist oft unverständlich, Micha«, meinte er. »Besonders, wenn er überraschend kommt.«

»Starb Ramona auf die gleiche Weise wie Ellen, Petras Freundin?«

Dieter Sennett lächelte. »Es scheint gewisse Ähnlichkeiten gegeben zu haben.«

»Eine dieser Ähnlichkeiten bestand darin, dass du beide Male zugegen warst, als es passierte.«

»Als Ramona starb, war ich nicht bei ihr.«

»Du hast sie in der Nacht ihres Todes besucht.«

»Das habe ich mit dir gemeinsam. So viel zu den Ähnlichkeiten.«

»Hattest du Streit mit ihr?«

»Es gab Meinungsverschiedenheiten zwischen uns, ja«, erwiderte Dieter Sennett.

»Von welcher Art?«

»Du hast doch Petras Testament gelesen, mit dem sie versucht hat, mich zu erpressen!«

»Wollte sie Geld?«

»Ich weiß bis heute nicht genau, was sie wollte. Ja, sie sprach auch mal von Geld oder davon, dass ich ihr zur Wiedergutmachung von allem eine Immobilie übertragen könne. Aber dann wieder schien es ihr auch nicht so wichtig zu sein. Sie verdiene zwar genug, aber ihre Arbeit könne sie nicht bis ins hohe Alter machen, hat sie gemeint. Ja, sie hat an so etwas wie eine Altersvorsorge gedacht.«

Er ließ den Blick in die Ferne schweifen und sah zu den Bäumen, zwischen denen die Dächer der Stadt zu sehen waren.

»Sie wollte sie als einen Ausgleich für das, was ich angeblich ihrer Mutter angetan hätte«, sagte er. »Weil ich Petra dazu gebracht hätte, an einem Spiel teilzunehmen, das für ihre beste Freundin tödlich geendet hat. Sie hat mich sogar für den frühen Krebstod ihrer Mutter verantwortlich gemacht, den sie auf den Schock, den ihre Mutter damals erlitten hätte, zurückgeführt hat, und der auch ihr eigenes Leben belastet hätte.«

»Keine ganz abwegige Theorie«, sagte Bendis.

»In meinen Augen schon.«

»Du hast ihre Forderung also abgelehnt?«

»Warum hätte ich darauf eingehen sollen?«

»Hast du nicht genug Immobilien? Du hättest ihr eine davon übereignen können.«

Er kratzte sich am Kopf. »Ich hätte es tun können, schwer getroffen hätte es mich nicht.« Er zuckte mit den Achseln. »Nun, es kam anders, sie ist tot.«

»Sie ist tot, weil du auf ihre Forderung nicht eingehen wolltest.«

»Ich habe ihre Forderung nie zurückgewiesen. Nur konnte ich keine Schuld anerkennen oder einräumen, dass ich etwas wiedergutzumachen hätte. Ich habe die Sache … wie sagt man? … auf die lange Bank geschoben. Wenn ich es getan hätte, dann hätte ich es als Bezahlung für Ramonas Dienste getan. Sie hatte wirklich ihre Qualitäten. Es ist auch verständlich, dass sie Vorsorge für das Alter treffen wollte. Immer hätte sie diese Arbeit nicht machen können. Auch ihre künstlerischen Darbietungen erforderten natürlich eine junge und attraktive Frau. Allein für ihre Qualitäten hätte sie einen Ausgleich verdient. Verstehst du? Weil sie so gut war, nicht wegen ihrer Mutter oder deren Freundin hätte ich ihr etwas übertragen.«

»Aber Ramona gegenüber hast du dich anders geäußert.«

»So weit waren wir noch nicht, es war alles offen. Ihre Drohung stand nach wie vor im Raum. Ich habe ihr gesagt, sie solle damit aufhören, unsinnige Geschichten zu verbreiten. Vor allem nicht gegenüber Frank oder meiner Mutter, mit der sie auch gesprochen hatte. Es ging ihr nicht nur um Materielles. Sie wollte ein Geständnis von mir, und wenn ich ihr die Wahrheit gestehen würde, wäre sie unter Umständen bereit, mir zu verzeihen, was ich den Frauen damals angetan hätte.«

»Hast du Hass auf sie empfunden?«

»Es war eine Art von Leidenschaft da, ich gebe es zu.«

Körperliche Begierde, in die sich persönlicher Hass mischte, war gewiss ein machtvolles Instrument, dachte Michael Bendis.

»Wie kam ich ins Spiel?«

»Das wirst du besser wissen als ich. Ja, wir sprachen über dich, und dann erzählte sie mir, dass sie sich mit dir verabredet hätte.«

»Du hast es ihr sicher übel genommen, nicht wahr? Sah es für dich nicht so aus, als hätte sie nun auch noch einen Anwalt eingeschaltet, um ihren Forderungen Nachdruck zu verleihen? Nicht nur deinen Bruder und deine Mutter, sondern nun auch noch mich?«

»Gefallen hat es mir nicht, aber ich konnte es nicht ändern.«

»Etwas hast du mit ihr gemacht«, sagte Michael Bendis. »Was war es?«

Dieter Sennett lächelte wieder, fast so, als ob er die Erinnerung genoss. »Ich bin ein Spieler. Das Spiel ist der Weg, meine Ziele zu erreichen, aber ich verletze keine Gesetze dabei.« Er zuckte mit den Achseln. »Diese Frau hat einfach zu hoch gepokert.«

»Ich habe ihr Bild in der Akte der Staatsanwaltschaft gesehen, für mich sah es mehr aus wie ein Mord.«

Das Lächeln verlor sich aus Dieter Sennetts Gesicht.

»Die Staatsanwaltschaft scheint anderer Ansicht zu sein«, sagte er. »Ich glaube auch nicht, dass es so aussah wie ein Mord. Aber wie auch immer es aussah: Ich habe sie nicht umgebracht!«

Er richtete den Blick auf Bendis.

»Erklär mir das Spiel, das du mit Ramona gespielt hast«, sagte dieser. »Wo hat es stattgefunden?«

In den eisblauen Augen von Sennett erschien ein unheimlicher Glanz.

»Ich sagte zu ihr: ›Komm, ich zeige dir, was mit Ellen geschah‹«, hob er an, »›damit du siehst, dass du mit deinem Verdacht im Unrecht bist.‹ Sie machte freiwillig mit. Es begann im Wohnzimmer und verlagerte sich später ins Bad. Wir machten es sehr langsam, und sie hatte viel Spaß dabei, aber an der Stelle, wo es bei Ellen zum Unfall wurde, habe ich innegehalten – und dann wusste sie Bescheid.«

»Und was passierte danach?«

»Ich habe mich angezogen und bin gegangen.«

»Und Ramona?«

Er zuckte gleichmütig mit den Achseln. »Ich war nicht mehr dabei. Sie hat wohl allein weitergemacht.«

»Und das soll ich dir glauben? Warum sollte sie sich von dir ein Spiel dieser Art erklären lassen? Sie war selbst eine Expertin, sie brauchte deine Erklärung nicht.«

»Es wird dir nichts anderes übrig bleiben, als mir zu glauben, Micha. Als ich ging, lebte sie noch. Sie hat eben mit einem zu hohen Einsatz gespielt. Dass sie diese Art von Spielen zu sehr liebte, ist nicht mein Problem. Sie war jemand, der sich an Grenzen wagte, und sie gelegentlich auch überschritt.«

»Du warst es, der die Grenzen des Spiels überschritten hat«, sagte Bendis.

Dieter Sennett lächelte nur. »Jeder Mitspieler muss selbst zusehen, wie er zurechtkommt. So sind die Regeln des Spiels.«

Er würde nie erfahren, wie Dieter Sennett es gemacht hatte, dachte Michael Bendis. Doch er war sich ziemlich sicher: Sennett hatte Ramona in eine Falle gelockt, sie in Gefahr gebracht und dann dafür gesorgt, dass sie in einem hilflosen Zustand starb. Vielleicht hatte er in einem Augenblick, als sie wehrlos war und mit nichts Bösem gerechnet hatte, die Schnur um ihren Hals zu fest zugezogen. Wie bei Ellen. Oder er hatte sie einfach hängen lassen, als er hätte eingreifen müssen.

»Es liegt auf der Hand, dass sie Selbstmord begangen hat«, sagte Dieter Sennett. »Die Polizei geht davon aus, der Arzt geht davon aus, und alle ihre Freunde und Bekannten gehen davon aus, dass sie es selber tat.«

»Es war kein Selbstmord. Sie wollte nicht sterben.«

»Okay, wir beide wissen, dass es vielleicht ein Versehen war, ja, gut, mag sein. Dann war es eben ein Unfall. Für den Staatsanwalt ist das eine so irrelevant wie das andere.«

Die Augen von Bendis folgten dem Blick Sennetts, der in die Ferne gerichtet war. Die Sonne stand tief am Horizont, und der Himmel im Westen glühte scharlachrot und golden.

»Wir beide wissen, dass es weder das eine noch das andere war.«

Dieter Sennett blieb stehen und sah ihn an. »Ich weiß es nicht. Ja, vielleicht ist sie wirklich nicht allein geblieben, nachdem ich gegangen war. Wenn du es sagst, muss es wohl so gewesen sein.«

»Was soll das heißen?«

Sennett erwiderte ungerührt Bendis' Blick.

»Wenn es kein Selbstmord oder Unfall war, musst du dir keine Sorgen deshalb machen, Micha. Ich kann schweigen, ich werde dich nicht an die Polizei verraten.«

Bendis überlegte einen Moment, ob Sennett vielleicht ein Aufnahmegerät bei sich hatte. Nein, wozu? Es ergab keinen Sinn.

»Bist du verrückt!«, sagte er. »Du hast vor ihrem Haus im Wagen gesessen und darauf gewartet, dass ich ihre Wohnung verließ, und dann bist du zu ihr hoch. Du wusstest, dass ich Freitagabend mit ihr verabredet war, entweder von Frank, der es zwei Tage vorher mitbekam, oder sogar von ihr selbst. Sie glaubte, dich so zum Einlenken bewegen zu können, hatte die Hoffnung, dass ich zwischen euch vermitteln oder sie unterstützen oder beschützen könnte, wenn sie mich einweihen oder mir das Dokument ihrer Mutter anvertrauen würde. Du warst ihr letzter Besucher. Sie starb zwischen dem späten Abend und dem frühen Morgen. Als ich sie besuchte, war sie ausgehfertig. Seid ihr nicht noch unterwegs gewesen und erst später in ihre Wohnung zurückgekehrt? Irgendwer wird euch gesehen haben. Wie auch immer: Es wird dir nicht gelingen, mir die Sache anzuhängen!«

Dieter Sennett lächelte. »Sei kein Narr, du weißt, dass du am kürzeren Hebel sitzt. Wer hatte in jener Nacht Sex mit ihr – du oder ich?«

»Du jedenfalls auch!«

»So?«, fragte Sennett gedehnt. »Bist du dir sicher? Willst du es darauf ankommen lassen? Meinetwegen, tu, was du tun musst, wenn du dich ins Verderben reißen willst. Deine DNA wird man in ihrer Wohnung finden – von mir findet man nichts!«

Es war ein Spiel, eines, bei dem er bluffte, dachte Bendis, aber andererseits musste er sich auch sagen, dass dann, wenn Sennett einen perfiden Plan in die Tat umgesetzt hatte, es zu diesem Plan gehört haben musste, sich so geschickt zu verhalten, dass man keine Spuren von ihm fand.

»Und was die Uhrzeit angeht«, setzte Dieter Sennett hinzu. »Wer weiß das schon so genau, zu welcher Stunde etwas passierte. Oder: Wer weiß denn schon, ob du nicht im Laufe der Nacht noch einmal zu ihr zurückgekommen bist?«

Bendis wurde heiß unter seinem Hemd. Er begriff, dass dieser Teufel ihn immer tiefer in sein Spiel zu verstricken suchte und dass er auch verdammt erfolgreich damit war.

»Sie hat es herausgefordert, nehme ich zu deinen Gunsten an«, fuhr Dieter Sennett fort. »Dich trifft keine Schuld, Micha. Ich weiß ja, wie sie war, es wundert mich nicht, dass es so gekommen ist. Vielleicht wäre es mir selbst irgendwann passiert, wenn du mir nicht zuvorgekommen wärst. Ich weiß nicht, womit sie dich erpresst oder provoziert hat, und ich will es auch gar nicht wissen. Du kannst dich auf mich verlassen, von mir erfährt niemand etwas. Ich schweige wie ein Grab.«

Der Umstand, dass Sennett es verstand, die Abläufe so hinzustellen, dass Michael Bendis in Verdacht geraten würde, widerlegte nicht nur die beschönigte Darstellung seines Tuns, sondern beseitigte auch seine restlichen Zweifel, dass Ramonas Tod von ihm geplant worden war. Hätte es einen solchen Plan nicht gegeben, hätte sich Dieter Sennett keine Gedanken darüber gemacht, wie es sich bewerkstelligen ließ, dass Bendis eine Rolle in seinem bösen Spiel bekam.

»Lass die Toten ruhen«, plauderte Dieter Sennett ungerührt weiter. »Es kann gefährlich werden für den, der sie weckt. Sei dir dessen immer bewusst.« Sein Gesicht wurde ernst. »Ich hoffe, dass wir uns verstanden haben, Micha. Es war Selbstmord oder ein Unfall. Sie hat sich selbst stranguliert, damit sie einen noch schärferen Kick bekam – und es ging schief! So war es nun einmal!«

Er blieb stehen und sah Bendis direkt ins Gesicht. »War es nicht so?«

Die Bäume hoben sich dunkel gegen den schon vom Sonnenuntergang geröteten Himmel ab. Die Dämmerung kam voran und Bendis sah zu den dunklen Bäumen.

Er wusste, dass er nichts gegen Dieter Sennett unternehmen würde, nichts unternehmen konnte. Die Sache endete hier.

»Ja«, sagte er leise. »Es war ein Unfall, oder sie hat sich eben umgebracht.«

Sennett trat etwas näher und ihm direkt gegenüber und sagte: »Gut, Micha, wir sind uns also einig. Ich freue mich, dass wir nicht zu Feinden geworden sind. Diese Frau muss nicht zwischen uns stehen. So hat alles seine Richtigkeit.«

Das erste Mal in seinem Leben fühlte Michael Bendis so etwas wie Hass. Einen Hass auf diesen Mann, der ihn lächelnd betrachtete, als nähme er ihn nicht ganz ernst. Am liebsten hätte er Dieter Sennett umgebracht.

»Ich unterliege der anwaltlichen Schweigepflicht«, sagte Michael Bendis. »Jedenfalls bis zu diesem Augenblick, bis zum Ende unseres Gesprächs.«

Kein Anwalt durfte ihm anvertraute Geheimnisse an Dritte weitergeben. Die Ausnahme, dass man als Anwalt von einer schwerwiegenden Straftat erfuhr, die sich im Stadium der Planung befand, lag nicht vor. Dieter Sennett wusste das, und weil das alles so war, konnte er offen zu Bendis sprechen, ohne Konsequenzen befürchten zu müssen.

»Hiermit kündige ich unser Mandat, unsere Zusammenarbeit!«, sagte Bendis. »Ich werde über alles schweigen, da kannst du sicher sein. Für deine neuen Fälle musst du dir einen anderen Anwalt suchen.«

Dieter Sennett blickte zur Seite.

»Du bist ein Narr!«

»Ich werde damit leben müssen, dass ich ein Narr bin und du auch dieses Spiel gewinnen wirst«, sagte Michael Bendis. »Ich kann nicht beweisen, dass es anders gewesen ist, als du behauptest. Es gibt ein paar Indizien, aber ich fürchte, die reichen nicht einmal aus, dass ein Staatsanwalt eine Anklage gegen dich darauf stützen würde. Und wenn doch, würde ein erfahrener Strafverteidiger sie binnen kurzer Zeit in der Luft zerreißen.«

Sennett seufzte, dann gähnte er. »Vielleicht solltest du einmal einen Roman schreiben, Micha«, sagte er. »Dir etwas auszudenken, liegt dir offenbar besser, als zu erkennen, wie die Dinge wirklich sind. Aber ändere die Namen! Und das mit dem Mandat – denk noch einmal darüber nach. Ich melde mich nächste Woche bei dir. Ich wünsche eine angenehme Nacht.«

Er wandte sich um und ein letzter Blick funkelte aus seinen blauen Augen herüber, dann entfernte er sich auf dem Weg, der hinunter zur Straße führte, während am westlichen Himmel ein breiter roter Streifen Licht erschien.

Einige Augenblicke später war der furchtbare Mann mit den Schatten der fortschreitenden Dämmerung verschmolzen und nicht mehr zu sehn.

Michael Bendis wartete zwei Minuten, bevor er die kleine Anhöhe verließ und den Weg zur Mozartstraße hinunterging. Am westlichen Horizont wurde der Lichtstreifen schwächer, und Bendis verweilte noch so lange an der Böschung über der Straße, bis er ganz erloschen war und die Dämmerung endgültig der Dunkelheit wich.

Kalt und hell strahlten die Sterne, der Mond war nicht zu sehen.

The dark side of the moon, dachte er.

Die Nacht über ihm war klar und schön. Langsam ging er den breiten Weg hinab. Zu seinen Füßen sah er die Lichter der Stadt, die sich weithin zerstreuten.

Bitte beachen Sie auch den folgenden Buchhinweis: